一萬個扭曲的祝福

著 ✝ 八千子
繪 ✝ Cola Chen

Index

Prologue

Who is there who has not felt a sudden startled pang at reliving an old experience, or feeling an old emotion?

雨水暈開書頁上的文字。

西佛勒斯試著用指尖抹去水漬，但水珠很快便滲進紙張，油墨鞣入纖維裡，像結痂的傷口，已經看不出句子最後是以什麼字作結了。

目前仍是代理審判官的他沒有做決定的權利，一切都得聽從上級的命令，於是他只能將書闔上，放回小馬僮的車斗。馬車上堆著如山高的書冊，有昨日的小報，也有百年前流傳至今的經典。無論他們寫著怎樣的內容、用怎樣的文字書寫，如今都將迎來相同的命運。

小馬僮搔了搔後腦杓，目不轉睛地盯著西佛勒斯，儘管審判官戴著面具，少年卻彷彿能捕捉他的瞳孔般，一察覺視線交會便立刻低下頭，嘴裡嚼著含糊的字句。

「這就是全部了。」西佛勒斯說。

小馬僮點了點頭，應了聲：「了得。」

「了得？」一個隨侍在審判官身旁的騎士反問道。在場的每個人都明白，那是維爾塔寧的方言。

少年愕然地撝起嘴，幾名騎士交換了眼神，但沒有人採取行動，僅像群涎著嘴的鬣狗巴望著審判官。

西佛勒斯緩緩吐了一口氣，濡濕的氣息澆不熄那欉正在廣場上燃燒的烈火，而現在他還得讓少年替它添上更多薪柴，顧不得這些枝末細節的小事。

他將手探進布袍，摸出幾個銅板拋給少年。那是莫爾赫斯的通用貨幣，在維爾塔寧派不上用場，但他想不到更好的方式酬謝少年，他甚至不確定在少年眼中，這能不能算得上是一種贖罪。

「這收不得……我是說，我不能收。」

金屬的色澤在少年滿是髒汙的手掌中特別醒目。少年望著西佛勒斯，但審判官只是擺了擺手，示意他趕快離開。

少年抓了抓後腦杓，手指上沾滿了血，烏黑得宛如沉在桶底的酒槽。

一名騎士來到審判官身旁，指著少年遠去的背影說：「大人，那孩子不對勁。」

西佛勒斯沒有回答，於是騎士又說：「只要您下令，我們一定帶他回來。」

少年又抓了抓，一小塊爛肉從他的耳際邊落了下來。他拍掉肩膀上的肉塊，繼續抓著被染紅的後腦。

那孩子大概不知道自己身體出了什麼毛病，他只是覺得癢，就算把頭皮挖穿、露出粉嫩的腦髓，他也不知道自己的身體到底怎麼了。他只會繼續抓下去，因為他的身體已經感受不到疼痛，他已經不知道人類應該要感到痛。

西佛勒斯頓了半晌才開口道：「那就去吧，至於帶他回來就不必了，」騎士咧嘴扯開笑容。用下巴指了指少年的方向，身旁的兩名夥伴見狀，旋即也跟上他的腳步。

「等等。」

騎士別過頭。「大人還有何吩咐？」

「記得先讓他把工作做完。」

「這是肯定。」騎士笑得更開心了。

拉著拖車的孱弱少年，和三名裝備精良的護教騎士，兩者間永遠維持一段恰到好處的距離，少年不會發現有人跟在身後，幾名騎士也能享有在路途上愉快談笑的空間。雨水刷不去車輪印子，卻能暫時蓋過揮之不去的鐵銹味。

西佛勒斯轉過身，友人的黑色罩袍正好映入眼簾。斑鳩握著拐杖，另一手牽著一個小男孩，緩步朝他走來。

「醫生。」西佛勒斯輕喚道。

「我在寢室的衣櫃裡發現他。」斑鳩說，同時提起男孩的手。

和剛才的小馬僮不同，男孩大約只有五、六歲，男孩望著審判官的面具，一副快要哭出來的樣子。

西佛勒斯彎下身，指著男孩摟在腋窩下的布偶，問道：「那是你的玩具嗎？」

男孩沉默半晌，點了點頭說：「他叫皮特，皮特先生。」

「皮特先生，我會記住的。」

西佛勒斯將手輕輕放到男孩頭上，男孩沒有躲開，只是鬆開了握住斑鳩的手，將布偶緊擁在懷裡。布偶有著一頭滑稽的紅髮和近乎慘白的皮膚，它的左眼是玻璃珠，右眼是鈕扣，身體有著一道鮮明的縫線，一些黃褐色的棉花從縫線的縫隙中暴露出來，胸前的鈴鐺正輕輕地搖晃著。

「還差幾個？」審判官問。

「剩一個女孩。」斑鳩接著說：「卡夫卡還在裡面，但我想她早就溜了。」

「別折磨他了，叫他回來。」

西佛勒斯抬起頭，茫然地注視著籠罩在灰燼中的育幼院。一股厭惡的情緒自心底油然而生。

「把名單劃掉，無論上面怎麼問起，這份工作都結束了。」

斑鳩頷首，並讓前來接應的騎士帶走男孩，男孩抱著布偶，與其他同伴搭上同一輛馬車。即使載滿了孩童，馬車卻出奇地安靜，既沒有人哭喊也沒有人吵鬧。斑鳩佇立在他身旁，面具蓋住兩人的面容，審判官只聽得見雨聲，卻聽不見友人的氣息，也聽不見自己的。

Emotion.

但至少他還記得被抹去的最後一個字。

Ch. I 斑鳩

捉迷藏。湯姆說。那就來玩捉迷藏吧。

沒有什麼比捉迷藏更適合晴朗的好天氣了。他的反應不夠快，每次踢足球都會被同伴取笑，但提起捉迷藏，他肯定是所有人中最優秀的。

可惜莉茲來得太突然，湯姆沒能召集其他夥伴，賴瑞的媽媽很兇，瑪格莉特要幫家裡顧店，不過這倒無所謂，他相信就算只有莉茲，兩個人一定也能玩得很愉快。

莉茲手裡仍提著野餐籃，一不小心裡頭的三明治可能就會撒出來，但她還是接受湯姆的邀約，對著公園的那棵槭樹倒數三十秒，男孩說他會在這段時間找到地方躲起來。

她閉上眼，聽見湯姆遠去的聲音。湯姆沒有說謊，他真的跑得很快，一下就越過溜滑梯，還跳上花圃，可惜不夠果決，他在噴泉和長椅間猶豫了太久，轉眼間只剩十秒鐘的時間可以考慮。

莉茲知道這只是小孩子的遊戲，她不該那麼認真的，但修女會的訓練培養出她敏銳的感官，她甚至不曉得該如何忽視湯姆的粗心。

時間到。莉茲轉過身。

她看見散步的老人與正在盪鞦韆的孩童，一名母親抱著她的孩子在噴水池旁戲水。一切都和三十秒前沒什麼不同，消失的只有七歲的湯姆，看來他準備好了。

但莉茲不會那麼快找出湯姆，因為湯姆不希望太快被找到，而且她必須專心。

斑鳩已經進去那棟屋子好一陣子了。

整個社區以公園為中心，四周都被工匠們的紅磚屋所包圍著，這群順應都市營造計畫所建成的房子，即使經過數十年也沒有展現出太大的個性。彼此間的差異，幾乎都侷限在門牌的款式與窗簾的花色。

斑鳩走進的，是那棟有風向雞與紫陽花色窗簾的屋子，和公園僅相距一條人行步道。窗簾拉上了，莉茲看不見房內的狀況。

這不是好事。

明明她的工作是協助醫生做產檢，而不是在這陪小朋友玩。萬一有什麼變數，莉茲必須在第一時間劈開那家人的門板，確保醫生的安全。

但能有什麼事呢？

住在莫爾赫斯地表的都是善良虔誠的公民，尤其是這群能買下紅磚屋的中產階級。他們有著勤勉的性格與正直的操守，公園裡的老人很樂意替盪鞦韆的孩子推一把，而那些孩子也願意替水池旁的母親逗嬰兒開心。沒有人會想將調皮的小孩吊在鞦韆上，更不會有人把吵鬧的嬰兒埋進水池裡。

每個人都很友善。

所以當斑鳩說那對夫妻已經許久沒有來做產檢時，莉茲寧願相信他們只是忘了。

「嘿。」

莉茲走到某座長椅前，彎下腰。看見湯姆在黑暗中閃爍的雙眸，長椅的三面都被包裹著，就像一個爐灶，不從正面蹲下來看根本不可能發現有人躲在裡面。

「躲在裡面衣服會弄髒的。」

「討厭！」湯姆說。「我以為妳絕對不會找到！」

「我差一點就忽略了。」

莉茲露出微笑，伸手把湯姆拉出來，然後替他拍掉身上的灰塵。

「這是我最好的躲藏點，我打算用他來對付賴瑞。他很擅長找人，但不喜歡太黑的地方，因為他媽媽老是喜歡把他關在衣櫥裡。除此之外我還有很多可以躲的地方，修女姊姊，如果妳想知道，我可以偷偷告訴妳喔！」

「聽起來是個好主意。」莉茲說。「但我有點餓了，也許在這之前我們可以先吃點三明治？」

兩人坐在長椅上，莉茲用濕潤的手帕替湯姆擦拭雙手後，掀開身旁的野餐籃。

「喜歡起司嗎？」

「起司很好！但拜託不要生菜，絕對不要。」

莉茲很慶幸她沒有在三明治裡塞些多餘的配料。她將三明治遞給湯姆，湯姆咬了一大口，但視線仍沒有從野餐籃上移開。

「那是什麼？」他指著那根突出野餐籃的木柄問道。

「只是烤餅乾的工具。」

「姊姊妳有餅乾嗎？」男孩快速地眨了眨眼睛。

「今天正好沒有準備，但我習慣把工具帶在身上，以防突然需要烤餅乾。」

湯姆「噢」了一聲，看起來有些失望。

下次得準備大一點的野餐盒，莉茲心想，現在這個太小了。

平常的時候她會收在衣服裡，但今天她得陪小孩子玩，她不希望一時的不小心得害她編造更多藉口。大部分民眾不知道修女會的內部結構，只要她穿著這套制服，所有地表居民都願意對她投以笑容。

「醫生跟爸爸媽媽講好久。」湯姆一邊晃著雙腿一邊說。「我真的很想要有一個妹妹，不知道他能不能讓媽媽生一個妹妹。」

「為什麼？」

「什麼為什麼？」

「你想要妹妹的理由。」莉茲隨興地聳聳肩：「我以為像你這年紀的孩子會比較希望是弟弟，這樣等他長大你們就可以一起玩捉迷藏。」

「但妹妹也可以跟我一起玩啊，而且妹妹不會跟我搶玩具，我還能玩她的玩具。」

「說得也是。」

莉茲笑了。湯姆不懂這有什麼好笑，繼續吃著他的三明治。起司的味道很濃，足以蓋過火腿和煎蛋，湯姆喜歡起司，所以決定把它留到最後吃。

但是對莉茲而言嚐起來都沒什麼不同，她已經聞不到起司的香味了，現在充斥在她鼻腔裡的鐵銹味壓倒性地蓋過了一切。

血的味道。

就算淡薄得一般人根跟本不會注意到，她還是能感覺到那股腥臭。

「湯姆。」

莉茲輕喚男孩的名字，又在他懷中多塞了幾塊三明治。當男孩詢問她要去哪時，她說她也想讓男孩的父母嚐嚐她準備的點心。

「那等妳回來我們再玩捉迷藏。」

男孩揮了揮手，那笑容讓莉茲也不得不扯開嘴角，她覺得自己的肌肉正在顫抖，就像她每一次的微笑。

*

湯姆家的大門沒有上鎖，大概是班鳩進屋留下的後手。當莉茲推開門時，一陣短促的尖叫立刻刺入她的耳膜。

緊隨而來是濃烈的血腥味。

拜燃燒的壁爐所賜，室內還算通透明亮，所以莉茲一眼就明白發生什麼事。

斑鳩站在廚房角落，血順著左手手套上的洞口流下，胸口起伏的頻率比平時快了許多，面具的玻璃鏡片橫越餐桌，對著客廳的陌生男人。

男人握著槍柄的手正冒著汗，槍口直指醫生的胸膛。「別靠近我們！」他怒吼。「妳也是！全都是教廷的走狗！不需要你們多管閒事！」

莉茲沒有理會男人的挑釁，類似的話她不是第一次聽見，每個懷著反抗心的異議分子總是喜歡用牲畜的名字代指公務人員，有時還加上他們的父母親。

她走到斑鳩身旁，看了一眼醫生手上的洞，傷口在虎口的位置，顯然那隻手已經和報廢沒兩樣。

「你受傷了，醫生。」

「左手的話沒關係。」斑鳩用沙啞的聲音回道。

「我不是問你的傷勢。誰做的？父親還是小孩？」

「父親。」斑鳩答道。「但孩子已經出生了。」

「下次別單獨行動好嗎？」

醫生不會被「新生兒」攻擊，至少本能讓它們不會對醫生抱持攻擊慾望。如果斑鳩手上的洞是嬰兒打穿的，那肯定是受了某種刺激，嬰兒一旦受刺激行為就會變得難預測，處理的風險也相應提高。

「妳、妳打算做什麼？」看見莉茲將手伸向野餐籃，男人大聲喝斥。他把槍口改指向莉茲，要她退後，但莉茲視若無物，握住突出的木柄，抽出一把斧頭。男人扣下扳機，第一發打中莉茲身後的茶壺，第二發則直奔她的心臟。

在子彈打入修女的胸膛前，斧刃先一步將子彈彈開。

「讓開。」莉茲說。

男人面露驚訝，旋即又繼續叫囂。「我不會讓妳傷害我的孩子！無論是妳這小婊子或那鳥頭怪胎，誰都別想！」

「鳥頭怪胎。」莉茲別過頭，向負傷的醫師問道：「你有好好跟患者家屬解釋為什麼他們的孩子會變成一團爛肉嗎？」

「說了，而且也勸他冷靜點。」

斑鳩稍稍舉起左手，彷彿想告訴莉茲這就是多嘴的下場。

「你他媽說誰的孩子是爛肉？」男人罵道，但沒有再胡亂開槍。彈匣裡面應該還有子彈，可能是情況不再允許他浪費。

「轉過身去。」

莉茲說。

「轉過身去，好好確認。無論看到什麼都不要說，安靜地離開。你兒子還在等你，別讓他也失去父親。」

「確認什麼？你們是瞎了狗眼不成？沒看見我的妻子嗎？她才剛生下我們的孩子，現在非常的虛弱，該滾蛋的是你們才對。」

男人口齒不清地發出嚎啕，時而哭泣時而大笑，那可能和教廷所說的腐化有關，大多數被腐化的人都會從思想、情感上開始轉變，最後才是身體的異變。

來不及了嗎？

若真是如此，那說什麼都無所謂了。

又一次地，莉茲聽見尖叫。一種凡是聽過一次這輩子都不會忘記的嘶叫聲。和進門時聽到的叫聲一樣，肯定來自同一個主人。

男人正打算轉身，他的話卻以無意義的乾嘔聲作結。他的嘴流出血沫，手中的槍落在地上，發出沉悶的聲響。

「我的孩子，怎麼……嘔——」

他用生命最後的力氣，低頭看向自己的胸腹，發現心窩被鑿出了一個洞，一些近似節肢動物足部的肢體從他胸口穿出。在來得及搞清楚發生什麼事情前，他的身體已經向前倒下。

莉茲輕聲嘆息，她知道，她一直都知道，因為被男人阻擋在身後的女人——在她進門前便已是一具屍體。

血腥味的來源不是斑鳩的手，而是女人被撕開的腹部。

傷口從子宮內部往外撕裂。女人當時承受的痛楚，就算看到噴濺在天花板上的血跡也難以想像。

此刻，那東西有一半的身體攀附在女人的遺體上，另外一半則在地上吸食男人的血肉。

那是嬰兒。

是母親懷胎十月辛苦產下的孩子。

*

莉茲不知道該如何描述這些來不及接受賜福的新生兒。

它們像是一團肉糜，但又比肉糜更具備生物的特徵，至少突出的肢體看起來像是為了覓食或運動而生的，但莉茲無法判斷這些生物的感知器官在哪裡，它們的確長著類似人類嘴巴與眼睛的器官，而這些器官似乎也能發揮類似的功能，但就是不對勁，它們的數量很多，以一個生物而言太多了。

連骨骼也是，原本是要用來支持器官與肌肉的構造，在這些怪物身上卻和結締組織以一種毫無規律的方式纏繞在軀體的各處。外露的血管與消化道從根本上打破一個生物應有的演化方向。

這就是受腐者。

那些未能接受賜福的人類，都必然會因土地的惡意，被扭曲成如此醜惡的怪物。

肯定是男人的情緒太過激昂，讓新生兒誤以為他具威脅性。這群受詛咒的存在並沒有血緣的概念，只是借助曾為母親的容器孕育已然墮落的它們，待到破繭而出時，用純粹的本能排除一切可能對其生命造成威脅的東西。

莉茲調整呼吸，連同生而為人對「嬰兒」抱有的厭惡，她將所有情緒深埋在連自己都不會有機會察覺的地方，緩步走向那正在吸食其父血肉的怪物。

修女會教了她很多事，但這三個月來所執掌的處刑讓她學會更多。一次又一次，她知道如何處理受腐化的人類，當然也包括他們的幼崽。

她舉起斧頭。當室內只迴盪著嬰兒覓食的窸窣聲時，斧頭已經將嬰兒用來掏空父親心窩的突觸斬斷。

嬰兒發出尖叫，宛若機械一般呆板，甚至更像一種單頻率的噪音，人類的聲帶不可能製造相同的聲音，但那確實是受腐者的叫聲，甚至更可能夾雜著他們的語言——假設他們有足夠的智性發展文化。

嬰兒試圖反抗，可是斧頭的第一下斬擊已經將它身體的硬化組織截斷，現在它變成一團更為純粹的肉塊。它將觸手狀的肢體纏上莉茲，大概是想將她絞死，卻連分辨莉茲四肢與脖頸的能力都沒有。

莉茲抓住纏繞在軀幹上的觸手，將它扯斷，濃汁噴到她的臉上，但莉茲只是稍稍瞇起眼，避免視線被影響。她重新拿起斧頭，朝嬰兒的身體中央劈下，更多的血液從潰爛的臟器中流出。

受腐者的生命力很頑強，因為這些生物根本沒有一種定性的、賴以維生的器官系統，除了把他們剁成碎塊或削成肉泥外，牠們的肢體永遠都會有辦法蠕動。莉茲反覆舉起斧頭，然後揮下，就像在流理檯前處理食材，削紅蘿蔔的皮，把萵苣切成絲。她從來不會計算同樣的動作需要做多少次，她盡可能不讓自己做多餘的思考。

否則一旦細想，就會察覺這些生物曾經有機會成為人類。

她得控制情緒，因為工作還沒結束。

「莉茲。」

斑鳩的聲音從背後傳來。

「別阻止我。」莉茲說。「這裡只有一隻，我得等另外一隻出來。」

「已經可以了。」斑鳩走到她身邊，用手勢示意她住手。

醫生的左手正被一團與嬰兒相仿的肉靡纏住，那團肉塊伸出鉤狀的舌頭，正在舔舐斑鳩的血。

第二隻嬰兒。

「你安撫它了？」

「盡我所能。」

「請繼續保持。」

莉茲將斧刃抵在嬰兒體表肥大的血管上，嬰兒仍在專心吸食斑鳩的血，它沒有感受到莉茲的情緒，更不可能察覺她的意圖。

一部分的肉塊墜地。鮮血同時濺到莉茲和斑鳩的面具上。

莉茲迅速抓起醫生手上的嬰兒，搶在它體內的利齒有機會咬斷兩人喉嚨前把它扔到廚房的牆壁上。又一次肉塊被拍爛的黏稠聲響。莉茲拋出斧頭，斧頭穿過嬰兒的身體釘在牆壁上，確保它不會再有辦法活動。

「又猜錯了。」她走到牆上的嬰兒前，開始將嬰兒身上的肉一片片扯下。「這麼一大條血管，我以為切斷的話應該多少能減緩它的速度。」

「有實驗精神是好事。」斑鳩說。

嬰兒的肉質軟嫩，將它撕成碎片並不困難。但就像用斧頭把上一隻剁成肉末一樣，怎樣都不是太愉快的工作。

嬰兒的嘶吼聲停下來了。莉茲搓揉著右手食指和拇指，鮮血和體液滲進指節間，回去勢必要好好清洗一番。

她將斧頭從嬰兒的身上拔起，嬰兒殘餘的身體掉到水槽裡，連同肉末一起滑進下水道。回過頭，斑鳩正蹲在男人的屍體旁，面對著壁爐，動也不動。

「怎麼了？」

莉茲看見斑鳩將受傷的手伸進壁爐。

「以我的身分可能僭越了，但如果你要處理傷口應該有更好的方式。」

斑鳩沒說話，默默從火堆裡拿出一個小巧的金屬球。

「那是……鈴鐺？」

「醫事院發給懷孕婦女的鈴鐺，被扔到壁爐裡。」斑鳩說。

這次輪到莉茲沉默了。

她知道關於「鈴鐺」的規矩。

那是一種做工精巧而且歷史悠久的裝置，內部有一個近似沙漏的設計，當它被交給剛受孕的婦女時，鈴鐺會因為內部的沙粒無法作響，但隨著婦女臨盆的日子漸進，沙子也會隨時間被排出鈴鐺，使得鈴鐺聲越來越響亮。

修道院圖書館內的藏書都寫得很清楚。聖人梅魯沙德勒相信人性本善，而他本人絕不是個會打老婆的王八蛋。他發明這個工具的目的是希望周遭人能提醒懷孕婦女定期接受產檢，確保胎內的嬰兒能在產前接受教廷與醫事院的賜福，而在他死後五十年，許多城市也都以安全為由，將懷孕婦女必須配戴鈴鐺的規定正式納入法典中。

「看來這對夫妻打算自行生產。」斑鳩用嘶啞的嗓音說道。

「那也難怪嬰兒會變成這樣。」莉茲附和著，隨後輕聲說道：「這行為已經跟異端沒兩樣了。」

異端，她在心中再度複述一次。即便她很討厭這個詞，但她必須承認，眼下的狀況、發生在夫妻倆身上的事，沒有比這更適合概括一切了。

「別太快下定論。」斑鳩反駁。「而且無論結果如何，都不是我們該煩惱的。」

「是呢。就算翻出整櫃子的鼻炎膠囊也不代表他們的生活需要來點刺激。」

斑鳩不作聲，瞪著莉茲。

「只是隨口說說。我砍下的腦袋裡面有大半都來自毒蟲。」

「我不是指這個，而是妳的情緒，還有妳的呼吸，都變得很混亂。」

「哦，那大概是因為我才剛把兩頭嬰兒切成碎塊的關係吧。」莉茲看向斑鳩的手。「在關心我的身心狀況前，你手上的洞已經快讓你把血流光了。」

「沒這麼誇張。」

斑鳩隨手抓了一條抹布包住左手，但血還是很快滲出。莉茲覺得那條破布只是斑鳩希望她閉嘴的證明。

「能做的都做了。剩下的就是通知其他人來善後。」

等待斑鳩寫信的時間，莉茲去浴室把斧頭上的血跡洗掉，接著又在夫妻的房間翻出兩匹布，將它們分別蓋在男人與女人的遺體上。壁爐裡還有其他東西，但她沒有不識趣到在斑鳩面前把它們一個個翻出來。

斑鳩打開窗戶，一隻烏鴉飛了進來，他在烏鴉的腳上繫上紙卷，烏鴉旋即又振翅離去。

「走吧，記得鎖門，鑰匙放在鞋墊下。」

兩人走到屋外，外頭的陽光依舊耀眼，而氣溫則是死寂般的清冷。就和莉茲步入磚房時一樣。

「姊姊。」

湯姆站在屋外，就站在紅磚房外的人行道上。

「妳和醫生的事情辦好了嗎？」

莉茲沒有回答，斑鳩也沒有。

「媽媽沒事吧？醫生，你已經知道媽媽肚子裡是妹妹還是弟弟了嗎？」

斑鳩還是沒有開口。

「我跟修女姊姊說想要有一個妹妹。醫生你應該有辦法讓媽媽生妹妹吧？」

「湯姆。」

「怎麼了？姊姊。」

「輪到你當鬼了。」

聽到關鍵字，湯姆立刻跳起來喊道：「捉迷藏！」

「姊姊比較不擅長躲，所以你給姊姊多一點時間好嗎？六十秒應該就夠了。」

「可以啊！當然沒問題囉！」湯姆神氣地抹抹鼻子，然後看向斑鳩。「醫生也會玩嗎？」

「會的。」莉茲代替斑鳩答道。「所以你要認真數，然後再來找我們，知道嗎？」

「好！」

湯姆一邊叫一邊跳，跑到公園的那棵槭樹下開始倒數，就和莉茲剛才一樣。

同一時刻，莉茲和斑鳩已經搭上路邊的廂型馬車。

馬車駛動，莉茲坐在與車頭同方向的位置，她不想給自己回頭的機會。

至於斑鳩，從頭到尾都保持沉默。即使坐在對座，那副鳥嘴面具也讓莉茲看不出他的雙眼究竟擺在哪裡。

兩人維持了好長的寂靜。直到遠離紅磚住宅區，斑鳩才說：「先送妳回診所。」

莉茲看了一眼斑鳩包著抹布的手。「小心點，別搞到最後要截肢了。」

「不會。」他頓了一下，補充道：「工作結束了，妳可以先回診所休息。」

莉茲點頭。漫無目的地望著窗外稍縱即逝的風景。

在候車亭下看報紙的中年人、穿著小丑服的氣球小販，還有手牽手並肩而行的一家人。

玻璃櫥窗與平凡的人物組成一如既往的街道。

「教廷不會忘記湯姆。」斑鳩說。

莉茲露出複雜的笑容說：「你知道這句話其實有兩種解讀方法。」

「那就往好的方面想。」

「盡量吧。我在修女會待了七年，最後三年還被關在教養院裡。沒有人比我更清楚她們的行事作風。」

「讓妳想起往事並非我的本意。」

「我沒有想起任何事，所以不用嘗試安慰我，醫生。」莉茲嘆息。「能感到悲傷是好現象，繼續做這份工作早晚會變得麻木，不是嗎？」

「所有工作都一樣。」

只是有些工作的餘味沒那麼糟。莉茲默想。

「剛才走出那棟屋子時我心裡其實只有一個念頭，那就是回家睡覺。」

說完，莉茲打了個呵欠，她並非刻意表現給斑鳩看，只是她真的累了。戶外活動總是讓她感到疲倦，此外，她也得找時間把之前欠下的睡眠補回來。這幾天她陪斑鳩造訪不少民宅，湯姆家是最後一戶。

斑鳩沒有再盯著她，而是與她望向同一面窗景。

「往好的方面想，小湯姆的家人不是死在他手裡。」

她繼續說道。

「整個莫爾赫斯沒有人會把小湯姆當作把爸媽砍成碎片的精神病患。」

目前已知的事情：

＊醫事院

培訓醫療人才的機構。依據醫生的職務會受到不同素養的訓練。

歷史悠久，相傳和教廷同為神親自授意所成立的組織。

＊聖人梅魯沙德勒

又稱發明大王梅魯沙德勒。但本人曾公開表示這世界上被稱作發明大王的人太多了，所以拒絕別人用這個名號稱呼他。實際上被受封為聖人的人數遠超發明大王。

曾因家暴問題上過三次民事法庭與一次刑事法庭，還有一次酒駕紀錄。

＊烤餅乾的工具

放在野餐籃裡可以告訴別人那只是老奶奶的擀麵棍。記得把布蓋好。

Ch. II 黑鴉

三年前的今天，莉茲十四歲。除了蟑螂，她最討厭的動物就是鴿子。每次在窗台前撒些飼料，那群討人厭的東西就會立刻聚過來。

儘管每隻都被餵得又肥又胖，卻沒有誰滿足於自己的體型。牠們知道德蕾莎女士放飯的時間，總是在老修女現身前先一步躲在某處的屋簷上待命，不會錯過任何填飽肚子的機會。為了一粒麥子，牠們可以把同伴啄得頭破血流，也許是因為牠們知道小小的犧牲可以換來更大的好處。德蕾莎女士有著悲天憫人的好心腸，就像每個將自己獻身於造化主袍澤下的修女，她總是擔心某隻可憐的胖鳥餓肚子，飼料撒的一次比一次還多。

「神對祂的造物皆有安排。妳所見的生命都是可敬可愛的。」

每當修女會的年輕修女拿起掃把，試圖驅趕這些貪得無厭的肉球時，德蕾莎女士就會用慈祥的口吻囑咐新人給予牠們更多的包容。

當然，鴿群沒有讓她失望，酒足飯飽後，牠們從不忘留下滿地的新鮮鳥糞，給當天值日的修女善後。

爛鴿子。

莉茲是今天的值日生，但她沒有在窗外看到任何一隻鴿子。

也許今天是她的幸運日。

注意到枝頭上那隻全身覆著黑羽的生物時，她更確信這份預感沒有錯。鴿子們都被趕走了，還好早上出門前有跟爸媽說今天會晚回家。

她盯著烏鴉，烏鴉也看著她。那漆黑如果實的眼珠總是閃爍著靈動的光芒，擺出一副無所不知的模樣。

提起烏鴉，每個莫爾赫斯的居民恐怕都會用相同的詞彙形容牠們——

醫生的眼睛。

其中的原因並不難聯想，烏鴉是醫生們的寵物。謠傳牠們替這些裹著黑衣的蒙面主人窺視城市的一切，確保需要時能給予患者救助，或是安息。

但為什麼是烏鴉呢？比起烏鴉，莉茲更喜歡貓頭鷹和啄木鳥，俊俏的老鷹也不錯，還能幫家裡抓老鼠……

可能是因為烏鴉數量多又聰明吧，至少比呆頭呆腦的鴿子好多了。

莉茲坐在窗邊的位子，托著腮，思考這類無關緊要的事。

直到德蕾莎女士走進講堂，她才回過神來，急忙端正好坐姿，拉平皺巴巴的袖口。雖然德蕾莎女士很講究每位修女的儀態，但莉茲從不會在老師面前故意裝模作樣。她的想法很單純，她不想在那個人心中留下壞印象。

「各位姊妹們，請趕快回到位子上。我們準備上課了。」

德蕾莎女士環視講堂一遍，確定所有人都入座後，朝門的方向點頭示意。一個全身裹著黑衣的人走了進來，舉凡禮帽、手套與皮靴皆是清一色的黑，唯獨腰際的扣環發散著金屬的光澤。

那人的臉部覆著鳥形面具，面具的鳥喙不像烏鴉那般厚實，更加細長，也更為扁平，微微向內捲的尖端打磨得像錐子般銳利。

每次見到他，莉茲都會下意識想起斑鳩，真正的斑鳩。

伴隨腳步聲而至的，還有皮箱摩擦地板的聲音。莉茲認為裡面應該是裝著上堂課提到的東西。

「那麼斑鳩醫生，接下來拜託您了。年輕姊妹們在您的薰陶下，一定會很有收穫。」

做完簡單的開場白，德蕾莎女士向覆面的醫生致意。臨走前還不忘用眼神提醒台下學生們保持秩序，以善待這位來自醫事院的貴客。

「謝謝您，敬愛的女士，我保證會盡我所能……對了，在課堂開始前，能麻煩您給我一杯水嗎？五十分鐘的時間也許——」

即使隔著面具，斑鳩的聲音也能清楚傳進莉茲耳裡，那是與肅穆穿著不符的輕快嗓音。

可惜講堂門已關上，德蕾莎女士沒聽到醫生的請求。

「好吧。」斑鳩聳了聳肩。「至少說明這裡隔音不錯。」

台下許多人都笑了，莉茲的嘴角也跟著上揚。她知道斑鳩是故意的，他和其他客座講師不一樣。如果不能掌握好輕鬆的氣氛，連他自己都不知道課程要如何進行。

「那麼，」斑鳩將皮箱放到講桌上，清了清喉嚨道：「相信妳們之中大部分人已經猜到了。不過在我們進入正題前，按照慣例，還是得先複習上次的內容。」

他刻意換了口氣，觀察台下學生的反應。二十幾名見習修女的視線聚焦在他面前的皮箱，這也在他的預料中。

他決定挑出那些沒這麼在意皮箱的人。

察覺斑鳩正望著自己，莉茲眨了眨眼睛，她想斑鳩大概會請她起來回答問題。她有信心不會讓斑鳩失望。

「德拉諾爾。我應該沒有叫錯吧？」

猜錯了。

坐在莉茲斜前方的女孩立刻站起身，用宏亮的聲音答道：「沒有錯，醫生。」

「從剛剛開始妳就一直盯著我呢，我的臉上有什麼奇怪的東西嗎？」

「沒有，醫生。我單純認為這是種禮貌。」

「那請原諒我在這堂課才注意到妳給予我的尊重。」斑鳩輕笑出聲。「德拉諾爾，請妳簡單說明一下造化主的外型和功能，好嗎？」

「所謂的造化主，是一種以人體為原型，製作而成的十字型護符，功能是讓持有者抵禦自然腐化。」

德拉諾爾幾乎沒有任何遲疑便開口，就連回答的方式也和講義所寫的別無二致。

眼見斑鳩沒有打斷，甚至頷首給予肯定，更是讓她滔滔不絕地說了下去。

「相傳它是造化主贈送給人類的禮物，人類為了感謝神明的恩惠，所以也替護符取了相同的名字。除了平常使用的口語外，聖書文的『shaper』也同時具有造化主和祂的護符兩種意義。因此，大部分的史學家都認為造化主的起源並非只是單純的神話。」

哪裡簡單了，愛現鬼。

莉茲心想。

「回答得很好，德拉諾爾。」斑鳩滿意地點了點頭。「可惜裝置的歷史並非我的專業，沒辦法給妳更詳細的答案。」

「不好意思，您說的裝置是指……？」

「我是指護符，造化主護符，抱歉，是我疏忽了。」

「醫生說得沒錯。」莉茲擅自插入兩人的對話，她認為斑鳩沒必要道歉，尤其是在趾高氣昂的德拉諾爾面前。「護符是教廷對造化主的描述，但在醫事院編纂的教科書上，它被形容成一種裝置。」

德拉諾爾回過頭來瞪了莉茲一眼，而莉茲只是朝她吐了吐舌。

「謝謝妳，莉茲。不過我還是想盡量使用妳們習慣的詞彙，這堂課並不容易，少一點誤解總是好事。」

扳回一城的德拉諾爾用力地點了點頭，莉茲發誓等下課後一定要去掐她的脖子。

「所以接下來我要說的，希望各位都能好好把握。德蕾莎女士並沒有給大家安排隨堂測驗，但我相信沒有人會因此而怠惰。」

斑鳩拿起粉筆，開始在黑板上繪製造化主的圖樣。如同德拉諾爾所說，那是一個十字形的構造物。它會在嬰孩剛出生時由醫生植入脊椎，並於死後隨同遺體一起火化。

「各位在出生時都受洗過，所以不會對造化主產生疑慮，但這世上有許多醫療資源不發達的地方，例如城市底層的居民或是在外流浪的遊牧民族。他們之中不少人聽信謠言，認為造化主是醫事院和教廷控制人民的手段，因此拒絕讓醫生定期做產檢，這樣的結果，就是導致許多無辜新生兒受到腐化。」

莉茲認真聆聽斑鳩講課。她的父母都是虔誠的國教信徒，從小沐浴在儀軌薰陶下，她知道失去這具裝置，人類面對這片充滿惡意的土地將毫無抵抗能力。

「關於人類被扭曲成怪物——或者說『受腐者』的原因，至今醫生們也還沒有結論，但根據教廷對古文獻的研究，腐化人類的源頭似乎是這個世界本身。」

斑鳩說完，在黑板的造化主上打一個巨大的叉，接著又畫了一個箭頭，箭頭指著一塊畸形的肉團，象徵那些受到腐化的人。

同樣的圖示，也在教廷發送給每個家庭的文宣裡出現過。它用最簡單的方式說明人與造化主的關係。神賜予人類造化主，教導他們對抗腐化，避免淪為沒有思想的怪物。

斑鳩盡可能說明得淺顯易懂，實際上當然沒有這麼簡單。

千年來的發展，一次又一次的宗教改革，讓如今的教廷內部派系林立，對經典也有不同詮釋，光是人類與自然的關係，莉茲的母親就告訴過她至少十種解讀方法。

有人將腐化視為人類的原罪，也有人把它當作萬物之靈必須克服的考驗。莉茲覺得那些說法都太複雜。她曾和爸爸媽媽到度假海灘學習潛水，教練給她的潛水衣上有一個瓶子，說只要裡面的氧氣足夠，她就能一直待在水下。

莉茲認為，所謂的造化主其實就是瓶子。失去它的人類不會溺死，但會被扭曲成異形，所以醫生才得把它植入體內。所有城市都以教廷和醫事院為中心擴張，教廷指導人們從思想抵抗腐化；醫事院則自實務面著手。莉茲很清楚，甚至比父母親看得還明白。

莉茲將手伸向背脊，她知道自己體內也有一個造化主，只是她的指尖無法感受到它的存在，它已經徹底融入體內，成為身體的一部分。

「現今我們所使用的護符，是上個世紀由一位名叫黑鴉的醫生所改良的版本。由於他的行為並沒有受到教廷核可，所以審判庭曾一度將其列為異端，甚至導致歷史上教廷與醫事院最嚴重的一次衝突。不過剛剛也說了，歷史並非我擅長的領域，所以這部分和我們今天的課題沒有關係，我純粹是想藉今天這個機會，請各位比對一下兩種造化主的差異。」

發現台下已經有人開始打呵欠，斑鳩抓準時機打開皮箱。經過裁切的海綿裡嵌入兩個十字形棒裝物，大約有十五公分長。許多人的注意力再次被抓回，她們睜大眼睛，不敢相信這麼巨大的物體能被安置在自己的脊椎上。

德拉諾爾再度舉手問道：「醫生，我記得規定……」

「規定造化主被取出後就要立刻銷毀。所以請不要誤會，這只是模型而已，是我們替那些新進醫師製作的玩具，但精細度是無庸置疑的。」

解決小修女的疑慮後，斑鳩將十字護符從箱中取出，好讓大家能看得更清楚。

「造化主被植入嬰兒體內時僅有三至五公分左右，隨著配戴者的年齡增長，它們的體積也會變得膨大。現在大家看見的，是一個年約二十歲成年人體內的造化主，到了這個年紀，基本上就不會再成長了。兩種造化主僅憑肉眼可能看不出差異，不過只要摸摸看就會明白了。」

斑鳩將造化主放到最前排的同學桌上，卻沒有人敢出手。她們不像醫生，沒有人戴著手套，擔心一不小心就會在上面留下刮痕或指印。

「看來我們需要一個勇敢的志願者。德拉諾爾，能再麻煩妳嗎？」

德拉諾爾倏地縮起肩膀，然後抿起嘴唇，戰戰兢兢地走到講台前伸出雙手，輕輕按壓兩個裝置。

「不用這麼緊張。這東西畢竟要陪妳我度過一輩子，不會那麼輕易被弄壞的。」

斑鳩用開朗的語氣說道，於是德拉諾爾加重力道。

「右邊的觸感很光滑，左邊的……摸起來有點像皮特先生……」

「誰是皮特先生？」

發現自己說錯話，德拉諾爾立刻改口道：「我是說，絨毛玩具。摸起來很像絨毛玩具。」

莉茲不小心笑出聲，她知道小丑皮特先生是德拉諾爾的偶像。沒想到這個自以為是的死正經，竟然會在關鍵時刻出糗，就像不小心把德蕾莎女士喊作媽媽一樣。

「很接近了。」斑鳩說。「左邊是黑鴉改良過的版本，他最初的靈感來源是人類的舌頭，不過妳說的絨毛玩具也沒有錯。原理是透過增加表面積的方式加快造化主著床的速度。」

「什麼是著床？」

德拉諾爾再度問道，但這次莉茲學乖了，她決定閉上嘴，什麼都別說，反正下課後她還是會去掐德拉諾爾的脖子。

「這是醫事院的專有名詞，教廷那邊似乎沒有對應的詞彙……各位可以先理解成是人體和護符結合的過程。除了加快結合的速度，黑鴉的研究也改良了造化主的防腐技術，變相延長人類的壽命。」

斑鳩的話很快便淹沒在年輕修女們的嘈雜聲中。現在大家都知道造化主的模型不如她們所想的脆弱，紛紛想要體會一下德拉諾爾說的「絨毛玩具」般的觸感。

人群簇擁下，斑鳩悄悄退到講台下。

「妳看起來沒什麼興趣。」他低聲說道，確保只有身旁的女孩聽得見。

「我在你的診所看過了，而且不是模型。」莉茲說。

「是呢，但那是秘密。」

莉茲點點頭。她知道醫事院不擅長分享秘密，所以讓一個生於國教家庭又在修女會受教育的女孩出入診所怎麼想都不是好主意，但斑鳩還是接納了她。

「另外，黑鴉現在也還是異端。」

莉茲忽然說道，斑鳩沒反應過來，隨興地「嗯」了一聲。

「你剛剛說的。你說黑鴉曾一度被視為異端，但他現在也還是，醫事院的名冊上沒有人繼承黑鴉的名字。」

「妳在哪裡讀到的？」

「你書櫃上。」

斑鳩沒有再回應，但莉茲感覺得到他的視線。

於是她繼續說道：「只是想提醒你不要被德拉諾爾抓到小辮子。」

「那也沒什麼不好。」斑鳩的鳥喙對著德拉諾爾，而後者正開心地把玩造化主模型。「我喜歡像她這樣的孩子。有勇氣、懂得思考，然後質疑。」

「你想惹我生氣。」

「這並非我的本意，但她的確活得比妳更有十四歲少女該有的樣子。」

斑鳩發出刻意的笑聲。莉茲想牽起他的手，然後用力捏緊，但現在仍處於課堂中，她不能表現得太親暱，這會給斑鳩添麻煩，所以她忍下來了。

她再度望向窗外，烏鴉還在。烏鴉是聰明的生物，若是口渴了牠們也會找到方法喝瓶子裡的水。

懸掛在講堂後方的時鐘指針來到正午前十五分。斑鳩給每個人足夠多的消化時間了。先是有人舉起手，接著好幾名學生都對斑鳩投以困惑的目光。不用開口也能明白，在實際觸碰到造化主後，肯定每個人心裡都有滿腹的疑問。

在斑鳩離開前，莉茲叫住他。

「嘿，」她問。「你真的會口渴嗎？」

「妳不會當真了吧？」

莉茲聳聳肩，凝視著醫生的背影。

＊

烏雲遮蔽莫爾赫斯的天空，雨絲綿密，在車窗上留下星辰般的弧線。

莉茲將掌心貼上玻璃，聽著馬車駛過石板路的聲音。一隻烏鴉飛到莉茲面前，用鳥喙輕敲窗戶。

「讓牠進來吧。」對坐的斑鳩說。

莉茲搖下窗戶，烏鴉拍打著翅膀，發出難聽的叫聲，像是怪罪莉茲害牠在外頭多淋了幾秒鐘的雨。

「很多人對這群孩子有錯誤的認知，認為我們可以透過牠們的眼睛窺探民眾的隱私，但如果醫事院真的有這種技術，教廷肯定不會坐視不管。」

斑鳩解開綁在烏鴉腳上的紙卷，隨口說道。

「因為自由是神賦予人的權利？」

「因為教廷才是有過多好奇心的人。醫事院本質上是一群方便主義者在主導，他們不希望浪費太多唇舌和教廷周旋，所以才訓練烏鴉擔任信使。」

斑鳩攤開紙卷，但上頭的文字旋即令他陷入沉默。

「又是總院寄來的嗎？」莉茲問。

「不重要。」

「如果我沒猜錯，他們不肯放棄要你回去當住院醫師。」

斑鳩無聲地點頭。

「德蕾莎女士說過，這兩年新生兒變多了，現在一定很缺人手。」

「因為大清洗結束了，跟戰後嬰兒潮一樣。當和平到來，某種集體意識就會催促人們趕快增產報國。」

「那你為什麼會在這時候辭掉工作，跑來修道院擔任講師？仔細想想，醫事院根本不會接受你辭職。」

「無論他們接不接受，我都有選擇的權利。」

「你是很棒的醫生，被你拒絕會是很大的損失。」

「誰知道呢，說不定我當醫生的理由，只是為了見證最優秀的女孩來到這個世界。很明顯，我的任務已經完成了。」

莉茲微張著口，心想自己絕對聽錯了，就算不是聽錯，她肯定也誤解了斑鳩的意思。

斑鳩將手伸向莉茲的臉頰。她緊張地閉上眼，明確地感到自己的心跳正在加快。妳不會當真了吧？她還記得斑鳩在課堂上對她開的玩笑。

斑鳩沒說話，但莉茲卻遲遲等不到他。

莉茲睜開眼睛，不知何時，斑鳩手裡已經多出一條手帕。

「這孩子在妳肩上留下了會讓人感到不快的紀念品。」斑鳩將手帕摺好，放在身旁的座位。烏鴉再次發出嘶啞的叫聲，這次聽來更像是訕笑。

搶在莉茲捉住牠的腳之前，烏鴉便飛出車廂，消失在雨霧中。

「原諒我，妳本來可以不用發現的。」

「你要道歉的事還多著。」

莉茲看不見斑鳩的五官，不知道他是不是真的感到抱歉，但至少斑鳩的聲音很誠懇。只要他不說些自以為幽默的笑話，他一直都是誠懇的人。

——最優秀的女孩。

所以僅有這句話，她多麼希望斑鳩沒有說謊。

莉茲今年十四歲，關於斑鳩的一切，她一無所知。

論年紀，斑鳩肯定要比她年長得多，甚至都能擔任她父親了。但就像每個醫生一樣，斑鳩從未在任何人面前脫下面具，即使在莉茲面前，他也嚴格遵守醫事院的規定。

那為什麼自己會如此在意一個連長相都不知道的人呢？莉茲也不曉得。當她察覺時一切好像已經太遲了。

三個月前，德蕾莎修女說今天有一位特別的訪客會蒞臨修道院。他將代表醫事院，向修女會的新進修女們傳授醫學相關的知識。

莉茲以為那是她與斑鳩第一次見面。

——妳是莉茲吧？好久不見了。

下課後，斑鳩在走廊上叫住她。告訴莉茲她在課堂上的表現讓人印象深刻。莉茲不習慣受人褒獎，即便德蕾莎女士對她在學業與體能的表現讚譽有加，她也不曾感到滿足，因為她覺得人們堆起笑容時總是存在某種目的。那不是經驗，只是本能告訴她如此。

弔詭的是，面對這名看不見五官的醫生，在兩人初次交談的片刻間，莉茲卻寧願相信他的讚美是真誠的。

直到上個月初，莉茲才終於找到可能的答案。

原來，斑鳩所謂的「好久不見」，已過了十四年。

斑鳩是當初替母親接生的醫師。

是她誕生後，第一個見到的人。

如同破殼而出的雛鳥，或許這才是莉茲能順從直覺信賴斑鳩的原因。當然也可能只是她替自己找的藉口，但可以確定的是，在那之後她就一直對斑鳩抱持著不可解的感情。

即便這段緣分也是種咒縛，象徵著在斑鳩眼中，自己永遠都會是那個在襁褓中哇哇大哭的嬰孩。

倘若她再早幾年出生，用另一種形式與斑鳩相遇，即便醫生的身分注定這份感情永遠不會得到回應，但當她站在斑鳩身邊時，肯定也能更有自信一些吧。

不單是最優秀的女孩。

還要是最優秀的女性。

至少在斑鳩眼裡。

莉茲是這麼希望的。

「所以不要再誇德拉諾爾了。」她說。

「嗯？」

「她常在大人面前裝乖，私底下卻喜歡找我麻煩。」

「妳還放在心上呀？」斑鳩偏頭，笑聲很輕盈。「妳該不會真的跑去掐人家脖子？」

「我們用富有騎士精神的方式解決糾紛，沒有給德蕾莎女士添麻煩。」

「妳脖子上的齒痕不是這麼說的。」

莉茲慌忙蓋住齒痕，蹙起眉頭說道：「因為我的對手是條瘋狗，無法講道理的瘋狗騎士。」

「我比較喜歡由護教騎士當主角的故事。」

「那太好了，我爸爸有一整座書櫃收藏騎士小說。下次我挑幾本給你，你有什麼喜歡的類型嗎？」

「謝謝妳，莉茲。那請不要給我英雄主義太濃厚的，我向來對這類型很感冒……啊，請停在這裡就可以了。」

斑鳩提高音量對馬車的車夫說道。這讓莉茲稍稍鬆了一口氣，慶幸不用跟斑鳩硬聊不擅長的話題，追根究柢，她只是想把德拉諾爾踹到旁邊去而已。

馬車停在被稱作「診所」的醫生宅邸前。宅邸四面都被石磚牆和白蠟樹包裹起來，僅有透過入口的鐵門才得以窺見建築全貌。

擁有自己的庭院，窗戶透著朦朧的光線，就算沒有人在家，還能二十四小時燃燒煤氣燈。診所散發著比普通百姓居住的房舍更高級的氛圍，但以斑鳩的身分，他肯定可以住在更好的地方。

雨依舊下著。莉茲走下馬車，讓斑鳩將她納入傘的庇蔭下。

「今天天氣不錯。」她說。

「是嗎？」

「是啊，我喜歡雨天。」

兩人並肩踩過庭院的磚道。雨水不停落在斑鳩的半邊肩膀上，但他還是小心避免碰觸到莉茲的身體。

直到馬蹄聲遠離，直到她只聽得見雨聲。

「尤其是雨聲。」

「我也喜歡。」斑鳩回道。

莉茲很希望這段路沒有盡頭，這樣雨聲就永遠不會停止。

「我記得妳說過，妳和艾瑪常趴在窗台前聽雨聲。」

但斑鳩還是開口了。

「……嗯。」

她抱住斑鳩的手臂，將它緊摟在心窩，這裡沒有其他人，所以斑鳩沒有制止她，只是輕聲說了句：「艾瑪她還好嗎？」

無論他再怎麼故作自然，莉茲仍覺得醫生的問題來得太過唐突。

即便她知道，就算什麼也不說，斑鳩早晚也會提起妹妹的事。

她只是不希望剛才的閒聊，都僅僅是為了說給馬車車夫聽而已。

*

有馬車停在診所前。

朵兒在廚房的流理台前等待馬車上的乘客下來。診所的窗戶經過特殊處理，不緊貼著玻璃是看不到室內狀況的，所以她有足夠的時間把牛奶喝完，再躲回房間。

是醫生，當然是醫生。因為診所已經很久沒有其他訪客了。

除了那個女孩。

果然，那個女孩也在，醫生替她打著傘，而她則依偎在醫生身邊。那頭金髮很耀眼，哪怕是在雨中都相當引人注目。

上禮拜她才來過，上上禮拜也是。朵兒不記得第一次見到女孩是什麼時候的事了，大概是一、兩個月前，在那之後，她幾乎每個禮拜都會來醫生家玩，有時候一週還來好幾次。

雖然醫生家實在沒什麼好玩的。

因為醫生不會讓任何人到他的地下室，就算是那個叫莉茲的女孩也一樣。除此之外，診所只有一些晦澀難懂的書籍和醫生隨手擱置的文件。

而醫生想出來的待客方式也樸實得可笑，不過就是把一些市集買來的便宜點心放在餐盤裡招待女孩罷了。

即便如此，女孩每次都會露出幸福的笑容。那個傻呼呼的女孩，好像只要待在醫生旁邊就滿足了。

直到最近，這如家庭肥皂劇般無聊的相處模式才有了改變。

那女孩似乎有很重要的事要拜託醫生，她不再把時間浪費在下午茶上，而是跟著醫生一同走進他的書房。

今天也一樣。

搶在兩人踏入診所前，朵兒先一步奔回房間。醫生囑咐過她，她和地下室一樣，都是不能讓外人知道的秘密。

起先腳步聲和外頭的雨一樣，靜謐得稍有不注意就會忽略，隨著步伐聲變大，朵兒知道他們正穿過走廊。

最後，腳步休止於門板闔上的聲音。

他們進書房了。朵兒心想。而且照過去的經驗，至少要半小時後才會出來。

朵兒打開房門，她瞞著醫生偷溜出來過幾次，而且還是在有客人的時候，她很清楚讓門板安靜的方法。

同時，她也知道要怎樣才能聽得清楚。

「……艾瑪她沒事，至少腐化沒有繼續蔓延的跡象。」是那女孩。她正在告訴醫生妹妹的病情。

「不過我不知道能瞞住爸媽多久。他們太相信教廷了，這對艾瑪很危險。」

朵兒沒有聽見醫生回應，醫生可能有說些安慰的話，只是聲音不夠大，透不過木門。

「你上次提到的方法，真的不要緊嗎？我聽說腐化——」

後半段聽不清楚，腳步聲再度壓過說話聲。醫生似乎離開他的位子了，他來到門邊，朵兒聽見水流聲，應該是在替那女孩倒水。

「需要再一點時間，畢竟是實驗性的技術。」醫生說。「為了艾瑪，我們得把風險降到最低，因為其中一些理論涉及造化主機構的核心。」

「像黑鴉醫生一樣？」

「像他一樣。」

「斑鳩，告訴我黑鴉最後怎麼了。我知道他被列為異端，然後呢？沒有一本史書記錄他的下場。」

「審判官把他扔到木輪子上，打斷四肢等死。」

聲音沉寂了一會。好一陣子，朵兒以為對話結束了。

「不用擔心，莉茲。妳並不孤單，妳和艾瑪都不孤單。願意協助妳們的人不只有我，我在莫爾赫斯也有些值得信賴的老朋友。」

「真的？」

「真的，我保證。」

朵兒聽見女孩小聲地道謝。她聽得出來女孩的話夾雜著鼻音。對方似乎很擅長壓抑自己的情緒，但淚水終有潰堤的時候。

談話已進入尾聲，朵兒的預感告訴她該回房間了。可是她還想再多聽一些，她想再多聽女孩講述妹妹的事。因為朵兒沒有妹妹，甚至沒有父母，以前的家人都死了，如今唯一稱得上家人的人只有醫生。她想透過女孩，想像擁有一個妹妹會是什麼感覺。

這讓她錯過回房間的最好時機。

門把被轉開了。

朵兒反射性地往後退，看見從門縫透出來的光芒越來越亮。

太遲了，距離太長，她的腳程沒那麼快，現在無論躲到哪個房間都太遲了。甚至連她思考的時間都在壓縮逃跑的機會。

她的背撞上牆面，手漫無目的遊走著，直到掌心傳來金屬的冰涼觸感，她才想起自己身後並不是一堵牆。

只是因為她太少進地下室，才不小心忽略了這個空間的存在。

她很幸運。醫生的診所鮮少招待訪客，醫生也沒有神經質到把所有門板都鎖上。

朵兒推開門，退了一步，腳立刻踩空，墜入黑暗中。

她的肩膀撞到階梯，但她不能發出哀號，她咬住嘴唇，緊緊咬著，藉由痛覺取代痛覺，強迫自己閉上嘴。

醫生就站在光亮處，空洞的雙眼正盯著她。

「斑鳩？」

女孩在他身後，踮起腳尖試圖讓視野越過醫生，但醫生的身體擋著她。她看不清楚階梯，更不可能看見癱倒在階梯上的朵兒。

「沒事，莉茲。來，我們去看看雨停了沒有，妳父母不會希望妳太晚回家。」

醫生關上門，揚起階梯上的灰塵。朵兒打了一個響亮的噴嚏，但沒有人聽見。她在黑暗中摸索，感受石磚的紋路，等待雙眼適應環境。她討厭被人盯著的感覺，所以她總是盡可能低著頭走路。

終於，一些輪廓開始浮現在她的眼前。朵兒還記得，那些閃著透明色澤的玻璃器材是醫生的實驗道具，他會將一些藥材磨碎後放到蒸餾爐裡煮沸，再讓籠子裡的小動物服下。是呢，還有那些小動物。所以地下室總是瀰漫著牲畜的腥味。

但朵兒沒聽見老鼠的叫聲，那是群吵鬧的動物，可是此時卻出奇地安靜。

視線不是來自牠們。

那是什麼？

觸感又變了，變得平滑，而且帶有一種人工特有的弧度。

大概是培養箱，同樣是醫生的實驗器材。

不同的是培養箱裡有東西。朵兒知道，視線就是從箱子裡來的。

她揉了揉眼睛，努力想看清楚。她辦到了。

箱中裝著一個嬰兒。

被化學藥劑浸泡著，像是懸浮在空中。

嬰兒的眼睛半睜，動也不動，胸口沒有起伏，恐怕死去好一段時間了。

除此之外，嬰兒的外觀也跟一般人不太一樣。

脖子以下，左半邊的身體幾乎都被潰爛的組織取代，從中伸出肉鬚與錐形的鈣化組織，皮膚上的膿皰被增生的血管擠壓。就好像把人壓成一團肉泥後，連同骨骼和肌肉重新雕塑。

朵兒覺得她應該要害怕，因為診所裡的那些書，上面所描繪的嬰兒不是長這樣的，他們有光滑的肌膚和胖嘟嘟的手臂，幾年後則會像女孩一樣發育得修長白嫩。

那是正常人應有的樣子，眼前的嬰兒並不正常。

可是她無法害怕。

朵兒抬起左手，盯著自己的掌心。她的雙眼已經完全適應黑暗，能清楚看見掌心上的肉芽與增生的突觸組織。

那是她身體的一部分。

大概也是醫生從不讓她離開診所的原因。

*

「謝謝您送我回家。」

「這是我的榮幸，小修女大人。」

莉茲從書包裡翻找錢包，但蓄著鬍鬚的車夫露出敦厚的笑容，告訴她好心的醫生已經替她付了車馬費。

「祝您有愉快的一天。」

莉茲揮手向車夫道別。小修女大人實在是很奇怪的稱呼，但莫爾赫斯的人都習慣以尊稱稱呼神職人員，就算莉茲只是修女會的學生，身上的制服還是證明了她的身分。

這是她父母的期望，是每一個國教家庭父母對孩子的期許。男孩在十歲就要去教廷開辦的神學院進修，女生則是在同樣的年紀加入修女會。

起初莉茲對修女會不以為意，甚至有些反感，一些刻板印象讓她覺得修道院的姊妹們都是群三句不離造化主的狂熱分子，事實證明指導她們的德蕾莎女士也的確是這種人。

直到她遇見斑鳩。

是斑鳩讓她知道，所有真理都是可以被挑戰的，而且只有曾被挑戰過並殘存下來的，才有資格以真理自居。

如果可以，她不想對斑鳩有任何隱瞞。

如果可以的話。

莉茲站在家門，嘆了口氣。

當斑鳩問起妹妹的病情時，她告訴他腐化沒有繼續擴散，在服用醫生給的抑制劑後，甚至有好轉的跡象。

實際上，艾瑪的肢體已經出現明顯變異，若不是因為艾瑪不需要上學，可以整天待在自己房間，否則她的症狀肯定早就被發現了。

她和妹妹還能瞞大家多久？

莉茲搖搖頭，重新整理情緒。屋內亮著燈，代表爸媽在家，莉茲說今天學校有晚禱，所以他們不會起疑。現在她只要像往常一樣，打開門，告訴爸媽她回來了，然後在晚餐桌前分享今天修女會發生的事。她最好趕快想一個藉口解釋德拉諾爾留下的咬痕。

至於艾瑪，她的身體還是很不舒服，沒辦法與他們共進晚餐。

這樣就好。

莉茲深吸一口氣，將鑰匙插進鑰匙孔裡。一股怪異的氣息卻讓她停下動作。

門後有人在哭。

她粗暴地推開門，哭聲變得清晰且宏亮，是艾瑪。莉茲奔入玄關，她很確定哭聲是從廚房那傳來的。

「莉茲，妳回來了。」

但在她來得及見到妹妹前，母親先一步擋在她面前。母親的面色慘白，雙手緊握在胸前，明顯受到驚嚇。

「媽，我聽見艾瑪的哭聲，是她嗎？是她在哭嗎？」

「妳妹妹她……我不知道該怎麼說，但她需要幫助。」

她急忙推開母親，衝進廚房，差點撞上父親，艾瑪蜷縮在與她距離最遠的牆角，抱著自己的手臂，血紅色的突觸穿過她的指縫肆意地蠕動著，在她的腳邊蓄積了一灘黃綠色的膿血，血泊中還有一團爛肉。

「爸！」

「冷靜點，莉茲。」父親鐵青著臉說。「不會有事的，審判庭的人很快就會趕來，一切都不會有事，他們知道要怎麼幫我們。」

「你通知了審判庭？你明明很清楚他們會怎麼對待那些被腐化的人！」

莉茲近乎尖叫般地怒斥道。

「我知道。」父親握著斧頭的手正在顫抖。斧頭上的血跡與艾瑪的哭聲似乎已經說明方才發生了什麼事。

太遲了。發生在妹妹身體上的異變，正血淋淋地呈現在父母面前。

「你不知道！他們會把人帶到廣場，然後讓修女會的人處刑！你有看到那些被掛在十字架上的人嗎？艾瑪會變得跟他們一樣！」

莉茲不是故意提到艾瑪，她只是太生氣了。因為艾瑪是她的妹妹，也是爸媽的女兒。他們是一家人，無論妹妹變成什麼樣子，都改變不了這個事實。她甚至覺得比起艾瑪，通知審判庭的父親才是真正墮入瘋狂的人。

「姊姊……對不起。我不是故意的，我只是想找點水喝……我沒發現爸媽都在……」

艾瑪的啜泣聲未曾間斷，甚至在聽到自己名字後哭得更大聲了，她害怕父親拿斧頭對著她的樣子，她需要找到工具幫助她對抗父親。

「妳想做什麼？不要動！什麼東西都別碰！」父親吼道，但艾瑪沒有理會，她伸出變異的肢體在血泊中摸索。

母親見狀，也驚恐地叫著，央求艾瑪不要傷害他們。

「莉茲，妳知道那些被腐化的人會變成什麼樣子。艾瑪已經不是我們所認識的那個艾瑪了……我知道這很痛苦，但不做點什麼我們都會死！」

「媽，但艾瑪明明就還認得我們啊！」

「也許現在還認得，但我們不知道接下來會發生什麼事。一定是有哪裡不對，艾瑪她一定是做了什麼觸怒造化主的事，否則不可能，這種事情不可能發生在我們家……」

母親抱住莉茲，阻止她衝去艾瑪身邊。莉茲試拭著掙脫，但和妹妹一樣，早已哭花了臉的她怎樣都使不上力。

「別再說了，親愛的。妳應該直接告訴莉茲，艾瑪就是個錯誤。我們早該知道的，城裡從來沒有人產下過雙胞胎，我們不該聽信那個醫生的話……他欺騙我們，艾瑪根本不是我們的孩子。」

「你到底在說什麼呀，爸……斑鳩他做了什麼嗎？」

「別提那人的名字！就是他把這惡魔帶進我們家的！」

「對不起，莉茲。真的很對不起，請不要怨恨你爸爸，他是為了我們好。艾瑪甚至不會給我們足夠的時間等審判庭來。」

為什麼大家都要向她道歉呢？但母親依然沒有鬆手，隱藏在她雙眸中的狂信正緊勒著莉茲的脖子，將她一步步拖離廚房的同時也讓她無法喘息。如果是平常的她肯定能甩開母親，從父親手中救出妹妹，可是她嚇壞了，現在的她如同一具任人擺布的人偶。

母親將她推進房間的衣櫥，只有那裡才能從門外上鎖。莉茲拍打著衣櫥的木門，可是聲音立刻被淹沒在妹妹的尖叫聲中。

妹妹的叫聲時而尖銳、時而低沉，腐化比她告訴斑鳩的還嚴重，甚至超過她所想的，恐怕妹妹就連聲帶都受到侵蝕。她想起媽媽剛剛才告訴她的話，她所知悉的艾瑪可能已經不是原來的她了。

但就算真是如此，過去十四年來相處的時間在父母眼中也毫無意義嗎？

無論是哭聲或尖叫聲，妹妹的聲音都在這短短幾分鐘內變得陌生到她完全認不出來，於是她也閉上眼，用力按壓著自己的耳窩。她什麼都不想看見，也什麼都不想聽到，她只祈禱聲音盡快平息、祈禱他們一家人能再像往常一樣聚在餐桌、祈禱審判庭永遠不會有機會帶走妹妹。

也許今天會是她的幸運日。她曾想過，但預感終究還是錯了。

目前已知的事情：

＊莫爾赫斯

現存最具規模的人類城邦，相傳是神明降世時第一個親臨的地方。

依山傍海、物產豐饒，所以人口也相當密集。

地平線以下的居住區被稱為「底層」。倘若預算充足，不建議考慮位於底層的房產。小朋友都知道那裡是個沒有溫馨只有暴力的地方。

＊造化主

泛指創世神話中開闢天地的諸神。

莫爾赫斯大教堂裡有完整的造化主遺骸供人參拜。

對醫生們而言，這個詞更多時候是象徵用來讓人類免於腐化的裝置。由於腐化的存在，他們認為替新生兒植入造化主的重要性甚至遠勝過施打疫苗。

＊瘋狗騎士

在修女會就讀、普通的十四歲少女，與母親相依為命。最喜歡的電視節目是《小丑皮特與他的新玩具》。

似乎有咬人的習慣。

Ch. III 白薔薇

海鷗在頭頂盤旋，濕鹹的海風自汪洋的彼端吹來。遠處，即將入港的蟹工船正在等待鐵橋升起。巴洛切的視線踏過鐵絲網後圍觀的人們，遙望著那艘排放煤煙的漁船，想起前天晚宴上的活蟹料理。他好想念那股腥臭味。

真該有人發明個能把蟹肉抽出來的機器。他來回踱步，一邊想著。他實在不想每次都麻煩傭人剪開蟹殼，他和父親不一樣，被人服侍的感覺總讓他不自在。自己辦得到的事情，為什麼要讓他人代勞？還是讓年紀比他小的女孩服務！

如果他能討回那筆錢，他就不會被困在這裡，而是和朋友們坐在某間熱炒店裡，大口灌啤酒的同時盡情吸著手上的蟹膏。

他好想吃螃蟹，現在他只想把那些該死的海底八角蟲一個個撬開來，再把臉埋進去好好享受。

但他不行。他幾個兄弟也沒辦法，在議會的督察員拉完屎說大家可以滾了之前，他們哪都去不了。

「喂，小哥。」他向身旁的青年問道。「你吃過螃蟹嗎？」

身著城市守衛制服的青年愣了一下，用恫嚇的語氣說：「收起你大膽的想法，公民。這裡沒有讓你賄賂的機會。」

「我沒有要收買你，我只是要你幫我決定今天的午餐。」

巴洛切搔了搔後腦杓，懶得再自討沒趣。不過他也能理解青年的心情，他的制服很新、燙得整齊，胸口上的徽章八成每天都用布擦過，看起來不過十八、十九歲，對自己的工作仍抱有榮譽和希望，所以像他這種菜鳥理所當然認不出自己。

巴洛切繼續望向海面，鐵絲網外聚集的人有增無減，說不定裡面還混了記者，他們聞到風聲，知道那座倉庫裡發生了些狗屁倒灶事。

那座倉庫，迪迪帕里和他人渣朋友們的遊樂場。

現在則被人用他們的血在大門上畫了沒品的塗鴉。

他真不該挑今天來討債。

一輛馬車駛進港灣的倉儲區，看熱鬧的群眾聽見車輪聲紛紛讓道，乘客的身分轉眼間又成了他們議論的話題。

「巴洛切．布萊德利？」

戴著大盤帽的中年男子走下馬車，見到巴洛切即對他投以微笑。

「哦，督察官先生，見到你可真好。」

「幸會，很高興能遇見布萊德利爵士的兒子，雖然是在這種情況。近來煤炭的價格上漲不少，希望您父親的事業不會因此受到太大影響。」

「影響肯定是有的，但公司的經營狀況我從未過問，具體情況我不清楚。」

他握住腰際的配劍，用另隻手敲了敲胸前的勳章，，提醒督察員他的身分。談話間他沒注意到群眾已經倏地安靜下來了。

「我能理解，您是一位英勇的護教騎士。」督察員的臉上依然懸著笑容，但巴洛切卻覺得這笑容隱藏著幾分戲謔。也許這人天生就長得一副想討人喜歡的模樣。他說服自己別往牛角尖鑽。

「所以您和您的朋友們是第一發現者？」督察員問。

「是不是第一我不知道，但肯定是第一個通報治安官的。」巴洛切說：「迪迪帕里欠我三十塊，我本來要用這筆錢請弟兄們吃螃蟹。」

「確定是他？」

「先生，你要是肯走進倉庫看看就會明白了。我認得那傢伙的臉，還有插在上面的匕首。匕首上的鑽石是用他奶奶的骨灰煉成的。」

「謝謝您的提議，我得慎重考慮考慮。」督察員拿出筆記本，敲了敲筆桿，接著問：「您還提到他有一筆欠款？」

「對，這就是我現在站在這裡陪你聊天的原因。」

「恕我直言，對您而言三十元應該不是筆大數目。」

「是不多，但你得先知道我的銀行帳戶設定分成儲蓄帳戶和現金帳戶，我所有的錢都存在儲蓄帳戶裡，所以我得先把錢轉進現金帳戶，但轉帳需要三個工作天——」

「夠了。」

在督察員身後，另一個人朝巴洛切走來。比起身材圓潤的督察員，那人的體型單薄許多，卻散發著與督察員截然不同的威嚴。巴洛切知道那種讓人不自在的氣氛，很大一部分是源自男人臉上的鐵面具。

「唐督察，你不該給他太多說俏皮話的機會。何況那些段子還是他從劇院裡偷來的。」

「哦，我尊貴的審判官大人，又是什麼風把您……我操。」

看見熟人讓巴洛切安心不少，他本來想用誇張的紳士禮迎接這位喜歡裝模作樣的老朋友，但當他發現男子背後的人影時，他傻住了。

審判官沒有理會像死魚般張著嘴的年輕騎士，他揚起頭，往騎士背後的倉庫望去，接著又瞥了一眼圍觀的人群，最後才把視線放回巴洛切和他蹲踞在地上的朋友們。

「起來。」他厲聲道。「既已向神宣誓，就別輕易在人面前低頭。」

幾名騎士聽見審判官的喝斥，紛紛像條訓練有素的狗跳起身、挺直腰桿，他們自動排成一列，連眼皮都不敢眨。

拜託，西佛，有必要嗎——

巴洛切僵著笑容說：「大人，我的朋友們都嚇壞了。您就別苛責他們啦。」

「倘若他們願意即刻歸還胸前的騎士勳章，我很樂意以神的名義獎勵這群勇敢的市民。」

「您的好意我們心領了，大人。」巴洛切的目光閃爍，他依舊無法克制自己不在意那個隨審判官一同下車的人。

「大人。」督察員介入兩人的談話。「布萊德利爵士的公子與他的朋友們是發現遺體的人，他們和死者似乎有債務糾紛。」

「三十元哪算債務糾紛。」巴洛切本來想抗辯，但想起剛才自己說的話只好改口道：「媽的你這神探，這的確是債務糾紛。」

「我無意冒犯，騎士大人，但審判官大人不會想錯過任何細節。」

審判官不動聲色地點頭，可惜那副面具抹去所有五官能傳達的情報，巴洛切根本不知道老朋友這時心裡到底在想什麼。

「這位年輕騎士在造化主前立下誓言時我也在場，以我對他人格的理解，他在這場悲劇中只會是一個無用的過場角色。」

「我從未懷疑過，大人，但他的朋友們——」

巴洛切跟著督察員一齊瞥向騎士團的夥伴。他現在最想做的事已經不是吃螃蟹了，而是把傑洛姆的雞冠頭燒成灰。

「冷靜，督察官，別讓根深柢固的成見蒙蔽你的視野。他們看起來是頑皮了點，但年輕的騎士總喜歡在頭盔上插鳥禽的羽毛好讓自己在戰場上更為耀眼。我想這些孩子只是用另一種形式宣洩想受到關注的渴望。」

審判官抓住從空中飄落的海鷗羽毛，插進傑洛姆的雞冠頭裡。

「既然審判庭已接手本案，那就意味我們正背負議會的信任，還有諸如像布萊德利爵士這般正直公民們的期待。」

「好吧，我想我的確是跟不上時代了，大人。」督察員沒有不識趣到聽不出審判官話裡的涵義，他將筆記本收回懷中，然後讓兩名守衛把騎士們帶到面前。知道自己能平安獲釋，那群緊繃著臉的騎士這才願意露出如釋重負的笑容。

「聽好，如果審判官大人認為有必要，各位還是得做好隨時被傳喚的準備。騎士並不是只能依靠手裡的劍守護人民，這點還希望你們能銘記在心。」

「當然，督察官先生。因為我使的是錘矛。」

「閉嘴傑洛姆，你腦子裡是只剩下蟹膏了嗎？尊敬的審判官與督察官先生，我與我的朋友都感謝兩位的慈悲與慷慨。既然沒有我們的事那……」

巴洛切掛著嘻皮笑臉再次向兩人敬禮。現在時間還早，餐廳不會有那麼多遊手好閒的死老百姓，足夠他在午餐前找到不錯的位子放好他的屁股。

但審判官卻在他移步前握住他的肩膀。

「好啦，我就知道不會這麼順利。」巴洛切翻了翻白眼。「那至少讓我們先約個地方碰頭吧？」

*

莫爾赫斯港灣多的是廢棄倉庫。

和倉庫本身一樣，裡頭的機具多半都沒有被法院查封或是被銀行扣押，就這麼棄置在原地。倉庫的承租人留下一屁股債跑了，跑不掉的則會加入填海工程，繼續過上被人踩在腳下的日子。房東找不到新的租客，但他們不在乎，因為他們有錢的不得了，所以不在乎一個月少幾千塊租金，就像他們也不在乎年輕人是不是只買得起跟廁所一樣的小房子，每天靠幫人剝蝦殼過活。

於是許多倉庫都變成不法分子群聚遊樂的場所。

「迪迪帕里只是其中一夥人。像他們這群無賴都有種默契，知道自己的勢力範圍在哪，只要安分踩在線裡，通常不會有人會來管你家閒事。」

審判官西佛勒斯與他的同行夥伴佇立在庫房的中央，正在檢查那幾具騎士的屍首。

「所以其他人只是聽說而已，聽說他們又找到了新樂子，但沒人知道他們在裡頭幹什麼。可能是在哈草之類的，誰在乎呢，那些人的日子總是在酒精和……喂，西佛，你真的有在聽吧？」

「你似乎不怎麼意外，對這整起案件。」

西佛勒斯說。他的聲音給人一種無機質的印象，毫無起伏的聲調不參雜任何感情，只是單純地陳述語句。

「我以為你們是朋友，會有更多傷感。」

「朋友？」巴洛切冷笑。「不，我不會想和這種人有太多往來。至於我的反應，我只能說你誤會了，西佛，當我看到迪迪帕里和他的朋友變成這副模樣時，我的小短褲差點要招待我泡海水浴……呃。」

他已經懶得去數今天是第幾次失言了。

他閉上嘴，羞愧地觀察少女的表情。少女就站在西佛勒斯的身邊，與審判官一同面對那群護教騎士的頭顱，但是和審判官不同，她始終和遺體保持著一小段距離，看起來並沒有打算協助審判官蒐證。

「抱歉，女士。」他說。但少女依舊凝然不動，巴洛切想相信她只是單純沒有聽見。

於是他轉而對審判官說：「剛剛面對督察官時我還以為你是站在我這邊的。」

「很遺憾讓你產生誤解，但審判庭向來只為真理喉舌。」

「老兄，這座倉庫沒有其他人了，不會有那麼多蟲子聚在外面偷聽的。你就不能放鬆點嗎？還是因為你們這行是算鐘點費的？」

西佛勒斯放下被擺在車床機上的頭顱，望向倚在牆邊的騎士。

「審判庭很重視這案子。」

「我看得出來。」

巴洛切嘆息道，然後用眼神示意那名少女的存在。

「不是每次行動都會有審判修女陪同吧？」

西佛勒斯沒有追隨巴洛切的視線，而少女依舊如石像般在審判官身側待命。

「或者說，審判修女不會在這種情況下露面。我猜你的上司想讓她被人看見。」

雖然沒有規定這群莫爾赫斯的活聖人不能搭乘馬車，但是與審判官和議會的督察員一起塞在公務人員用的馬車包廂裡，多少還是和她們給人的印象有點差距。

「騎士的美德不包含多疑。」

「騎士的美德也不包含燒菜和洗衣服。嘿，我該如何稱呼修女大人？」

「她就在這，你自己問她。」

同一個問題重複兩遍很尷尬，巴洛切敢打賭西佛勒斯肯定是為了取笑他才這麼說，看來審判官大人也懂得在工作中找點樂子。

巴洛切離開牆邊，對少女的好奇心讓他願意暫時放下對那些屍首的成見。他想看清楚修女的容貌以及身上的衣著與裝備，他並不是用不正經的眼光看待眼前的少女，因為最讓他耿耿於懷的其實是少女腰際上的配劍。

那才是作為一個護教騎士，真正該在乎的。

「造化主的白薔薇。」

在少女自報其名時，巴洛切也看到如荊棘般的雕紋纏繞在劍柄上。他聽說過審判修女的規矩，大致和醫事院那群陰鬱的怪人一樣，一旦受封，原本的名字就會被淡忘甚至是捨棄，以彰顯自己作為神僕的決心。

撇開性別這個最根本的障礙不談，如果承襲英雄名諱的條件是捨棄原本的身分，巴洛切還真不知道自己會不會接受。

白薔薇。巴洛切依然緊盯著少女腰際上的劍。白薔薇也是那把劍的名字，不如說這個詞本來就是用來稱呼那把劍，而人只是揮劍的工具。謠傳它們是神創世時用於斬殺孽物的武器，並由修女們在歷史中將其傳承。

千年的老骨董，現在來到少女的手中。

「所以他們總算找到人繼位了。」

巴洛切故意用刻薄的語氣說道。他想刺激西佛勒斯，但審判官沒有任何反應，仍繼續忙於驗屍的工作。

反倒是少女看了他一眼，眼神流露出一絲的不悅。這樣才好。巴洛切心想。他所知道的白薔薇可不會把自己活得像個人偶。

「上一任白薔薇於五年前的清洗中殉難。至此，白薔薇就一直被安放於修道院的聖物庫中。」

少女垂下眼簾，靜靜地說道。

「直到三個月前，我才在大導師勞倫斯塔女爵與審判長阿斯摩德勛爵的見證下，繼承白薔薇及其名諱所象徵的榮譽與職責。目前則受命擔任審判官西佛勒斯的護衛。」

「護衛？」

「名義上如此，但她不必對我負責。」審判官回道。他果然有在聽，巴洛切理解般地點了點頭。

審判修女之所以得名，就是因為他們常與審判官一起行動，但區區的護衛工作倒不需要勞煩她們，何況還是在莫爾赫斯境內。審判庭和修女會肯定還有其他打算。

巴洛切暫且將注意力從劍身上移開，端詳著少女的五官。和陶瓷娃娃一樣精緻的面容，年紀看上去不過十六、七歲。他聽說過的幾位審判修女大都落在二十多歲，和自己差不多，像白薔薇這麼小的姑娘，還是頭一次見。

即便是剛誕生的星辰，也有辦法自行綻放光芒。

巴洛切想起這句俗諺，感嘆地笑了笑。

所謂才能，大概就是這麼回事吧。

無論如何，能看到那把劍再次被人掛在腰際上就足以讓他感到寬慰。

「西佛。」巴洛切故意喊道。「造化主還真是對你開了個玩笑。」

「不然又怎麼會說造化弄人？」

也是。巴洛切的嘴邊仍勾著笑意。

「回到迪迪帕里吧。還得讓你跟上頭交差不是嗎？」

「毫無疑問的，他是個人渣。」巴洛切很乾脆地答道。「不過在這之前，鑒於你似乎誤解了我倆的交情，能先讓我解釋一下我是怎麼認識他的嗎？」

「你剛才提到『這種人』。」

審判官頷首示意。

「簡單來說，老頭子們認為早晚有一天得有人接手他們的爛攤子，所以想提前讓新棋手彼此打個照面，往後若是有什麼需要，溝通起來也方便。」

巴洛切走到西佛勒斯身邊，迪迪帕里空洞的雙眼正望著他。插在腦門上的匕首黏著毛髮和乾掉的血液，祖母骨灰壓成的鑽石依舊閃爍著耀眼的光芒。

如果這是圍牆外，那迪迪帕里不過就是一名死於戰爭中的殉道者，受腐者撕碎騎士的手段遠比這更兇殘。

但無論他是以何種方式死去，最終遺體都會被燒成灰，不是被放進科倫拜家族的納骨堂中，不然就是被他老爹的競爭對手倒在妓院的痰盂裡。

想到自己早晚也會有類似的下場，原本蜷伏在心中的恐懼感、噁心感就消失了，巴洛切忽然感到很平靜。

他回頭，看了一眼白薔薇，但少女的雙眸並沒有聚焦在他身上。

關於審判修女的傳聞很多，謠傳她們甚至可以感染周遭人的情緒，但審判官說騎士的美德不包含多疑。

於是他深吸一口氣，繼續說道。

「就這點而言，我得承認我跟迪迪帕里都有共識。我們都對做生意沒興趣，也討厭把時間浪費在交際應酬上。雖然我不知道他實際上是怎麼想的，至少他得到了跟我一樣的結論，那就是成為一個護教騎士，別活在家族的掌控中。」

「顯然你們實踐的方法不同。」

「大人，我可以把這句話當成您難得賜贈的美言嗎？」巴洛切挑起眉毛。「可惜，我很快就知道騎士對迪迪帕里只是一個方便行事的藉口，讓他能仗著神的名號拿寶貝匕首威脅他看不順眼的男人或是他看順眼的女人。除此之外，他們那幫子人都有問題……各種方面的問題，所以我一直刻意跟他保持距離。」

「例如？」

「例如，呃，例如我們都喜歡玩同一種紙牌遊戲？通常一副牌最多只能放三張一樣的卡，但我親眼看到那人渣在一場遊戲中打出四次。」

西佛勒斯遲疑了一下。「……然後呢？」

「沒有然後，故事說完了。結局是我抓到這敗類出老千，今天打算逼他把三十元吐出來。」

「我不是很能理解這故事的寓意。」

「朋友，如果一個人連玩牌都要出千，那他肯定是個只比戀童癖好一點的人渣，因為這代表他不會錯過任何投機的機會。除此之外，這傢伙還是個自以為是的敗類，因為他認為全世界只有自己在用腦袋打牌。」

「但願這能解釋那兩具遺體的狀況。」

西佛勒斯和巴洛切一同抬頭。在倉庫的中央，兩條數米長的鐵鉤從天花板的橫樑上垂下，鉤子的尖端分別刺破兩具遺體的下巴，從口腔肉壁穿出。

一男一女，兩人的衣服都被扒個精光，凌遲後留下的傷痕布滿肌瘦如骨的身軀，形成一種可怕的紋路。

不過真正讓巴洛切在意的，倒不是屍體的慘狀，而是出現在這對男女身上的特徵。

儘管被挖掉一大塊血肉，仍能清楚看見女人的腰部被一些怪異的增生組織占據，上面覆著密密麻麻細小的孔洞，近似某種昆蟲的眼睛，在每個細小的洞穴中，青綠色的液體不斷流出，順著大腿流淌至腳邊的桶子裡，桶子裡裝有他們被刨下的爛肉。

是受腐者。巴洛切想。

因為沒有衣物蔽體，體表的狀況能一覽無遺，不過若是穿著衣服，女人身上的腐化部位應該不太容易被發現，反倒是男人——

大概是從顴骨到眉心的位置，整顆眼球都被一顆肉瘤所取代，雖然腫瘤並不是多罕見的病症，大多數都能透過醫生之手切除，但巴洛切沒看過哪顆腫瘤上會長有人類的手指。

當然，那不可能是真的手指，頂多是某個狀似手指的觸鬚狀器官，但這東西不管怎樣都不該從人類的眼窩裡鑽出來。

男人身體的腐化應該持續好一陣子了，巴洛切參加過幾次征伐活動，看得出那塊肉瘤並非一朝一夕形成。

要頂著面部的異變，明目張膽行走在莫爾赫斯的街道上是不可能的事。

除非戴上面具。

「怎麼了？」

「不，沒什麼。」巴洛切迅速地搖了搖頭，改向審判官問道：「查得出這兩人的身分嗎？」

「早晚會知道的。」

也是。巴洛切輕咬下唇。如果迪迪帕里從一開始就沒打算放兩人回去，那肯定會先把公民證或任何可以證明身分的東西處理掉。這大概也解釋了為什麼這兩人都光裸著身子，雖然以那人渣的劣根性，巴洛切相信他只是單純因為好玩。

「不過至少不是你們這的人。」審判官抬起男人的手。「在港灣工作的人不可能不碰海水，但海水卻沒在他手上留下太多痕跡。」

他側過頭。「替我把他的胸口切開。」

「呃，你說了算，大人。」

巴洛切沒有質疑西佛勒斯的要求，他只是單純沒反應過來。他以為西佛勒斯會把這份工作交給白薔薇，但可能真如他倆剛才所說的，白薔薇只負責保證審判官人身安全，不會替審判庭打雜也不當殺豬的屠夫。

巴洛切抽出配劍，俐落地劃開男人的胸膛。

西佛勒斯將肌肉與被切碎的骨頭撥開，好讓騎士能看見裡頭的臟器。男人的肺被染上一種如礦石般不自然的顏色，裡頭還夾雜著類似發霉的斑點。

「這也是腐化？」

「跟腐化沒關係。這種症狀對礦工很常見，或是那些在冶煉廠工作的人。」

「所以答案是底層居民。真不意外。」

礦石的出產到加工只是一部分，莫爾赫斯的重工業幾乎都集中在地表以下。

巴洛切去過底層，每個護教騎士都去過。那就像把整座城市翻過來直接插進土裡，街道如密布的微血管將每一座廠房以毫無規律可循的方式拼接在一起。

營養不良的居民們見不到太陽，終年仰賴工廠燃煤的燈火作息。性工作者誕下騙徒的子嗣，組成最廉價的勞動力，同時也讓這些無名的血脈繼續在底層蔓延。

想當然耳，這種爛泥破地自然會成為孕育異端和受腐者的溫床。

「但這些傢伙……我是說他們應該也曾受洗過，不然不可能活到這把年紀，對吧？」

「拒絕受洗的嬰兒連爬出嬰兒床的機會都沒有。」

「對，雖然技術上來說，他們還是爬得出來，只是樣子會有點不同。」

「這是比喻，用來形容有對愚蠢的父母對小孩會是一件多麼糟糕的事。除此之外，它們透漏的訊息不僅這些。」

巴洛切注意到西佛勒斯稱呼這對男女「它們」。

肯定是因為腐化的痕跡讓審判官斷定他們已經失去作為人的資格吧。

一如既往，卻也無妨。巴洛切知道自己的同情心可不能浪費在這群非人畜生身上。

「所以還有什麼值得注意的？」他問道。

西佛勒斯指向男人的臉。

「那張醜臉怎麼了？」

「在地表和底層間來回需要通過檢查哨。絕大多數的情況下要躲過檢查官的眼睛是不可能的事。」

「您語帶保留，大人。」

「因為決定論不該套用在人類身上。」西佛勒斯說：「但更有可能的情況是，它們並非以人類的身分來到地表。」

「如果是走私的話，港口的確有許多出口品來自地下。」

巴洛切快速掃視一遍倉庫，除了廢棄的機具，還有不少木箱子，以那些箱子的大小要塞進兩個成年人並不困難。

他的視線回到迪迪帕里的頭顱上。

「以他的身分是有可能辦到，但就為了跟好兄弟們開皮納塔派對，大費周章把兩個受腐者從底層運上來……真的有必要嗎？」

「這正是需要你去調查的，科倫拜家族這個月的報關紀錄。」

「我就知道被你留下來準沒好事。」巴洛切苦笑。「但直接去跟你老闆申請搜索令不是更快？」

「審判庭向來尊重港區民眾的文化與自主性。」

「去你的。」

*

巴洛切常覺得跟西佛勒斯的關係是種孽緣。

他不會說他和審判官之間存在任何友誼，因為和教廷——尤其是審判庭的人稱兄道弟很詭異。老布萊德利也不會希望自家商會引起太多來自教廷的關注。

但自從他成為一個護教騎士，幾乎所有任務都跟西佛勒斯有關。

一個正常的護教騎士團不是到城外狩獵受腐者，不然就是去底層搗毀邪教儀式，接受農家姑娘獻上的捧花、跟廠長的女兒度過美好的一晚。像他這種老是在幫審判官跑腿的騎士少之又少，就算有，大多也不會太招搖，畢竟平民對騎士還是會抱持著某種期待，期待他們能透過手中的刀劍，保護自己免於受腐者的威脅。

沒有人會喜歡一個成天忙著舉手跟老師說隔壁同學考試作弊的騎士。

巴洛切覺得這就是自己現在的處境。

但他沒辦法，他對西佛勒斯抱有虧欠。而且他也確實期待審判官有朝一日會授予他一場騎士應有的冒險。

他只是還沒等到那一天。

「查清楚迪迪帕里跟這兩個受腐者的關係，我明白了。審判官大人還有什麼吩咐？」巴洛切接著問。

「現階段足夠了。」

「足夠？審判庭應該是派你來調查命案的，受腐雜種的事談完了，現在該進入正題了吧？」

「迪迪帕里與他的騎士團的死還有諸多細節尚待釐清。如果調查途中你掌握了任何新消息，也歡迎隨時回報給我。」

「別裝傻，西佛。你瞞著我的事情還多著。」

巴洛切一個箭步揪住西佛勒斯的領子。同一個瞬間，白薔薇的劍出鞘，抵在他的脖子上，哪怕是前進一小步的距離，都足以劃開他的喉嚨。

在這種情況見到「白薔薇」，是巴洛切始料未及的。

「沒事，德拉諾爾。」

原來她叫德拉諾爾。巴洛切輕輕地哼出氣來。西佛勒斯果然不會輕易讓人取代白薔薇的名字。

「巴洛切沒有惡意。他只是偶爾會忘記如何自處。」

「若不是有她在，我一定幫你找個好地方埋了。你得知道海港人不會這樣做事，沒人想惹麻煩，所以當他們決定要處理某個人時不會讓你有機會找到屍體。」

巴洛切鬆開手，他得實踐他說的話，沒人想惹麻煩，所以他不能讓修女誤會他有傷害審判官的念頭。他只是不滿西佛勒斯又想把他當工具人使喚，他有權知道迪迪帕里為什麼被斬首，不是因為海港有四分之一的企業都在他父親名下，只是因為這樁命案跟受腐者扯上關係，而他是一名護教騎士。

「我為我的無禮道歉，白薔薇大人。我和審判官的感情其實比您想像中要好很多。」他轉向修女，盡可能地投以笑容，但這話卻連他自己都覺得噁心。修女一瞬間露出懷疑的表情，似乎沒有被巴洛切的幽默感打動，不過至少把劍收了回去。

「這一切都很不對勁，西佛。」

他繞過擺放騎士頭顱的車床，環視那些倒在受腐者旁的遺體。

三具屍體對應三顆首級，阿佐和加里奧，巴洛切甚至還記得其他兩人的名字。屍體身上有大面積撕裂的外傷，幾乎只差一點阿佐的身體就被撕成兩半了，至於加里奧，右胸被刨了一個大洞，就像剛才西佛勒斯要自己做的一樣，只差在他的肋骨碎得更徹底。

故事的劇本是這樣的。迪迪帕里和他的朋友是群喜歡仗著老爹名聲和騎士勳章作威作福的混蛋，某天他們想到一個找樂子的方法，就是從底層抓兩個受腐者，把這些雜種吊在廢棄倉庫玩。

但很不幸，中場休息時有某個人或某個東西闖了進來，把三個人的腦袋割掉後放在車床機上排成一列，接著揚長而去。離開前還不忘用他們的血在門口留下塗鴉，好提醒路過的人裡頭發生了點狀況。

問題是，誰有動機和方法辦到？

「迪迪帕里雖然連一點騎士風範都沒有，但他的勳章可不是買來的。我看過那幫人幹架的樣子，身手不會差到這種程度。」

所謂的這種程度，是指毫無還手機會。

因為現場幾乎找不到打鬥痕跡。從地上的血跡判斷，他們甚至來不及掙扎便被奪去性命。兇手下手時沒有任何遲疑，第一下攻擊便是致命傷。

「如果兇手是外地人，不懂這裡的規矩所以把他們的腦袋砍下來，那很合理。但看看阿佐，那個幾乎斷成兩截的倒楣鬼。一般人不可能有力氣把人弄成這副德行。」

「你說了，一般人。」

「因為兇手是受腐者，對吧？」巴洛切說完，補上一句：「如果我猜錯，歡迎隨時吐槽。我不靠筆桿工作，所以心胸寬大，承受得了批評。」

但審判官沒有回應，於是巴洛切說了下去。

「死了兩個受腐渣滓吸引不了審判庭注意，但要是那些雜種殺了人事情就不一樣了。何況還不只一次。是你告訴我的，記得嗎？你說外面混了記者。」

巴洛切彈了個響指。審判官稍稍抬起頭，面具上的黑窟窿正對著他。

「看來我猜對了。」

在西佛勒斯和督察員來之前，巴洛切只跟港口的治安官提過倉庫內的情況，甚至連那兩位扣留他們的守衛都搞不清楚裡頭發生了什麼事。

既然如此，那些媒體是從哪裡聞到八卦的氣息？

「唯一的線索就是大門上的塗鴉，那玩意約有一個成人高，想不注意都難。我想它肯定代表了什麼，否則他們不會那麼快聚集過來。」

「那你覺得它像什麼？」

西佛勒斯反問，口氣中夾雜著挑釁的意味。審判官的個性就是那麼彆扭，但至少他還願意談，巴洛切由衷地趕到慶幸。

「六隻烤雞翅。」

巴洛切不以為然地聳肩。他沒辦法想到更好的形容方法了，兇手用迪迪帕里他們的血，在門上畫了六根燃燒的翅膀，也許沒那麼像烤雞，但沒什麼生物是同時擁有六根翅膀又能噴火的，所以只能是烤雞。

「我會說那是六翼天使的圖騰，但你說的烤雞翅也不違反符號學的概念，記得別讓其他審判官聽到就好。」

「好吧，你說的六翼天使是？」

「是你還給小學老師的東西。祂在聖書文中被稱作Seraphim，是造化主最親暱的神使。祂們透過燃燒自己的方式，表達對造化主淨化世界的完全支持與理解。因為語源中還具有『治療』的涵義，所以除了教廷，你會發現醫事院中也有許多醫生信奉祂們。」

「感謝你簡短的說明。看來這混蛋用你們的咒語對付你們。」

「六翼天使可以有很多意思，這也是我沒有反駁你那爛笑話的原因。即便是口吐褻瀆之語的牧羊人，仍然可以透過牧杖將羊群引導至錯誤的牧場。」

「我聽得出來你在暗諷選民們都是白癡。」

巴洛切彈了彈舌根。

「所以，這是第幾次了？」

「第五次。算上迪迪帕里他們，目前有十三人遇害。每一次現場都被畫上六翼天使的圖案。」

十三人？這可不是小數目。巴洛切心想。以莫爾赫斯的律法，殺十三個人足夠上十三次絞架了。

「十三名死者全是護教騎士。」西佛勒斯說。「這是地表的人數。」

「意思是底層還有更多人受害。」

「沒有證據我無法斷言，但近期有不少護教騎士前往底層後失去聯絡。教廷暫時限縮騎士入關的資格，避免更多受害者出現。」

「真諷刺，誓言守護的一方卻成了被保護的那方，我差點就相信教廷真的在替下一次遠征做準備。審判庭這邊怎麼說？」

「組織過幾次調查，細節無可奉告。只能說沒有取得突破性的進展。」

「於是現在換你接過這燙手山芋。西佛，你很清楚底層的居民比你們想像中還團結，他們不會對你言聽計從的，他們只想安穩過日子。」

「那你更應該知道受腐者不會給他們機會。他們之中不乏有人的親族死於受腐者之手，他們有充足的理由憎恨受腐者，那恨意遠比我們還深。」

「你說的『我們』是指……？」

「任何一個莫爾赫斯地表的居民。我們是神的工具，但這工具不是每個人都用得稱手，如此罷了。」

巴洛切點點頭。即便他跟西佛勒斯還算熟識，也不代表他得連帶著喜歡他所在的組織。審判庭向來不討人喜歡，這群戴著面具的傢伙沒做過什麼真的對人民有幫助的事，偏偏老百姓碰上受腐者時第一個喊的卻是他們的名字。

「我沒怎麼看報紙。這件事鬧得多大了？」

「還沒進到你耳裡就代表還在教廷的控制中。死者和兇手的身分很敏感，每一家媒體都會緊咬這點，所以他們會像往常一樣寫好報導，然後寄給傳播秘書處審核。」

「秘書處不會讓他們發行的。」

「如果秘書處的審核通知沒有展現足夠的誠意，那份報導就會被重新編寫，並在幾天後流竄於街頭。發行它的人不會是被退件的報社，而是一個住在底層的受腐者。」

「……好吧，呃，至少報社替你們抓到一隻蟑螂？」

以教廷的能力絕對有辦法查出消息的源頭，並找個不錯的名目把那人吊死，但他們卻沒有這麼做。其背後的原因不難想像。

因為殺頭的生意永遠不怕沒人做，何況殺的還不是自己的頭。

既然如此，站在教廷的立場花錢消災便是最好的方法。反正民脂民膏，那些用來收買媒體的錢也是從什一稅裡來的。

「但紙包不住火。今天聚在倉庫前的人潮也有泰半不是記者，十幾個人的口舌散播出去就夠了，所以這終歸不是長久之計。」

「於是你們新的應對方式是讓審判修女同行。」

「如果有人只看見她們，他不會知道倉庫裡發生什麼事；如果有人知道裡面發生什麼事，那他同時也會看見她們。」

「我聽說以前的審判庭只要負責把人烤熟就好。對比起來現在當公務員辛苦多了。」

「感謝科技進步。」

西佛勒斯呢喃道，同時往出口的方向走去，一直保持沉默的白薔薇立刻跟上他的腳步。

巴洛切差點就忘記審判修女的存在，下意識反芻自己剛才是不是又說了些什麼足以讓他上火刑架的話。

調查結束了。只要調查結束，他就沒理由再留住西佛勒斯，而西佛勒斯也不可能再跟他透漏更多消息。等出了倉庫，甚至連剛才的對話都不會被審判官承認。

平心而論，西佛勒斯根本不需要委託他調查迪迪帕里。

他是護教騎士，審判官曾許諾他一場冒險。

——哪怕那場冒險，不是替人民斬殺孽物。

目前已知的事情：

＊腐化

一種原生於這個世界上的病症。患者受感染後身體會出現變異，最終被轉化成沒有智能的異形。

抵抗腐化最實際的手段就是植入造化主，不過就和打了疫苗仍然有可能確診一樣，倘若日常生活思想不潔，仍然會有被腐化的風險。無論症狀輕重，只要身體產生變異的人一律都被稱為「受腐者」。

＊護教騎士

所有非官方自警團體皆須登記於教廷名冊，並在造化主的遺骸前宣示忠誠。護教騎士因此得名。

騎士團中有男有女，騎士也僅是形式名詞，主要活動是到城外或底層狩獵受腐者，名曰淨化。因獲教廷支持，是名利雙收的機會，所以從平民百姓到貴族子弟都有可能加入騎士團。

世界上可能有數百個騎士團，各騎士團實力懸殊大。其中也不乏支持醫事院工作的醫院騎士團或以成為神職人員為目標的修道騎士團。

＊造化弄人

流傳已久的諺語。

當人們想要找個藉口解釋自己跟狗屎沒兩樣的人生時就會講這句話。

Ch. IV 杜若

即便以教廷的標準，會客室的裝潢都顯得太過奢侈。酒紅色的地毯與垂著銀白光芒的水晶吊燈，從落地窗往外望去，甚至能俯瞰整條執政官大道與盡頭的莫爾赫斯大教堂。

德拉諾爾坐在會客室的沙發上，過於鬆軟的坐墊讓她必須耗費額外的注意力維持應有的坐姿。她的面前擺著事務員端上來的點心，室內則被紅茶的香氣所填滿。

審判庭一天得接待不少訪客，但不是每個客人都會被當座上賓招待。更多時候是在審判官的陪同下前來做思想審查的平民。

若是教廷或修女會的高層造訪，也大多會直接前往審判官的辦公室會面。因為在那裡談話不用有任何顧忌，至少不用擔心會有冒失的事務員或清潔工闖進來打攪。

如此一想，會客室的存在意義到底是什麼呢？德拉諾爾思索著。每次她陪西佛勒斯去審判庭都會被領進相同的房間，緊接著事務員就會送上茶水和點心。

幾次經驗，現在那名事務員甚至會記得多附上幾包糖和奶球，因為她知道德拉諾爾喜歡吃甜食。

甜膩的氣息常常讓她忘記審判庭是一個沾染血腥味的機構。這裡的甜點甚至比城裡最有名的糕餅舖還好吃。

她拿起一塊小蛋糕——記得名字是蘭姆巴巴，放進嘴裡。白薔薇被她放在身邊，雖然這裡是全莫爾赫斯與受腐者最遙遠的地方，但大導師的教誨要她不能讓劍離開隨手可以取得的位置。

離開港灣後，西佛勒斯說他得先把倉庫裡的事情報告給審判長，再由審判長指示接下來的行動。他要德拉諾爾先找個地方休息，並保證不會讓她等太久。

會客室裡沒有時鐘實在非常狡猾。

外頭傳來敲門聲，還沒等到德拉諾爾回應，事務員的半邊側臉就先探了進來。

「白薔薇大人，打擾您休息了，不知道茶點還合您胃口嗎？」

「是的，相當美味。」

德拉諾爾拿起手帕掩住嘴巴，趁機把嘴裡的小蛋糕吞下。因為會客室是公共空間，入室前不需要得到任何人許可，事務員光是有知會一聲便已盡了禮數。

「每次都麻煩你們費心準備，不好意思。」

「不會，這是我們的榮幸。」事務員露出溫柔的笑容說道。「西佛勒斯大人吩咐我將這份文件交給您，希望您能在這段時間撥冗閱讀。」

事務官將抱於胸前的文件遞給德拉諾爾。文件的封面用粗黑的字體寫著「戲劇與水利的關係」幾個大字。

德拉諾爾困惑地望著事務員。事務員讀出她臉上的疑惑，也用同樣困窘的表情說道：

「因為大人有交代絕對不能翻開來，所以我也不知道裡面寫了什麼……不好意思。」

德拉諾爾翻開第一頁，看到印在上面的照片之後就明白西佛勒斯的用意。「不要緊，我會好好讀完它的。」她對事務員說道。事務員再次對她投以笑容。

「如果還需要茶水和點心的話，請再用桌邊的響鈴通知我。那麼請容許我先告退了。」事務員欠身後準備離開，卻在門口停步。

「還有什麼事嗎？」德拉諾爾問。

她回過頭，像是猶豫了很久才決定開口。

「大人。」

她指著自己的嘴角。德拉諾爾睜大眼睛，急忙用手帕拭去嘴邊的蛋糕屑。兩人交換尷尬的微笑後，事務員才開門離去。

德拉諾爾還沒有習慣白薔薇的身分。

雖然她也不確定世人對審判修女抱持怎樣的想像，但她知道只要自己穿著白薔薇的制服與配劍，那整座城市的人都會用敬語稱呼她。

不僅能住在比普通修女更高級的堡壘修道院裡、日常起居有專人打理，每個月更有一筆可觀的零用金，如此的生活應當一點怨言也沒有，但德拉諾爾偶爾還是會想起過去那段要親手搓洗衣板的日子。

她將西佛勒斯轉交的文件翻開。標題只是無聊的障眼法，卻能讓人無法一眼識破裡面的內容。幾張遺體的照片占據大部分版面，一旁還有簡短的文字加註。

很明顯是某樁命案的調查報告。

第一位死者，是一個綽號叫「石拳」的護教騎士。他有七次抓捕受腐者的紀錄，並參與過一次教廷主持的小型征伐活動，還曾在家鄉城市舉辦的武藝競賽中拿到亞軍。單就資歷而言，算得上是騎士中的模範生。

大約兩個月前，他告訴妻子有事情要去底層一趟。根據同騎士團的友人證詞，石拳實際上是要去找某個曾被他放跑的受腐者。他聽說對方一直躲在底層的某座工寮裡。

沒有人知道他最後成功了沒有，倒是在相距工寮三百公尺遠的罐頭工廠旁發現他的屍體。照片裡的石拳倒在工廠的紅磚牆邊，雙臂以下空無一物。研判死因是失血過多，但致命傷卻是腹部下的裂口，兇手巧妙地避開盔甲的接合處，讓他的內臟流了滿地。

德拉諾爾繼續往後翻。第二名死者也是類似的狀況，一個為了獵殺受腐者而前往底層的護教騎士，並死在某條沒有名字的小巷裡，差別在於他跟第三名和第四名死者是一齊同行的夥伴。當這夥人被發現時手裡甚至還緊握著武器，巷子裡都是從他們喉嚨噴出來的血。

文件裡沒有針對每名死者的家世背景做太詳細的紀錄，倒是有提到他們所屬的騎士團。有像迪迪帕里那種街頭混混組成的小幫派，也有常和教廷合作、名聲響亮的百人軍團。倘若這是一連串的謀殺，在除去同為護教騎士的身分後，實在看不出死者之間有什麼關聯性。

不過跳脫案件本身，讓德拉諾爾好奇的還是西佛勒斯為什麼要她看這些紀錄？

她的工作是確保審判官安全，並不包括了解案情。所以在海港倉庫時她一眼也沒有多瞧迪迪帕里的屍體。大導師說過，審判修女之所以為審判修女，只因為她們常被安排與審判官共事，但這不表她們需要介入審判官的調查中。

審判修女並不負責審判。

她持續翻動紙張，更多的受害者進入她的眼簾。她想起西佛勒斯在倉庫時告訴那名騎士的話，這些死去的護教騎士一律被列為失蹤。所以這份文件肯定也是秘密。

「我忘記他們每次都會那麼費心，否則就不會在下午茶時間把這東西塞給妳。」

德拉諾爾抬頭，發現審判官就站在門口，正準備關上門。

「沒關係，我只是不知道該怎麼拒絕人家的好意。」她鎮定地喝了一口茶，感受流過喉嚨的餘溫。「會面結束了嗎？」

「結束了，審判長有新的指示，所以等等我們還得再跑一個地方。在那之前，妳怎麼看？」

「我？」

德拉諾爾低頭看著手中的文件，她才剛打算把它還給西佛勒斯。

「我不知道，審判官。我對案件的細節不是很清楚。」

「相信讀完後妳已經比大多數人還清楚了。」

發現德拉諾爾猶豫不決的樣子，審判官繼續說道：「不用擔心說錯，就當作陪我聊個天。現在沒有人掌握眉目，大家都是閉著眼睛在辦事。」

德拉諾爾思考了一會兒。

「兇手手法很俐落。」她說。「每一具遺體身上最多只有兩種傷口，一種是攻擊他們的四肢，好讓他們繳械或失去行動能力，另一種則是單純取他們性命。考慮到每名死者的身分，很容易聯想到這是邪教組織針對護教騎士的連續謀殺案。」

「照以往的經驗，那些瘋子應該沒有能力對抗全副武裝的騎士。」

「也許他們聘僱了殺手？」德拉諾爾蹙眉道。「我不是很清楚底層的狀況，可能在那裡人命不是那麼值錢。」

「就算在地表人命也值不了多少錢。但依照底層的行情，那麼多條人命換算下來，也夠人在議會裡買下好幾個席次了。」

「那麼驅使兇手的就不是利益，而是信念。」

「這是我們最不樂見的結果。」西佛勒斯偏了偏頭，像是在笑。「除此之外，妳還發現什麼？」

「發生在底層的案件，現場都沒有塗……」

德拉諾爾不確定該如何稱呼六翼天使的圖騰。雖然教典上祂是造化主身邊最親近的存在，但在這起案件中祂卻出自異端之手。

「塗鴉。」西佛勒斯替她接下答案。

「對，塗鴉應該是關鍵，我想。因為它只出現在地表，而且都是特別明顯的位置，這代表兇手希望民眾注意到他的存在。」

「妳覺得兇手為什麼不在底層繪製相同的圖案？」

德拉諾爾沉吟了一下，她還沒想到那麼遠。但她不想讓審判官失望，於是她憑直覺答道：「可能是想在地表製造恐慌。」

「恐慌？」

「或是某種挑釁。我不確定，因為那是天使，是許多人信仰的對象。兇手可能想透過這種方式，激化雙方的對立。」

雙方是指地表居民和底層居民。即便有著國教廷編織的漂亮衣裳，僵化的社會結構與日益漸增的貧富差距仍然替莫爾赫斯的社會製造了理不盡的矛盾。

「妳認為教廷會因為天使的塗鴉採取行動？」

「這只是其中一部分，主要還是護教騎士的命案。在地表發生的幾起案件，兇手的手法都更為兇殘。和塗鴉一樣，兇手希望它的作品受到關注。」

德拉諾爾小心地揀選用詞，她不希望審判官對她造成不必要的誤解。

「教廷不可能永遠禁止騎士進入底層，這股情緒想必也會在騎士團之間沸騰，等情況演變到無法收拾的情況，教廷會迫於壓力開始組織人馬……這有可能才是兇手的目的。」

「組織人馬的下一步就是清洗。不需要顧慮那麼多，德拉諾爾。我們只是在聊天，記得嗎？等出了這個房間，沒有人會記得剛才說了什麼話。」

「我只是希望我的言行不會辜負我的名字，西佛勒斯。」

因為審判官用本名稱呼自己，所以德拉諾爾也決定用本名稱呼對方，這是她不甘示弱的小小堅持，也是她在審判官面前少數稱得上倔強的一面。

「但妳的名字就是德拉諾爾。」

「請不要裝傻，你明明知道我的意思。」德拉諾爾稍稍低下頭，握緊手裡的文件。

「要是有機會再見到巴洛切，我會記得提醒他分妳一些幽默感。」

「咦？」

話題又突然被帶到無關的方向上，德拉諾爾的思緒再度陷入空轉。

「如果你是指那位態度輕浮、口不擇言的騎士，那請容我婉拒。老實說我很驚訝你竟然會和那種人成為朋友。」

「結交各階層的朋友對這份工作不是壞事。再說當我卸下面具時，恐怕也和那類人相去不遠。」

「可是我從未見你卸下面具。」

「所以我才能和許多人成為朋友。」

審判官和審判修女其實沒有什麼不同，後者捨去名字，前者捨去面容，其背後的意義都象徵無私地奉獻，然而西佛勒斯能繼續用本名稱呼她，而她卻不能掀開審判官的面具，實在是很不公平。

「大導師沒看走眼。德拉諾爾，妳真的是很優秀的女孩。」

德拉諾爾皺了皺眉，握住身旁的配劍回道：「我不是什麼優秀的女孩，審判官大人。請避免把我當作小孩子看待，這很失禮。」

「我知道，白薔薇。」西佛勒斯刻意加重了最後幾個字，口氣依然夾雜著笑意。「但妳的確很厲害，我不在的這段時間才多久，可能一個小時都不到？妳就能憑這份資料推出教廷高層的想法。」

「你是說……清洗？」

「或者說原本的計畫，但我想這正是兇手的目的，所以請審判長向教廷進諫，讓他們暫且打消念頭。」

西佛勒斯的聲音又變了，變得嚴肅起來。

「因為許多騎士團都想為自己的手足報仇。妳剛才說教廷早晚必須放棄禁令，實際上這條禁令就是為了防止騎士團繼續被煽動才存在的。」

「所以才會由你接手調查，是嗎？」

「提出問題的人往往需要承擔解決問題的責任。對此我毫無怨言。」

德拉諾爾緩緩地點頭。

儘管西佛勒斯沒有表現出任何不滿，但萬一兇手繼續逍遙法外，最終被咎責的人肯定是他。嚴重的話，甚至會被當成棄子處理。德拉諾爾不認為西佛勒斯有神通廣大到能把責任撇清，以她對審判官的認識，西佛勒斯也不是這種人。

「可惜我幫不上你的忙。我很感謝你對我的稱讚，但我得到的結論都是你已經知道的事。我不認為這對調查有任何幫助。」

她將文件遞還給西佛勒斯，西佛勒斯接過文件。房間霎時靜了下來。

「那就夠了。」

西佛勒斯說。

「因為這都是妳自己想出來的答案。R16。」

德拉諾爾快速地晃了晃腦袋，想確認自己有沒有聽錯，但審判官只是再一次複誦道：

「R16。」

「那……我下D4。」

「妳今天早上在倉庫時的樣子讓我想起三個月前的妳。Q4。」

「你是指？C16。」

那時德拉諾爾才剛受封為新任白薔薇。她以為審判官是想取笑她的表現生疏，沒想到西佛勒斯卻說——

「就像一個真正的審判官護衛。E17。」

「因為那本來就是我的職責，而且那時候有其他人在。嗯……H16。」

「按照妳的說法，即便拿到它，妳連一頁也不會翻開。」西佛勒斯晃了晃手中的文件。「E14。」

「但我的希望肯定比不上勞倫斯塔女爵當初囑咐妳的話。L16。」

「事務員說你希望我讀它。C13。」

「L16……」德拉諾爾思考了一陣子，才想起還沒有回應西佛勒斯。「你又不知道大導師當初告訴我什麼。H14。」

「我是不知道沒錯，但我知道女爵一直以來都在刻意和審判庭保持距離。前任給她的教訓太深刻，她不希望她的學生們淪為審判庭的工具。D15。」

「E12。」

「不過僅憑她一個人的意志沒辦法改變根深柢固的傳統。為此她只能在修女離巢前，告訴她們切記別涉入審判官的調查中。C12。」

「那又如何？我想大導師肯定有她的考量。B13。」

「我也相信她有。可惜事實就是妳們被人用『審判修女』這個名字定義。F12」

「E11。」

「所以我認為真正從審判庭的束縛中解放的方式，不是漠視審判官所審理的案件，而是用自己的雙眼，見證審判官做出的所有決定。G13。」

「西佛勒斯，你是希望我質疑你嗎？K14。」

「倘若有必要，你應該要質疑。」西佛勒斯說。「但妳所有的疑問都應該是先經過思考後才產生的。就像妳讀過那份文件後產生的疑惑，有了疑惑我們再進行討論，透過討論對話才得以成立，哪怕現階段沒有立即幫助，至少也能讓妳更清楚事情的全貌。K17。」

「……我不確定。這聽起來很怪，而且審判庭不會希望你這樣煽動我。」

何況這還不是第一次。

自從她被指派和西佛勒斯合作以來，審判官已經不只一次徵詢她的意見了。唯獨這次特別大膽，甚至不惜把內部文件偷出來給她。

「這不是煽動，而是告訴妳一種可能的選項。還有妳忘記下下一手了。」

「F10。」

「因為妳們擁有力量。審判庭甚至整個國教廷都會顧忌妳們用來斬殺受腐者的那份力量，所以大導師讓妳們遠離權力中心是為了保護妳們，但這不代表妳們必須保持無知，也沒人有權力這麼做。Ｃ６。」

德拉諾爾以聽不見的聲音附和道。西佛勒斯所說的「無知」並不是指知識上的無知，而是所有牽涉到政治利益的事情，修女會長久以來都被視為教廷的附庸組織，缺乏自主性。這幾乎可說是全體國民心照不宣的事實。

「你告訴我的一切，都不符合一個審判官的利益。Ｊ17。」

「也許吧。」德拉諾爾聽見西佛勒斯的笑聲。「但妳也不知道褪去審判官的身分後，我是不是會因此拿到更大的好處。Ｇ10。」

「……例如？」

「例如在這漫長的時間裡，是不是能有一個拌嘴的同伴好讓我暫且忘記這份工作有多麼不可理喻又低俗難耐。」

「也許你應該去問問那個騎士。他比較幽默。Ｇ９。」

「這也是為什麼我會和他成為朋友，可惜他是最該保持無知的人。Ｈ10。」

德拉諾爾笑了，她喝下最後一口茶，從沙發上站起身，並將配劍掛回腰際。

西佛勒斯替她打開門，兩人一同步出會客室。有一剎那，德拉諾爾覺得她好像可以想像西佛勒斯脫下面具時的樣子。

「你剛剛說我們還要去一個地方。是哪裡？」

「城北的伊克姆修道院。」

德拉諾爾點了點頭。

「如果我沒記錯……妳可以找機會問問朋友的近況。」

「如果她願意的話，我會的。」

德拉諾爾說完，忍不住嘆了口氣。事到如今，還抱持著無謂的期待又有什麼意義呢？於是她改口道。

「但我更希望到之前能把棋下完。」

「妳剛剛下的每一步都跟之前的對局一樣。照這樣下去又會是我贏。」

「是啊，但誰知道呢？」

德拉諾爾朝審判官促狹一笑。

「說不定下一步開始就不一樣了。D17。」

*

每一座城市都是從小村落發展起來的，相傳造化主降臨時，莫爾赫斯還只是一片臨海的荒原。

隨著歲月更迭，人口不斷湧入，昔日的小村莊也變成國境內首屈一指的大城市。曾作為北境城牆的關口如今只剩下空有一座鐵柵門的遺跡，聳立在車道交錯的中心處，繼續頌揚作古偉人們建立的功業。

同樣的歷史殘渣，莫爾赫斯境內到處都找得到，但大多像北城門一樣空有紀念意義而無實際價值。伊克姆修道院是其中的例外。

當馬車越過城門，那座聳立於山丘的古老修道院便用強烈的存在感逼迫人們將它納入視野中。

數百年前的第二次擴張，多少護教騎士與修女們的鮮血揮灑於這片受詛咒的大地，才替人類爭取到更多地表的居住空間。而在那漫長的征戰中，伊克姆修道院便是作為前線基地所建立的。

時至今日，修道院的外觀依然沒有太大改變，接管它的修女會刻意讓它維持戰時遺留的風貌，包含牆上的血漬與嵌在城垛下的骸骨，提醒人們它仍在履行職責，只是這份職責不再是目送士兵戰死沙場，而是替修女會培養新血，承襲前人留下的衣缽。

馬車爬上修道院前的山坡。德拉諾爾平靜地看著窗外的景色變得越發傾斜。

「下次可以考慮讓子。」

當西佛勒斯話音剛落，德拉諾爾便立刻回道：「不需要。」

「我想也是，妳的自尊心不允許妳這麼做。」

「這跟自尊無關。」德拉諾爾說。「我只是不想養成僥倖的心態，畢竟敵人從不會仁慈。」

西佛勒斯點點頭。

「妳很緊張。」

「緊張？」

西佛勒斯稍稍抬起下巴，似乎在指著自己的右手。德拉諾爾低頭，發現不知不覺間，她已經握住了劍首。

「很多人都有類似的習慣，內心感到不安時會下意識向身邊最可靠的存在尋求慰藉。妳的例子就是白薔薇。」

「這只是單純的習慣。雖然才養成不到三個月，但我已經充分感受到它的重量了。」

德拉諾爾一邊撫弄著劍柄上的雕花一邊說道。悶熱的車廂讓她不得不先脫下手甲，薔薇的荊棘輕輕刺痛著她的指腹。

「我有時候會夢到自己把它忘在馬車上，像雨傘一樣。他們當初應該要找記性更好的人繼承這把劍。」

「能陪我下棋的人記性都不會差到哪去。」

「因為我也喜歡下棋。以前在修女會時我們有一個小社團，大家可以在棋桌前待一整個下午。德蕾莎女士不會阻止我們，她說下棋可以安定情緒。」

「包含妳那位朋友嗎？」

德拉諾爾微微張著口，呆呆地望著西佛勒斯，然後稍稍瞇起了眼睛。

「嗯。」

她說。

「她是很優秀的棋手，跟她對弈比跟你還沒有成就感。」

「那還真是讓人期待。不過光是記性好是沒辦法繼承白薔薇的。」

「當然不僅如此。」

德拉諾爾將手放回大腿上，握住了拳，指甲正刺著她的掌心。西佛勒斯只瞥了她一眼，便將視線放回窗外的修道院。

「妳上次見到她是什麼時候？」

「三年前。」

「三年前？」審判官淡薄的語氣難得出現動搖。

「我如果剛好經過，時間也允許，就會來修道院看她。」

「妳是這麼跟我說的。我以為妳們一直有保持聯絡。」

「可惜她不願意見我，或是修道院的人不希望任何人見她。所以我會寫封信，署名寄給她，然後修道院的修女們就會替我把這封信拿去餵山羊。」

德拉諾爾手托著腮。已經能看見修道院大門了，門口有年輕的修女正在掃地，看見馬車駛來，她暫且放下手邊的工作注視著馬車。

「審判庭是怎麼看她的？」德拉諾爾不動聲色地問道。馬車從修女身旁駛過，那是個身材纖瘦、臉上長有雀斑的女孩，垂到胸前的麻花辮帶著幾分鄉村氣息。

「妳是指她，還是發生在她家族的事情？」

「都可以。告訴我你能說的。」馬車穿過石造的拱門，拱門只是遺跡的一部分，還要再走一段路才會抵達修道院大門。已經看不見那個女孩了。

「審判庭沒有做出結論。」

「什麼意思？」

德拉諾爾難以置信地看著西佛勒斯，但審判官的肢體並沒有透漏更多訊息。

「因為這不在我們的管轄範圍，德拉諾爾。安德魯．波頓的告發只是一場誤會，現場沒有發現任何受腐者的痕跡，而且醫事院的屍檢報告顯示殺死夫妻倆的兇器是波頓家的野營斧。」

「但是她不可能……」

「我也希望不是她，一個在良好的國教家庭生長的十四歲女孩不可能是殺死她父母親的兇手。更有可能的猜想，是波頓家的男主人認錯了。當天傍晚有竊賊闖入他們的房子，因為富有的中產階級一向是很好的目標。他撞見正打算用晚餐的一家人，殺了夫妻倆，砍傷了女兒，最後放火把屋子燒掉。」

「如果真的是這樣，議會和治安官不可能對犯人毫無眉目。」

「所以假說只會是假說。至少在波頓家的女兒願意開口前，沒有人能確定那天到底發生了什麼事。德拉諾爾，妳覺得妳有辦法從她那裡問出答案嗎？」

「我不知道。」

德拉諾爾回答得比她原本所想的還乾脆。

但仔細想想，她也沒辦法給出其他答覆了。

她和那個人的關係很複雜，稱不上是好友，但也絕非仇人。德拉諾爾常常看她不順眼，因為她做什麼事情都比自己優秀，另一方面又覺得，只有她夠格與自己競爭。

德拉諾爾不是世人所知悉的前任白薔薇，曾經潔白無瑕的花瓣業已凋零，骨子裡的她從來只想著勝過任何人，所以那個女孩的存在簡直就像是造化主對她開的玩笑。

三年了。已經三年了。

德拉諾爾寄給那女孩的每封信都不會忘記寫上收件人與寄件人的名字，她總是請修女代為轉交，卻從未有過回音。

三年了。也許那樣就好。

筆墨總是比言語要來得簡單乾脆。倘若給她倆一次見面的機會，自己有沒有辦法親口喊出她的名字？

「我不知道。」德拉諾爾說：「而且她應該不會想告訴我。」

馬車停了。

在西佛勒斯推開車門前，兩名修女便已前來迎接，也是在那之前德拉諾爾先一步閉上了嘴。

「西佛勒斯大人、白薔薇大人。有勞兩位特地前來，阿斯摩德大人已先行知會我，有能協助兩位的地方，是我的榮幸。」

兩名修女身後，一名年邁的修女正踏著蹣跚的腳步朝兩人走來。她是修道院的聯絡人卡利什女士。

向兩人行過禮後，老修女稍稍側過身，端詳著德拉諾爾。

上次來修道院，是三個多月前，正好是德拉諾爾受封為白薔薇的典禮前夕。德拉諾爾當然是故意挑在那個時間點造訪修道院，儘管結果未能如願，但幾次造訪，應該也在修道院裡留下了印象。

不過事情並未如她所料，卡利什女士並沒有表現出特別親暱的態度。只是如客套般誇讚了她的容貌與裝束，與其說客套，又更像是老奶奶哄小孫女般的口吻。德拉諾爾尷尬地搔了搔臉頰向對方道謝。

「我從審判長那得知孽畜所犯下的暴行，由衷希望那位虔誠的姊妹平安無事。」西佛勒斯說。

「感謝大人關心。醫生已經替法雷爾姊妹做了處置，倘若一隻耳朵的教訓能讓她將來面對受腐者時更為謹慎，那也未嘗不是好事。」

卡利什修女的話中夾雜幾分譴責，到底修道院前身也是一座要塞，想必在這裡修業的修女都受到嚴格的軍事化管理。德拉諾爾雖然不知道那位修女發生了什麼事，但從兩人的交談中也能略知端倪。

「那麼，請隨我來。」

在卡利什修女的帶領下，兩人穿過修道院前院，經過沒有飼養鯉魚的噴水池，迎接眾人的是一棟八角形的高聳建築。雖然是實用主義的結果，卻也符合宗教意涵，那裡就是修道院聖堂。

由於現在並非彌撒時間，聖堂的大門緊閉。卡利什修女將兩人帶往聖堂旁的石造建築。

如同所有官設機構，重視隱私的修道院自然也會有專門接待外賓的會客室。

德拉諾爾和西佛勒斯一同坐在L型的長沙發以上。會客室的裝修比審判庭要簡樸得多，但沙發椅的布疋和一旁的小抱枕上都有精美的刺繡，杜若和款冬花等紋樣，大概都是出自修道院的姊妹之手。德拉諾爾想起以前縫紉課時她常把自己刺得滿手都是傷，總是費了好一番功夫才繡出一片醜醜的葉子。

入座後不久，一名修女捧著一疊文件來到兩人面前。

「雖然是阿斯摩德大人的直接命令，但畢竟是關押在我們這的人犯，所以還是得再麻煩西佛勒斯大人確認了，實在是深感抱歉。」

「不需要道歉，女士。這是必要的行政流程，我完全能理解。」

西佛勒斯用略微低沉的聲音回道。與和德拉諾爾閒談時不同，只要面對公務他的聲音就會有微妙的轉變，也許旁人聽不出來，但對長時間相處在一起的修女來說意外地滑稽。

只見西佛勒斯迅速地翻閱過文件，並在最後一頁簽上了姓名。卡利什修女似乎不在意他有沒有認真閱讀文件上的每一條條款，西佛勒斯自己也不在乎。類似的公文他應該已經簽署不下百遍，上頭寫了什麼，恐怕沒有人比他還清楚。

「這樣就沒問題了，大人。」

卡利什修女檢閱過文件後，點點頭道。

「接下來，煩請大人再移步……」話說到一半，老修女望著德拉諾爾問：「請問白薔薇大人也會同行嗎？」

「不，她不會。」審判官停頓了一下。「這畢竟是我份內的事。」

「好的，大人。」

西佛勒斯和卡利什修女離開後，德拉諾爾又變回獨自一人等待。

她還記得在審判庭時西佛勒斯告訴她的那席話。審判官希望她不僅僅是袖手旁觀而已，雖然不知道西佛勒斯心底真正期待著什麼，但只要她想，這或許意味著再多一點點任性也是可以的。

不過西佛勒斯剛才很明顯沒有給自己機會，審判官還是有審判官自身的考量。

德拉諾爾吐了口氣。發現會客室裡還有其他人在。

是剛才捧著文件的修女。

那名修女看起來比德拉諾爾還年輕，大概不到十五歲。她戴著一副圓眼鏡，卻沒有顯得特別精明，反倒有點冒失。想必是因為從剛剛開始她的眼神就流露著侷促不安的模樣。

察覺德拉諾爾的視線留在自己身上，修女慌亂地怯聲道：「請、請問有什麼吩咐嗎？」

隔了一陣子她才像想起來般補上：「白薔薇大人。」

「凱蘿亞克在嗎？」德拉諾爾問。

或許是聽到熟悉的名字，修女的表情稍稍緩和下來。「凱蘿亞克姊妹昨天開始休假，現在應該在返鄉的路上……大人，您和她是朋友嗎？」

「應該不算。只是以往幾次都是由她負責接待外賓，今天沒看到她有點好奇而已。該怎麼稱呼妳呢？」

「請叫我葛林就好。大人。」

會客室裡只有德拉諾爾和葛林在，德拉諾爾實在很想請修女省去麻煩的敬稱，但若是開口要求說不定反而會造成葛林不便，只好暫且打消念頭。

「白薔薇大人，您很常來修道院嗎？」

話匣子打開了。拉近與德拉諾爾距離的同時，葛林也主動延續話題。

「倒也不算常，大概幾個月一次，就是順路會來看看的程度。」

「原來如此。我是上個月初才立下第一次誓願，所以有很多事情還不甚瞭解。」

「葛林，妳今年幾歲？」

「十六。大人。」

十六歲。比德拉諾爾預想的要年長一些。這個年紀才立誓成為修女是有些晚了，要趕上其他同學的腳步，想必得付出數倍的努力吧。

「是怎樣的契機讓造化主召喚妳來到這裡呢？」

「……說了可能會讓您笑話，大人。」

葛林猶豫了一下，有些不好意思地開口。「我並沒有得到造化主的感召，之所以成為修女，其實是因為對婚姻抱有恐懼。」

「婚姻？」

「我來自一個叫奧特里聖瑪麗的邊境城市，雖然說是城市，但人口恐怕連一千人都不到，也沒有什麼特產，只有一堆綿羊。白薔薇大人如果沒聽過很正常……」

「我知道。那裡有一座不符合小鎮規模的主教座堂。」德拉諾爾點頭道。「這樣啊……那我明白了。」

莫爾赫斯的地表居民大多已經捨棄舊時代的封建思想，但許多小城市仍保有讓父母主導婚姻的傳統。雖然葛林比德拉諾爾還年輕，十六歲卻也到了適婚年齡，父母會開始物色對象很正常。

不過，聽葛林的口氣，她不像是從故鄉逃出來的，想必是當地的教會在這時發揮了影響力吧。

每一個平民家庭都希望子女能延續香火，但如果女兒主動表示想許身的對象是造化主，父母為了避免叛教之嫌，不太可能會反對。

「雖然說是逃避婚姻，到頭來還是嫁給了造化主。當然這番話可不能讓修女長聽見就是了。」

「相信她也會同意造化主是更好的夫君。」

葛林聽了，有些無奈地笑了笑。

「大人您相當年輕呢。肯定是在很早的時候就已經獲得啟示了吧？我並不如您那般虔誠，也不敢妄圖擁有與您一般的能力，對我而言在修道院度過恬淡的日子，就是最大的幸福了。」

新進修女的口氣很真摯。仔細一看，發現她的手上有勞動後所遺留的水泡和疤痕，德拉諾爾分不清楚那是新傷還是舊傷。

「啟示的話，可能一個也沒有喔。」

「……咦？」

「如果妳是指烤土司時發現土司上有造化主的臉，或是做禮拜時聽見造化主的聲音。這些事情我一次也沒有碰上過。」

她抓起身旁刺有杜若花紋的小抱枕，舉到葛林面前。

「杜若、夕化粧、草本威靈仙……我想她們之中大部分人也沒有。」

「不過大人您是審判修女，我以為每位審判修女都……」

「都是被造化主選上的人嗎？我不覺得，至少我不是。」

德拉諾爾輕笑道。她太多話了，一不小心透漏了太多不必要的資訊，對象還是個立誓不久的新進修女。

但某個審判官說過，當兩人共處一室時一切就只是閒談，等出了這個房間，沒有人會記得說過什麼話。

這是不是代表她能再更大膽一點？

「驅使我成為白薔薇的原因，只是因為本來該繼承她的人不在了。除此之外，我希望母親能分享白薔薇帶來的榮譽。」

「請原諒我的冒昧，大人，您的家族是……？」

「母親是一個在酒館幫人端菜和洗碗的女服務生。」德拉諾爾微笑道「至於父親，我沒有見到他的機會。所以母親眼裡的榮譽，必須要是看得見的。」

德拉諾爾從懷中取出幾個硬幣，放到葛林手心裡。

「大人，這……」

「有機會的話，請幫我放進奉獻箱裡。如果可以，希望妳能順便幫我查閱教養院的名冊，我想見一個人。」

「您想見的人在教養院嗎？」

「如果不方便也沒有關係。我記得那裡的體系跟妳們不太一樣。」

「一樣的！一樣的！」葛林慌張地說。「其實她們的膳食也是由我們這裡準備，所以都是一樣的。我只是有點驚訝您在那裡有朋友。」

「她的名字是莉茲，莉茲．波頓。是我在修女會時的同窗。」

德拉諾爾看見葛林的眉角抽動了一下，果然就算是新人也聽過朋友的名字。

但她依舊保持笑容。

「那就麻煩妳了，葛林？」

「知、知道了！那我確認完很快就回來！」

葛林盯著掌心裡的硬幣，快速地眨了眨眼睛，接著甩開門飛奔而出，彷彿忘了自己還穿著修女會的制服。

她應該不是會私吞硬幣的女孩吧。德拉諾爾心想。

但就算葛林真的把硬幣塞進口袋，德拉諾爾也不會有譴責她的念頭。

畢竟把錢塞進她手心的人是自己。這個舉動本身就是很明顯的暗示。

在審判官身邊待久了，無形中也學會一些便宜行事的方法。但西佛勒斯說得沒錯，她太緊張了，而且很急躁。試圖賄賂神職人員，還是以審判修女的身分，這肯定是過去的她做夢也想不到的。

雖然她也沒想過自己真的會成為白薔薇。

白薔薇的刺繡被縫在杜若的另一面。德拉諾爾放鬆肩膀，讓身體陷進沙發椅中，並將抱枕擁在懷裡。

至少，無論變成什麼樣子，她相信老朋友依舊是老朋友。

*

修道院地牢和公共墓穴沒什麼兩樣。

不僅充斥霉味，還有那些喜歡黏在天花板上的蚰蜒，沒有人知道地上的積水是哪來的，但永遠清不乾淨，也沒人想清。

西佛勒斯跟著卡利什步下階梯。映在牆上的陰影隨著修女手中的提燈晃蕩。空氣也漸漸變得混濁，夾雜著排泄物的味道。

「審判官大人，讓您親自走訪這種地方，實在不好意思。」

卡利什歉疚地說。她不想讓審判官對修道院留下壞印象，但她也沒辦法承諾會改善環境，因為這是座該死的地牢。

「一切都很理想，我親愛的女士。如果妳讓這些渣滓享有比底層民眾更好的居住條件，那我們將有愧於每個辛勤的勞動者。」

「所言甚是，大人。」

地牢的結構很單純，主幹是一條長廊，一路延伸到盡頭的黑暗中。左右兩側有許多間牢房，每座牢房都被鐵欄圍著，每隔數米，柱子上就有燭台提供微弱的照明。

西佛勒斯聽見一些哭聲，有男人也有女人的，甚至還混雜著老人與小孩。同時他也看到黑影在牢房後蠕動，那些黑影不具有人的四肢形態，更像是一隻巨大的蛆蟲。

「他們之中有些已不再是人類。」卡利什說明道。「為了避免牢房損壞，也為了值班修女的安全，我們會盡可能限制它們的肢體活動。」

「可惜百密總有一疏。」

「法雷爾姊妹是一個虔誠的修女，只是缺乏經驗。她在放飯時受到惡魔挑撥，一時忘記拿捏好距離，那卑賤的東西便隔著鐵欄把她的耳朵咬掉。」卡利什指著自己的右耳垂說道。

「挑撥。什麼樣的挑撥？」

「那遭天譴的東西看見她脖子上的六翼天使墜飾，用褻瀆的言語譏諷了那孩子。那條項鍊是我們一位已經離開修道院的姊妹留給她的，法雷爾姊妹無法容忍造化主的使徒與敬愛的姊妹受辱，於是……」卡利什靜默地點了點頭。

「我很遺憾。」

西佛勒斯盡可能地表現關懷，即便他的心中毫無波瀾。關於法雷爾修女的意外，審判長給他的報告書上有更詳細的紀錄。他只是想透過卡利什，重新確認報告與事實沒有出入。

「前些日子我們才請鎖匠將這裡的鎖頭全部翻新，讓它變得更堅固不容易被摧毀，但法雷爾姊妹的故事提醒我們還可以做得更好。」

卡利什自顧自地下了一個還不錯的結論。她肯定以為西佛勒斯此行還包括釐清這起事故的責任歸屬。西佛勒斯只是點了點頭，即便走在前面的老修女根本看不見。

兩人在地牢的盡頭停下。

卡利什將提燈放在一旁的木桶上，拿出成串的鑰匙慢慢地翻找著。等待的途中，西佛勒斯聽見在黑暗深處的喘息聲。

「知道您的來訪，姊妹們費了一番功夫才將它從囚室移來這裡。當然，大人可能需要的工具，也都準備好了。」

「感謝妳們的用心。」

纏繞在牢門上的鐵鍊與鎖門終於被解開，迎來的是相較於牢房更為寬敞的空間。日光從通風口灑落，照出桌上的鐵鎚與火鉗等器具，一旁有形似鍛鐵用的熔爐，天花板上還鑲著吊掛器材的鐵鉤。若不是那些遍布牆面與地板的血漬，乍看之下與鐵匠工坊有幾分神似。

卡利什替熔爐點起火苗後，光亮很快便照亮整個空間。多種不同刑具堆放在角落，此外還有一個衣不蔽體的男人被固定四肢，綑綁在十字架上。

讓西佛勒斯稍感意外的是，喘息聲並非來自男人之口，而是生長在男人右手臂上的腐化組織，狀似藤壺的氣孔一張一合，猶如擁有自己的意識。

噁心的雜種。他又在心裡暗罵了一次。

「大人，就是它了。在墮落以前，它所登記的姓名是哈席恩・羅。」

「現在也還是，狗娘養的老東西。」

男人抬起頭，朝卡利什吐了口口水，唾沫落在地上，裡面夾雜著血絲。

「他精神挺好，這是好現象。」

西佛勒斯拿起桌上的剪刀，將男人的左耳沿著顱骨切線整片剪下。男人立刻爆出慘叫。他把流著血的耳朵拋給卡利什。老修女退縮了一下，但耳朵還是不偏不倚落在她急忙伸出的掌心。

「你咬了姊妹的耳朵，就得想辦法還一隻給她。」

「蠢貨，我他媽咬的是右耳！」男人如尖叫般大吼道。

「我知道。」

接著，西佛勒斯又將男人的右耳剪下。卡利什接過第二隻耳朵，飽經歲月洗鍊過的面容仍殘有些許的驚懼。

「審判庭的瘋子……都是，全部都是，該死的神經病。」

西佛勒斯無視男人的咒罵，向卡利什吩咐道：「請替我轉交給那孩子。」

「啊……好的，我會的，大人。」

見到卡利什還留在原地，西佛勒斯補上一句：「我希望她能在餘溫尚存時收到這份禮物，女士。」

老修女的目光在審判官和男人之間游移。「大人，協議書上有規定我們必須負起見證人的職責，恐怕我沒辦法……」

「是，依照協議上的內容妳是該留在這裡。但尊貴的女士，身為造化主律法的代行者，我不能再讓這些骯髒的孽畜有機會玷汙祂神聖的新娘，哪怕任何形式都不可以，那將是對造化主神權的侵犯。妳也許在外聽過一些關於我的負面傳言，我可以向你保證那些傳言都是真的。但同時審判長也吩咐我，千萬不可弄死這雜碎。」

西佛勒斯的語氣相當平緩，但卡利什知道審判官並不是在請求她。隨著猶豫的時間漸長，掌心濕黏的觸感便越發明顯。最後她嚥下一口唾沫，點了點頭。

「……那就請容許我先行離開了，大人。」

「感謝妳的包容與理解。我保證不會辜負妳的信任。」

目送老修女離開後，西佛勒斯回到男人面前。「哈席恩？」他問道。

「你們這群雜種是他媽要問幾次？」

「確認你聽力正常。」

說完，西佛勒斯將剪刀插入男人淌著鮮血的左耳洞裡，更加淒厲的慘叫聲迴盪在地牢。

「你他媽到底是哪來的瘋子！肏他媽的按照步驟來好不好？」

「什麼步驟？」

「去問你那些該死的同事！你這腦袋裝屎的王八。之前的人不是這樣幹的，你他媽的，是你們有求於我！跪下來！哀求我！」

「你大概是碰到修驗生了。他們很溫柔，總相信對話能解決問題。還有勸你替自己留些口德，這裡是修女會，令堂肯定不在這裡。」

哈席恩扭著脖子，即使意識還清楚，卻像抽搐一樣，大概是剪刀破壞了他耳內的平衡器官。但無所謂，西佛勒斯沒有替他解開束縛的打算，只要他另一隻耳朵還能運作就沒問題。

「審判長希望我能見你一面，可惜我沒什麼問題需要你解答。所以我的任務只是在你身上製造足夠多的傷痕，好讓人相信我是個稱職的公僕。」

西佛勒斯抓起垂落的鐵鉤，將它刺進男人的肉裡。隨著鐵鉤上提，哈席恩的腦袋也被迫往上抬。扭曲的五官在他臉上綻放，背後的十字架也隨著他的身軀跟著晃動。

「好多了，請記得注視著我，那是與審判官談話時應盡的禮數。既然犯了錯，就需要想辦法贖罪，別在這裡花太多力氣掙扎，還有很多學習的機會等著你。」

「我不過就是咬了那姑娘一口！」

「你開始質疑犯下的錯與受到的懲罰不成比例，這是何等愚蠢的謬誤。為什麼你認為自己這卑賤的存在有資格與修女會的姊妹相衡量？我不會要你懺悔，你身上的腐化已不存在丁點救贖的價值，但我會為你祈禱。」

「祈禱什麼？祈禱你媽生你時沒把你掐死嗎？」

「祈禱你的痛苦能帶給那孩子寬慰、祈禱她的父母願意將怒火宣洩在你身上，而不是盡忠職守的修女會。」

「審判官，你是在害怕你們的謊言被拆穿嗎？」哈席恩忽然咧嘴笑道。「教廷、修女會，全都是一個樣，你們這些離不開主人的狗已經用那套說詞騙了多少人？」

西佛勒斯對哈席恩的挑釁無動於衷。他來到火爐前，添加了更多薪柴。

「你們不肯承認，那就讓我告訴她們！讓那些修女下來，讓我來告訴她們什麼才是真理！」

哈席恩狂妄地叫著，他沒注意到西佛勒斯已經悄悄脫下了面具。

「就像那蠢姑娘一樣，看看你們這些敗類，可把她唬得真徹底！讓她蠢到去為了一條破項鍊賠上一隻耳朵。他媽的，是我對她太仁慈了，我真該直接把那漂亮臉蛋上的肉給扯下來才是。」

「關於那條項鍊。你告訴她什麼？」

「噢，親愛的審判官，我已經等你好久了，你總算肯開口問啦。」

即便面頰的痛處正撕裂著他，哈席恩仍然大笑道。

「可惜你這不是求人的態度……不要緊，我很慈悲，我的心胸很寬大，跟你們這些審判庭雜種不一樣，過來，靠近點！我保證會告訴你答案。」

西佛勒斯照做了。

當哈席恩見到審判官朝自己走來時他高興極了，澎湃的喜悅甚至能讓他暫時忘卻所有苦痛。現在他滿腦子只有一個念頭，那就是等審判官靠得夠近時，實踐剛才所說的話。

「對，就是這樣……再靠近點，我的喉嚨快啞了，喊不出太大的聲音。」

審判官的臉就在近在咫尺的地方。平時這幫子人總是戴著那副不祥的面具，現在不知怎地西佛勒斯竟然脫掉了，哈席恩覺得這是某個雜種神明給他的天大好機會，腦袋彷彿被塗了層厚重的蜜糖，他甚至忘記去懷疑審判官為何要脫下面具。

他張開口。他已經知道修女的肉嚐起來如何了，現在他要試試審判官的。

哈席恩聽見慘叫聲。

但不是審判官的。

那聲音很熟悉、很沉悶，像是一個人被關在一口大鐘裡不停的尖嘯。

他聞到肉被烤熟的味道，才明白那是他自己的慘叫聲。

審判官將燒紅的面具壓在他的臉上。哈席恩甚至沒能察覺，痛楚重新支配了他所有的感官與思緒，他覺得整張臉皮都要被撕裂。

「我沒有需要你解答的問題。你那骯髒的嘴也不配呼喊祂的名諱。」

「對啦！就是這句話！」哈席恩聲嘶力竭地大喊。「那小姑娘也說了同樣的話！但你們可曾見過嗎？你們口口聲聲喊的那位天使，可曾在你們需要時垂憐你們嗎？沒有！當我撕下那女孩的肉時，天使也沒有來斬下我的頭顱！」

燒紅的鐵面同時也在灼燒著西佛勒斯的掌心，但他不會放手。無論眼前的男人吐出多少瘋言瘋語，他也不會回應。

因為哈席恩在嘗試與他建立對話，他不會讓男人如願。

如此，他才能得到更多。

「……因為祂是站在我們這邊的，審判官。那就是你們不願承認的真相，神授予你們的教典不過是瘋人胡謅的謊言，舉國上下，從給人倒尿壺的奴隸到那些腦滿腸肥的政務官，甚至是教宗本人也沒見過造化主的使者。」

哈席恩的聲音開始變得沙啞，在幾個乾嘔聲後，他繼續說道。

「……但我們看到了。當那三個騎士打算拿我們的人頭去換賞金時是祂救了我們，造化主真正的神僕，而不是你們這群騙徒。天使……祂是多麼地美麗，輕鬆就割開了他們的喉嚨，那就像對待玩具一樣，在真正的神面前誰都只是玩具而已。明明我們只是想過普通的日子，查克那該死的種馬把他老婆捅出了四個孩子，他需要錢，我們都需要錢……誰他媽不需要，誰他媽會想到我們會變成這副德性，又有誰他媽知道原來我們才是正常的。我們很正常。正常。不是很像嗎。很像嗎？我們很像啊。」

審判官將面具從哈席恩的臉上撕下，一層臉皮黏在面具的裏側，還散發熟肉的焦臭味。

哈席恩滿臉鮮血，無力地垂下頭，刺進皮裡的鐵鉤又將他的一塊肉勾出來，但西佛勒斯沒有再聽見任何哀鳴。

不夠。

遠遠不夠。

不能就這麼讓他昏死過去。

受腐者的生命比正常人還強韌，這群雜種值得更多痛苦。

西佛勒斯拉下更多的鐵鉤，將它刺入哈席恩的四肢，接著替他解開十字架的束縛。鐵鉤將哈席恩的身體懸空吊起。

痛覺再度將哈席恩喚醒，但他的表情變了，此刻他正掛著微笑。

「審判官，你輸了。」他輕聲說道，然後閉上了眼睛。

「你和那女孩一樣，差別在於你以為自己隱藏得很好。但你們是一樣的，你們都不肯面對現實。當有人告訴你們真相時，你們拒絕承認，因為你們害怕至今所相信的一切都是謊言。」

血從哈席恩身上的傷傾注而下，落在西佛勒斯的腳邊，形成深紅色的血泊。西佛勒斯用刨刀將面具上的爛肉一片片割下，重新將它戴回臉上。

「許多受腐敗類都用過相同的伎倆。你不是第一個，也不會是最後一個。如果有任何一位神僕因你的囈語而產生動搖，那恐怕只是其墮落的前兆。」

「你就是不肯承認對吧？」

上一秒仍面帶笑容的哈席恩忽然戴著猙獰的面孔吼道。

「對吧！他媽的！你不能讓該死的真相摧毀你！這就是你們脆弱的地方！」

西佛勒斯解開固定的鐵鍊，哈席恩的肉體和失去控制的操線人偶一樣，重重地摔到地上。

「天使、真理……都是我們的，被天使斬殺的是那群可笑的騎士，而不是我。不是我們……你聽見了嗎？歌聲。祂的歌聲，祂會來。祂一定會來。」

「我聽見了。」

「是吧，你也聽見了。再怎麼否認你也沒辦法拒絕祂的聲音，那是多麼的美妙，象徵著祂賜予我等的救贖。」

「那是修女們的歌聲。現在是晚禱時間，她們正在唱誦讚美詩。」

「讚美詩？讚美誰的？」

「造化主。」

「啊……那就是了，一模一樣。和祂一模一樣，歌頌著祂的功業，祂所造化的一切。讚美我主，祂的劍會替主代行，掃除世間一切汙穢與不潔。**Miserere nobis, Domine. Miserere nobis**……」

不僅口氣，哈席恩連用詞都變了。受腐者的腦部經常受到侵蝕，情緒永遠都像顆不定時炸彈，陰晴不定。他開始背誦一些經典上的段落，臉上還掛著淫猥的笑容。

西佛勒斯盡可能忽略那些怪異的笑聲，咀嚼著哈席恩字裡行間透漏的訊息。他得承認，哈席恩透漏的情報已經比預期的還要多了。

為了感謝哈席恩的合作，西佛勒斯將他綁回十字架上，順道拿鐵鎚砸爛男人的嘴巴，避免再有修女慘遭毒口。

「倘若你口中的祂，真如你想的那般神聖，那祂為何還不來拯救祂的門徒？」

「因為祂需要拯救更多人。」哈席恩吐出沾滿血沫的牙齒，殘破的衣衫早已被染成一片嫣紅色。「你的腦袋沒高貴到能讓祂現身，審判官，我就夠了。只要我想，我大可現在就殺了你。」

「那你為什麼不動手？」

「動手有意義嗎？殺了你能改變什麼？煙火不是放給一個人看的，它需要用一剎那的壽命，奪得人們一輩子的記憶。」

「現在你倒成了詩人。」

「好好記住，審判官。越是虔誠的信仰，會將你拖入越深層的地獄。」

「可惜我還沒有淪落到需要被一個受腐雜種教訓。我比誰都還清楚神不存在。」

哈席恩愣了一下，他張著滿是鮮血的嘴問道：「你說什麼？」

「神不存在。造化主只是擺在神殿裡供人膜拜的屍骸，祂從來都拯救不了任何人。」

哈席恩臉上的笑容終於消失了。

「那你他媽……為什麼？」

「為什麼？難道我非得要為折磨你想個理由嗎？」

哈席恩終於明白，他弄錯了。他以為西佛勒斯跟他的同事一樣都是群偏激的宗教狂熱分子，而他掐住了審判官的軟肋。他怎樣也想不到那張面具底下才是真正的異端。

「你這該死的神經病……是你啊、是你說的啊。神不存在，開什麼玩笑，你他媽沒看見嗎……哈哈、哈哈哈……怎麼可能……」

直到西佛勒斯走出拷問室，甚至離開地牢，哈席恩的聲音都未止息。

那既是在笑，同時也是悠遠而漫長的哭嚎。

＊

葛林沒有離開太久。當她回到會客室時，手裡甚至還多了一把鑰匙，她炫耀般地在德拉諾爾眼前晃了晃鑰匙，還不忘比出勝利手勢。

「任務成功。」她笑嘻嘻地說。

「哇嗚。」

德拉諾爾發出了連自己都覺得奇怪的驚嘆聲。因為她根本沒有想過會這麼順利。

「怎麼了嗎？大人，您的臉色看起來有點奇怪。」

「葛林……妳確定沒有弄錯吧？」

「欸？沒有吧？」修女偏著頭問道。「莉茲．波頓姊妹在二一六房，我看名冊上是這樣登記的呀。還是我記錯名字了？」

「不，妳沒有記錯。的確是她。」

德拉諾爾慎重地點了點頭。她只是覺得……很矛盾。

雖然請葛林安排會面的人正是自己，但以葛林的身分應該沒辦法定奪才是，勢必得知會位階更高的修女。

屆時，德拉諾爾大概又會像過去一樣被對方拒絕，但修女們也會礙於白薔薇的身分，透漏一些莉茲的近況給她。

這是德拉諾爾原本的計畫。

結果現在葛林卻帶著莉茲的房間鑰匙回來。

進展太快了。

一切都有點順利過頭了。

「葛林……妳是怎麼跟人事處說明的？」

「說明？沒有啊，大人，我只是查了名冊後跟她們說要借房間的鑰匙，負責的姊妹就把鑰匙交給我了。」

「是這樣啊。」

「就是這樣哦，大人。」

德拉諾爾覺得她在利用葛林的好心和搞不清楚狀況的天真。

但如果錯過這次機會，恐怕就不會再有下一次了。

「那……那就麻煩妳帶我去了，葛林。」

這次她的口氣不如剛才那般強勢，反倒是葛林，作勢掄起袖子，高聲地喊道：「包在我身上！」

那副模樣，比起修女，更像是過去那個單純的奧特里聖瑪麗農家姑娘。

穿過聖堂旁的步道後，兩人正式踏入修道院內部。簷廊被稱為愛奧尼亞式的石柱妝點著。傾斜的陽光打上彩繪玻璃窗，在地上投射聖者的足跡。

拜審判官所賜，這陣子德拉諾爾有很多造訪教廷機構的機會，但其中並不包含隸屬於修女會的修道院。

並不是因為被禁止參訪，而是單純沒有理由。

成為白薔薇後的她，身分就像是已經畢業的學生。任何一所修道院都讓她萌生猶如回母校參觀的情緒。

尤其當她看見在中庭踢球的年輕修女們時，不禁把她們的身影和過去的自己重疊在一起。

「現在是自由活動時間，大人。」

發現德拉諾爾正望著那群修女，葛林貼心地說明道。

「大家會在這段時間做自己想做的事，像是踢球或刺繡什麼的。」

「嗯。」

德拉諾爾當然不需要葛林說明，因為她以前也是過著相同的作息。各家修女會在制度上可能會有一點不同，但整體的教育方針是一樣的。感恩造化主福澤的最好方式就是維持健康的心靈，而要維持健康的心靈就必須有適度的休閒娛樂。

「妳呢？葛林。平常這個時候妳都會做些什麼？」

「啊，我嗎？我想……幾乎都待在圖書室裡看書吧。」

「因為聖書文很難吧。」德拉諾爾苦笑道。

「欸？大人，您怎麼知道？」

答案並不難聯想。葛林出身於農業為主的邊境城市，又在不久前才加入修女會，過去十幾年來大概沒什麼機會接觸教廷經典。

「我以前也因為聖書文吃不少苦頭。院長還規定每個人在修業達一定年限後就要去參加檢定。嗯……妳們這邊有要考托福嗎？」

「托福？」

「Test of Enactment as a Focal Language，簡稱托福，教廷旗下某個多管閒事機構舉辦的聖書文考試。雖然我常覺得Focal應該改成Fogyish就是了……」

「？」

「對不起，我以為很好笑。」

「哇啊！大人，是我的錯！是我太笨沒辦法理解您高尚的幽默感！」

「別再說了，葛林。我好想死，現在就死。」

又一次地，白薔薇發揮本領，輕鬆將氣氛弄得尷尬。

不過知道葛林不用面對考試壓力，還是讓德拉諾爾替她感到開心。

同時也感到敬佩。

畢竟這代表葛林是自己主動想學習聖書文的。

雖然聲稱自己是為了躲避婚姻才來到修道院，但葛林似乎也付出了相當的努力想融入新生活。

架在鼻梁上的圓眼鏡看起來不再那麼傻氣，反而有幾分可愛。

「大人，怎麼了嗎？」

承受白薔薇目不轉睛地凝視讓葛林有點緊張。

「沒什麼，只是覺得妳很不錯。」

「欸？大人人人人……突然跟我說這個我也聽不明白啊……」

「嗯，就當作我單純有感而發吧。」

看到葛林慌張的樣子，德拉諾爾也自覺應該更謹慎一點。倒不是她吝於讚美，只是她現在一切的行為舉止都代表著白薔薇，審判修女應該不會無來由地稱讚一個毫無頭銜的姊妹。倘若讓葛林誤解、產生過多的期待反而會害了她。

德拉諾爾總覺得她今天一直在犯錯。

「不過呀，白薔薇大人很謙虛，其實以前在修道院時肯定很受歡迎吧。」

葛林沒有忘記剛才德拉諾爾的自言自語。她稍稍加大了步伐，輕快地越過雕刻在地板上的聖靈磚畫，裙襬也隨著她的身姿擺動。

「否則，您就不會如此掛心波頓姊妹了。」

「那樣應該是她來找我，而不是我來找她。」

「我相信人與人的關係是互相的。」葛林露出笑容說道。

換作是其他人，德拉諾爾大概也會同意葛林的話。

但她不一樣。

她和莉茲的關係不一樣。

她發誓一輩子都不會用「喜歡」來描述對莉茲的感覺，但要她在莉茲面前說「我討厭妳」，德拉諾爾也不可能辦得到。

總是在喜歡與討厭之間擺盪不定。只要腦袋開始處理這個問題，心智年齡就會快速退化，一切都變得很幼稚。

穿過簷廊，途經修女們的宿舍。宿舍外還有一座菜園，大概是誰出於興趣栽培的，否則以那小巧的規模，肯定無法供應修女們的餐食。

兩人沿著菜園旁鋪好的石磚道繼續前行，最後出現在眼前的是一扇大概只有半個人高的鐵柵門。葛林推開門，什麼也沒說，臉上依舊帶著愉快的微笑，但是德拉諾爾知道越過這扇門後就是教養院了。

葛林說修道院和教養院共享同一個體系並沒有錯。伊克姆修道院的修女長同時也負責管理教養院，不同的是兩邊的功能。

修道院是為了培養新進修女，並向民眾傳播福音而存在的機構。教養院則是收容那些患有精神疾病或經歷重大創傷的修女，讓她們能在適當的環境繼續為造化主服務。

這很合理。畢竟修女會在任何城市都是對抗受腐者的骨幹力量，即使人數比護教騎士少得多，但在需要時刻，公家單位肯定比民間團體要來得有號召力。

與那些怪物抗爭的過程，有人失去性命也有人身體傷殘，但痛苦往往不僅限於肉體，教養院因此成為那些心靈破碎修女的歸宿。

和修道院比起來，它的規模要小得多，建築也不如本院典雅，鮮少看到具備宗教符號意涵的特殊設計。唯一不變的是光陰留下的痕跡，顯然在伊克姆修道院還作為軍事堡壘時，教養院是以工坊和倉窖的角色聳立於這座歷史悠久的山丘上。

通往院所的路上，有種植著象徵聖靈之數的七色花圃。此時正值晚禱時間，幾個修女坐在花圃旁跟隨從本院傳來的歌聲一同哼唱，歌聲悠揚且平靜。

「啊，是莉內婭姊姊。」

正當德拉諾爾還沉浸在修女們的歌聲時，葛林突然加快腳步。

一名修女正坐在路旁的長椅上讀書。聽到葛林的聲音，她放下手邊的書，對年輕的修女微笑道：「是葛林呀，今天又輪到妳值日了嗎？」

「不是啦，我只是剛好有其他事情，嗯。」

德拉諾爾很感謝葛林沒有說些多餘的話，因為按照規定她根本不該出現在這裡。

只不過名叫莉內婭的修女很快就把注意力放到她身上。

「好久不見了，安潔莉卡。最近過得還好嗎？」

莉內婭依然掛著那抹溫柔的笑容。她年約三十歲，遠比德拉諾爾還年長，細長的眼睛看起來像是閉著一樣。

德拉諾爾聽見她稱呼自己安潔莉卡。

「有一陣子沒有聽妳說審判官大人的事了呢，他應該沒有欺負妳吧？」

德拉諾爾一句話也沒回，但莉內婭卻像是聽見了什麼般點點頭。

「這樣啊，那就好。我本來想說要是他敢欺負妳我一定替妳去教訓他！」

說完，莉內婭開心地笑了出聲。

「但妳也不要怪我，因為安潔莉卡是大家公認最最容易被騙的人。偏偏審判庭的人都很狡猾，就算你們從小認識也一樣……啊，不要生氣嘛！好啦我不說他壞話了！」

莉內婭拋下書本，看起來像是要躲開某人的追打。

德拉諾爾仍留在原地，葛林也是。葛林的笑容已經消失了。

因為莉內婭的書是空白的，那只是一本空白的筆記本。

最後是葛林先出聲。

「莉內婭姊姊，我和安潔莉卡姊姊還有事，再不過去我們可能會被院長罵，所以……」

「安潔莉卡已經不用擔心被院長罵了啦。」莉內婭挪動身子，一手撐在長椅的扶手上，用撒嬌的語氣問道：「是吧？」

德拉諾爾不確定她該不該回答，但還是點了點頭。

「但妳這小姑娘就不一樣了。趕快去吧，別讓院長等太久。」

莉內婭揮了揮手，作勢要趕葛林走。德拉諾爾這才發現她的右手只剩下兩根指頭。

走吧。既然莉內婭姊妹都這麼說了。那就走吧。德拉諾爾拉起葛林的手，從莉內婭的長椅前走過，葛林不敢回握住她的手，只是任憑她拖動，彷彿想說些什麼，但卻一個字也擠不出來。

循著人行道，兩人又多繞了一個彎，才看到教養院建築的入口。

「白薔薇大人，不好意思。」

葛林回過頭，彷彿是想確認莉內婭會不會聽見，但視野中已經看不見那位修女的身影了。

「莉內婭姊姊沒有惡意，她其實是個很棒的人，我很喜歡她，真的。」

「沒關係，我也覺得她是個好人。」

「她有一個叫安潔莉卡的朋友……雖然卡利什女士不承認，但我相信莉內婭姊姊沒有說謊，只是我們看不見那位朋友而已。」

「葛林，妳知道莉內婭是在什麼時候來到教養院的嗎？」

「……我記得是五年前。」

果然。德拉諾爾心想。

五年前的大清洗把那位修女帶來這裡，同時也奪去許多她所知悉的事物。

「妳沒有錯，葛林。莉內婭的確沒有說謊。」

「大人？」

葛林會不知道是理所當然的。因為審判修女的姓名早就被她所繼承的名號取代。

「安潔莉卡是上一任白薔薇的名字。」

*

走進教養院內部，葛林臉上仍帶著有些複雜的表情。知道莉內婭口中的安潔莉卡並非虛構人物讓她心裡有種踏實感，但另一方面安潔莉卡的真實身分又讓她不知道該如何面對德拉諾爾。

五年前殉難的前任白薔薇。

以及接替其衣缽的現任白薔薇。

「不用放在心上。審判修女並不是嫡傳的關係，我們都是由大導師和教廷高層任命。前任的事我也是經別人轉述才知道。」

無論用什麼心情、什麼情緒應對都不適當，德拉諾爾只好模仿西佛勒斯那毫無溫度的語氣向葛林說明。

「謝謝您，大人。無論如何，我想能知道這件事總是好的。」

彷彿為了轉換陰鬱的氣氛，葛林扯開笑容道：「波頓姊妹的房間應該在二樓，我們趕快去吧！大人。」

哪怕笑容再怎麼燦爛，此時此刻看起來也顯得刻意。可是德拉諾爾不會戳破葛林的溫柔，她是成熟的大人了，成熟的大人讀得出空氣的語言。

教養院內的構造似乎和村鎮常見的教會沒什麼不同。玄關的左右兩側是長廊，正中央有扇敞開的大門，門後則是禮拜堂。禮拜堂的盡頭可以看見一具穿著布袍的骷髏坐在椅子上——當然普通的教養院內不可能有造化主的聖骸，所以那應該只是雕像。

德拉諾爾跟著葛林爬上旋轉梯，來到二樓。可能是因為葛林把鑰匙套在食指上玩的緣故，值班的修女見到兩人並沒有產生懷疑，反倒用充滿距離感的眼神向德拉諾爾欠身行禮。教養院內住著多少修女不得而知，不過莉內婭和其他修女的狀況說明她們在這裡過得還算安逸自適。

原本德拉諾爾是這麼想的。

當她來到二二六號房前時，又不禁懷疑自己是不是太早下結論了。

放眼望去，所有房間都是木門，不知何故，唯獨二二六號房被一扇厚重的鐵門所取代。門上甚至還有一扇小窗戶，方便外面的人觀察裡頭的情況，這種特殊的門扉為了顧及安全而犧牲病患的隱私，德拉諾爾只有在醫事院主持的病院裡看過。

不知不覺間她的手已經握住了腰際的劍柄。

莉茲就在這扇門後。三年來她都是在這個房間裡度過的。

而無論德拉諾爾來多少次，她就是一步也不肯踏出房間。

——因為妳不肯見我，我只好來找妳了。

擠出肺腔裡餘下的空氣後，德拉諾爾接過葛林手裡的鑰匙，正打算將鑰匙插入鎖孔時，她想起應該要先敲門；正打算敲門時，她又想到應該先確認人在不在。

思緒變亂了，她的心跳正在加速。她壓抑住情緒，就像面對受腐者時一樣，她不能讓情緒干擾判斷。妳必須學會變得麻木，不僅僅是在戰場。大導師說過。只有變得麻木才能讓理性優先於感性。

她從玻璃窗往裡望去。

裡面擺放著簡單的家具，床、書桌、衣櫃，就像宿舍一樣。

但一個人影也沒有。

於是她敲了敲門。莉茲可能在某個窗戶看不到的死角吧。也許她聽見聲音就會出來應門了，錯不了，一定是這樣沒錯。

但是沒有。

於是她握緊鑰匙、插入鑰匙、轉動鑰匙、打開門鎖、握住門把、扭開門把、推開門，走進房間。

房間裡除了她以外沒有其他人在。

不僅如此，甚至連有人居住的氣息都感覺不到。

沒有私人物品，床單鋪得平整毫無皺褶，室內被打掃過了，打掃過後窗台上又積了一層灰。

二二六號房已經好一陣子沒有人住了。

「大人，波頓姊妹她……」

葛林沒有跟著進來，她留在門口。德拉諾爾聽見她有些怯懦的聲音。

「她不在這裡。」德拉諾爾說。「她已經不在了。」

德拉諾爾卸下白薔薇，坐上床鋪。

那件綠色的床單沒有任何紋樣，床墊看起起來和行軍床一樣硬梆梆的，與她在堡壘修道院睡的彈簧床比差太多了。

但她還是放緩身子，靜靜躺了下來。身上的裝備擦出金屬撞擊的聲響，讓已經不舒適的床鋪變得更加折騰人。

果然很硬。

還有股潮濕的霉味，感覺躺久了會罹患風濕。

天花板上有幾道裂痕，過去三年莉茲就是數著這些裂痕睡覺的。這張床的大小別說是兩個人了，連要讓一個人躺平都很勉強，不過是剛好設計成與肩膀同寬的程度。

她怎麼有辦法忍受這種生活？

德拉諾爾心想，但就算想了她也得不出答案。

「莉茲……」

床單被她抓出了皺褶，幾根頭髮落到夾縫間。雖然很對不起打掃的修女，可是德拉諾爾也沒辦法顧慮那麼多了。

此時壓在胸口的沈窒感，反倒不是源自白薔薇的甲冑了。這麼做有什麼意義，連自己也無法解答，但她還是覺得要是能繼續在這多躺一會就好了。說不定透過這種方式，她多少能夠理解過去住在這裡的女孩是抱持著怎樣的想法。

但那終究只是一廂情願。

門外傳來腳步聲。

在她起身的同時，聽見葛林帶著哭腔喊道：「對不起！」

德拉諾爾抓起白薔薇，立刻衝出房間。

只見卡利什修女神色嚴肅地站在葛林面前，不僅如此，西佛勒斯也在，但是離得有點遠，像是刻意和兩位修女保持距離。

見到德拉諾爾，卡利什修女也嚇了一跳，反而跟著慌張起來。「白薔薇大人……您為什麼會在裡面呢？」

「我來找一位朋友，女士。」德拉諾爾答道。她沒有說謊，因為她不擅長，也不想說謊，尤其是在可能牽連葛林的情況，她必須盡可能保持誠實。

幸好，卡利什修女並沒有打算深入追究，比起德拉諾爾擅闖教養院，顯然有更讓她在意的事。

「您的朋友，是指波頓姊妹嗎？」

「是的。」

「這樣啊。」老修女皺了皺眉。「很遺憾，波頓姊妹已經在三個月前以赦罪修女的身分離開了。」

「赦罪修女？」德拉諾爾乾瞪著眼睛。

而且剛好是三個月前。

意思是在她成為白薔薇不久後，莉茲也以新的身分離開了教養院。

「是的。醫事院的鶇醫師有提供診斷證明，如果您有需要我可以請人幫忙調閱。」

「不，不用了，謝謝妳的熱心，不過不需要。我只是、只是……離開前她有說什麼嗎？」

「波頓姊妹一向沉默寡言，恐怕……」

「我知道了。」德拉諾爾握緊劍首。「可是為什麼是赦罪修女呢？這未免也太奇怪了……」

被德拉諾爾這麼一問，卡利什修女也露出費解的表情，不過她還是努力想出一個妥當的答案。

「長久以來都是鶇醫師負責她的療程，我想這應該是鶇醫師給她的建議吧。」

只可惜，這並不是德拉諾爾想知道的。同樣的結論她自己也能推理出來。

如同審判修女之於審判庭，醫事院也有一批修女為其提供服務。

她們既不參與教廷發動的清洗活動或遠征，也不替人民斬殺受腐者。

只有在醫生宣告患者無法救治時她們才會出馬，代替醫生赦免患者今生的罪孽。

這也是她們被稱為赦罪修女的原因。

「怎麼可能讓那傢伙做這種工作！」

德拉諾爾大喊道，她知道自己又做出違背身分的行為了，可是她沒辦法再控制情緒。卡利什修女和葛林吃驚地瞪著她。

「妳們都很清楚！當我提到她的名字時，妳們都想到她就是那起事故的兇手！那為什麼妳們還能接受醫事院讓她做這種事？妳們怎麼能讓她繼續殺人？」

她搞砸了，審判修女不該在任何人面前動怒，更不可以流淚。可是她好生氣，好不容易以為能見到莉茲，結果她竟然已經離開了，還當起醫生的劊子手。

而這三個月，那麼長的一段時間，她卻一次也沒有聯絡過……

「德拉諾爾，卡利什女士沒有權限阻止她離開。妳不該遷怒到無辜的人身上。」

她聽見西佛勒斯的聲音，但這種時候她實在不需要審判官多嘴。她瞪向西佛勒斯，審判官只是平靜地朝她走來。

「而且，從來沒有一份官方報告指出莉茲・波頓是殺害雙親的兇手。聽信坊間流言蜚語，有失白薔薇的格調。」

「你沒辦法替我代言。」

「我沒辦法，所以道歉的人是我，不是妳。」

說完，審判官向年邁的修女彎下腰。卡利什修女連忙制止西佛勒斯。「快請起，大人。您這樣我實在受不住呀！」

德拉諾爾也被審判官的舉動嚇著了。

既已向神宣誓，就別在他人面前低頭。這句話還是出自西佛勒斯自己。

德拉諾爾抹去眼角周圍的水珠，她相信那只是汗水。她拉了拉西佛勒斯的袖子，同時也針對剛才的無理取鬧向卡利什修女道歉。

「兩位大人真的別再捉弄我了。您並沒有做出什麼讓我不愉快的舉動啊。」卡利什修女用老奶奶特有的慈祥口吻說。「能知道白薔薇大人與波頓姊妹有如此深厚的感情，實在讓人感動呀。」

「……感情一點都不深厚，我們只是放學時剛好走同一條路回家。」

德拉諾爾嘀咕道。卡利什修女欣慰地笑了。

「所以也請不要怪罪葛林。」德拉諾爾接著說。「是我請她幫忙的，我想她也不好意思拒絕。」

「大人，是我才該道歉！一定是我沒有注意到新的名冊，以為波頓姊妹還在教養院……」

「是我不對，葛林。妳沒有錯，是我太任性妄為了。」

「這樣下去會變成道歉大會呀，真傷腦筋。」卡利什修女急忙打圓場道。葛林聽了，忍不住笑出聲來，讓德拉諾爾也害羞地搔了搔臉頰。

那一幕，在她的記憶中也是似曾相似的光景。

只是不同的人。

而且道歉的雙方，從來不會真心感到抱歉。

*

德拉諾爾和西佛勒斯爬上審判庭的馬車。卡利什修女和葛林一路送到修道院大門。看著兩人的身影逐漸變小，德拉諾爾心中頓時產生些許寂寞。

就連此時的心情，彷彿都像是在諷刺剛才的她沒能控制好情緒。

於是她深吸一口氣，感受氣團流入胸腔，讓它去填補那份空虛。

「西佛勒斯。」

「我不打算接受任何道歉。」審判官已經猜到她要說什麼了。

「我想也是。」

「因為卡利什女士說適可而止。我相信歲月將她磨礪成一位睿智的修女。」

但德拉諾爾沒辦法就這麼算了。造化主的神僕不該向任何人低頭，何況是審判官，西佛勒斯卻做了。這想法可能有點傲慢，但德拉諾爾甚至覺得西佛勒斯的頭低得太過廉價。

「那我可以改問問題嗎？」

「請說。」

「你是不是想透過我的愧疚感賣人情給我？」

「妳的問題似乎有點太過直白。」

「因為下了馬車沒人會記得。」德拉諾爾說：「所以，是嗎？」

「我不喜歡用問題回答問題，但販賣人情給妳對我有什麼好處？」

「我會更加努力確保你的人身安全？」

「那是妳的工作，跟人情無關。如果我不幸殉職，敗壞的將是白薔薇的名譽。」

「那我有什麼價值能讓你向其他人低頭？」

「這個問題的答案跟剛才一樣。」

「你是說名譽？」

「白薔薇的名譽不僅屬於妳一人，審判官的名譽卻只屬於我自己。」

「但你的言行都象徵審判庭的意志。」

「可是他們仍讓我保有自己的名字。」

德拉諾爾噤口，一時之間她竟然想不到該如何反駁西佛勒斯。

「有時候我真的覺得你是個很矛盾的人。」她說。

「我們合作至今不過幾個月，也許妳可以等時間久了再來下結論。」

「例如你要我學會質疑你，可是又不想給我太多質疑你的機會。」

「我期待妳能與故友相聚，這也是我向卡利什女士道歉的原因。是我慫恿妳這麼做。」

「不，你只是把我留在原地。你不讓我跟去修道院地牢。」

「審訊受腐者不在妳的工作範疇內。」

「但我不會比你還不清楚受腐者有多危險，既然我擔任你的護衛，我就必須確保你的安全。」

「妳用了複雜的句式，代表妳的思緒很清楚。」

「西佛勒斯，我沒有在開玩笑！」

「我也沒有。」

西佛勒斯伸出手，好讓德拉諾爾能看清楚被血染得鮮紅的手套。

「我很習慣了，西佛勒斯，這一點血對我不算什麼。」

「但它原本沒必要流的。」

德拉諾爾停頓了半刻，輕聲說：「我不明白。」

「我其實不需要讓它流那麼多血也能問出我想知道的。」

——那是為了什麼？

德拉諾爾想問西佛勒斯，但隱隱約約中她好像又知道答案。

就像她在卡利什女士和葛林面前的失態，她會說審判官也存在著缺陷。那就是西佛勒斯不希望她知道的秘密。

馬車已經離開修道院的山坡了，現在它加入黃昏時的車流，每個與它擦肩而過的人都被夕陽拉出長長的影子。

「至少現在結束了，對吧？」

那一刻，她的聲音聽起來也好像戴上了面具般朦朧。

「結束了。」

西佛勒斯握緊了染血的手。

「但有些事情我們得談談，德拉諾爾。也許……就我們兩個。」

目前已知的事情：

＊審判庭

教廷旗下子部門。負責維護國教的正統性，以及辦理所有與腐化相關的案件。異端思想擴散往往是教廷最重視的問題，因此審判庭幾乎擁有凌駕於任何執法機構的權力。

儘管如此，審判官的薪水也沒有特別高。

＊修女會

過去曾隸屬於教廷旗下，後來在一次政教之爭中，修女會獨立。

獨立的修女會自此接手教廷在民間的布教工作，如今已是最為親民的官方組織。修女會中大部分成員都是出於對國教的信仰和榮譽而加入，不過其中也不乏單純來找鐵飯碗的人。

＊托福

教廷舉辦的官方語言考試。受試者如果要去其他城市進修或就業，托福成績往往是重要的參考指標。

類似的考試還有雅思（IELTS, Infallible Enactment Language Testing System），但不包含全民聖書檢。

Ch. V 鵺

「沒想到在咖哩裡面加炸豆皮意外還不錯。」

前天晚上莉茲煮了咖哩，使用的是新食譜。原本以為成果應該會很悲慘，結果卻意外地合胃口。

唯一的缺點，同時也是最致命的缺陷，大概是加了豆皮之後咖哩醬會變得很淡。

「下次試試加點巧克力或奶油什麼的，應該會比較好。再不然，就是多買一些香料和咖哩塊，反正總會有方法。」

「那位太太沒有告訴妳他們是怎麼做的嗎？」戴著鳥嘴面具的女人問。

「她有提醒我味道會變淡，不過也不知道要怎麼解決。這好像是他們家族流傳的食譜，所以不能隨便更改。」

「我想這也是一種解決方式。」女人點了點頭，一邊攪拌著咖啡杯。黑色的薄紗手套下透出了骨白的膚色。

「琉璃。」

「嗯？」

「妳平常會自己煮東西吃嗎？」

「偶爾心血來潮的話。」

「那有機會的話可以試試。吸了咖哩醬的豆皮會變很好吃。」

「我會的，莉茲。」女人稍稍偏過頭，似乎正露出微笑。「斑鳩呢？我很好奇他怎麼說。」

「他什麼都沒說。妳知道的，我們不可能同桌吃飯。但今天早上我發現咖哩醬少了很多，代表他應該不討厭。」

「那真是太好了。」

「或許吧。」

莉茲抱起左腿，踩在沙發上。她甚至懶得去擔心裙子會不會造成不便，因為是鶇告訴她要把診所當作在自己家一樣，所以她只是履行醫生的話。

「我是覺得有點可惜，畢竟咖哩這種東西放到第二天總是特別好吃。我又不是第一次煮咖哩，他怎麼到現在還不明白？」

「因為肚子餓時就是最好吃的時候呀。」

這次莉茲真的聽見鶇的笑聲了。

同為醫生，她的性格和斑鳩簡直南轅北轍。

斑鳩的話不多，就算同住一個屋簷下，莉茲也不曾聽過他的笑聲。相較之下，鶇很健談，也很愛笑，甚至還允許莉茲用小名稱呼她，開朗卻不失穩重的性格散發著一種成熟女性特有的自信魅力。

所以……

為什麼會談到咖哩？

莉茲回想。應該是鶇問起她近況的緣故。

這是慣例，每次回診，醫生都會問她最近有什麼新鮮事。

所謂的新鮮事，不是城內的新聞，而是莉茲的工作。作為將她帶離教養院的人，鶇必須隨時掌握莉茲的身心狀況。

前天，莉茲和斑鳩剛結束定期的尋訪產檢。咖哩食譜就是第三戶的太太告訴她的。對方很感謝醫生和修女為腹中的孩子帶來賜福，所以決定將咖哩好吃的秘訣分享給莉茲。

事實上也真的很好吃。

那麼好吃的料理方式應該讓更多人知道才行，於是莉茲也告訴鶇這個秘密。

不單是料理，莉茲也會提起各種事情。例如她最近在市場買了新的盆栽、鄰居的貓咪總是喜歡在半夜喵喵叫，又或者是流理台的水管老是被奇怪的東西堵住。

諸如此類無關緊要的日常、諸如此類稍縱即逝的話題。

但這樣就行了嗎？

一想到這，莉茲不禁懷疑。

因為她和鶇只是待在房間裡聊著生活瑣事而已，這樣真的有任何意義嗎？

鶇卻說這就是治療。

她從來沒有給莉茲任何藥物，只要她定期回來診所，聊聊近況。鶇會準備點心，也會為自己沖一壺咖啡。醫生不會在任何人面前用餐，所以莉茲知道那杯咖啡對鶇更像是種儀式，告訴患者醫生從未離開。

如此一來，他們才願意分享。

「要再來一杯嗎？」鶇問道。

「好啊。」

鶇接過杯子連同托盤。「還是不加糖？」

「黑的就好。」

「奶精？」

「黑的就可以了。」

「醬油？」

「我說黑的……咦？」

「只是想鬧妳。」

鶇無所謂地聳了聳肩後，便消失在門扉的另一側。

咖啡喝完了，茶會的主人也暫時退場，但點心還剩不少，莉茲隨便抓了一個夾心餅扔進嘴裡。

每次來到診所，鶇都會把她帶進相同的房間。除了兩大一小的沙發椅和中間的茶几外，室內堆滿了雜物，完全沒有診療室該有的樣子。

懸吊在天花板的人偶斷肢、牆上的蝴蝶標本與異邦盛產的拼布毯。袖珍型的搖椅坐著穿著華美的時裝娃娃，一旁的櫥櫃裡還擺著六分儀和天氣瓶，以及一些莉茲叫不出名字的古董收藏。全部都象徵著醫生的個人興趣。

莉茲環視整個房間，發現才幾天沒來，這裡又多了一些新東西。

例如窗台前的鳥籠。

一隻茶色的胖鳥正縮著身體，似乎是睡著了，難怪剛剛都沒聽見鳥叫聲。

除此此外，鳥籠旁邊還有一口奇怪的木盆，木盆裡有許多小石頭、樹木和房屋，以及幾個玩偶。

莉茲拿起其中一匹玩具馬端詳著。玩具馬的作工粗糙，看起來像是曾流行過一段時間的鐵皮玩具，塗料沒有覆蓋的地方已經開始出現鏽蝕。

「斑鳩，還有箱庭療法。」

莉茲嚇了一跳，手中的小馬落到盆子裡。

她轉過身，看見鵯正把咖啡放到茶几上。

「妳開始養寵物了，琉璃。」

「不是寵物，只是剛好在診所外撿到它。」

鵯說。

「它的翅膀受傷了，所以我讓牠先在籠子裡靜養，等傷好就會放牠走了。」

「妳說牠是班鳩。」

「很巧對吧？」

「我其實分不出斑鳩和鴿子的差別。」

「斑鳩比較小，也比較聰明。可惜那些常來拜訪的朋友們都不是很歡迎牠，如果妳喜歡的話也可以讓妳帶回去照顧，飼料和藥我來準備就行了。」

鶇口中那群朋友是指烏鴉。因為工作需要，診所總是會有幾隻烏鴉在外待命。

「不用了，我沒興趣。」

謝絕鶇的提議後，莉茲將注意力轉到那口箱子。

「那這個呢？妳剛剛說它叫什麼？」

「箱庭，或是沙遊。但我這組沒有沙子，所以叫沙遊恐怕不太恰當。這是異邦友人寄給我的樣品，她希望我找機會與朋友一起實踐。」

「實踐？」莉茲問。「呃，意思是有什麼我幫得上忙的地方嗎？」

「這取決於妳，莉茲。這是一種嶄新的治療方式，許多理論還只停留在假說，不一定正確，所以我沒有優先將它介紹給妳。但如果妳心中有些問題想要解答，也許它可以幫到妳。」

「我沒什麼問題，嗯……單純是妳的朋友好像需要一些回饋，我想我可以幫忙，畢竟我是妳的患者。」

「妳不是患者，妳只是還在尋找問題與解答。這也是箱庭療法被創造的初衷，透過遊戲的方式探索內心深處無法被言語化的部分。」

「琉璃，妳開始變得饒舌了。」

「只要牽涉到公領域我們不得不如此，這樣能少一些釋疑的空間和引發衝突的機會。」

「好吧。」

莉茲有些不服氣地說，並再次看向木盆。所有玩具都以一種毫無規律的方式散落在木盆中，彷彿上一個人玩完之後就隨手一扔似地，明顯沒打算收拾。

「告訴我該怎麼做就行。」

「很簡單，現在開始這個箱子是屬於妳的世界，妳只要隨心所欲布置這個世界就行了。例如——」

鶇拿起莉茲剛才弄掉的馬和一個玩具士兵，將馬壓在玩具士兵身上，然後把玩具士兵放在娃娃屋的屋簷。

「這是一名護教騎士。雖然被騎的是人，騎手是馬，而且他們還待在屋簷上，怎麼勸都不肯下來。」

「看起來很詭異。」

「是有點詭異，但沒人說這樣不行，箱庭裡的世界什麼事情都可能發生。我的任務就是從妳布置的方式觀察妳心中需要釐清的問題。」

鶇取下屋簷上的騎士，將它放到莉茲的掌心。莉茲接過騎士後做的第一件事就是把人和馬拆開來。

除了騎士和馬，被鶇稱作「箱庭」的箱子裡還有很多人物與動物的模型。騎士剛剛待著的娃娃屋像是收納這些模型的地方，不只人物，舉凡樹木或石頭感覺都可以扔進屋子裡面。

鵺說按照喜好隨意擺放就可以，但莉茲根本一點想法也沒有。

她只覺得這箱子很亂。

替鵺把玩具收拾好也是種幫忙，對吧……？

於是她開始把模型一個個扔到娃娃屋裡。到了最後，空間不夠了，她只好先把一個女孩樣貌的娃娃拿出來，才能放下其他玩具。想到剛才害玩具馬摔了一跤，取出女孩時她顯得格外謹慎。

「完成了？」

「完成了。」莉茲回答得有點心虛，因為把玩具全部收進娃娃屋裡算不上什麼布置。她的案例可能幫不上鵺那位朋友的忙。

不過她還是忍不住問道：「所以妳從這裡面看到了什麼？」

鵺沒有急著開口，而是拿起那個唯一沒有被收進屋裡的娃娃。

「妳該不會想說那是我吧？琉璃。」莉茲露出輕視的笑容。

「按照規範，我其實不應該挑明我看到的結果，但要是不告訴妳的話妳絕對會把氣出在我身上。不，莉茲，那不是妳，這個人偶可能跟妳有關，但他絕對不代表妳。」

「哦？」

「妳把她從娃娃屋裡拿出來的方式太溫柔了，我所知道的妳不會這樣對待自己。」

「……醫生說話都那麼直白嗎？」

「我們總希望在有限的範圍內盡可能說實話。」

「如果不是我的話，妳覺得是誰？」

「一個很重要的人。這個答案本身還挺敷衍的，所以我會說那個人可能是妳的家人。」

莉茲勉強維持住臉上的笑容，說道：「我是獨生女。」

「我知道，所以她更有可能是一個被妳視作家人的朋友，一個妳覺得既親暱又陌生的人，妳記憶中有這樣的人存在嗎？」

莉茲沉默一陣子，搖了搖頭。

「老實說，琉璃，妳有點想太多了，我單純是不想把妳的玩具弄壞才特別小心罷了。」

「這也是一種解讀方式。我不告訴妳我的觀察就是擔心我的結論在潛意識中影響妳的判斷，如此一來這個遊戲就失去意義了。」

「沒關係，我沒那麼容易受影響。」

「那就好。妳還想繼續嗎？」

「挺有趣的，不是嗎？」

鶇平靜地點了點頭。

「接下來……除了女孩的娃娃外，妳把這個世界清理得很乾淨。我想這可能和妳現在的工作有關，但另一方面，娃娃屋內的狀況卻是一團糟，妳雖然把玩具都收進了屋子裡，卻沒有想將它們擺好的意思，假如妳把它們擺得整齊一點，妳會發現女孩的娃娃也放得進去。」

「是嗎？」

「嗯。娃娃屋代表妳私人的部分，這可以有很多面向，例如生活、感情、休閒嗜好……

甚至是家庭也可以。」

「妳意有所指。」

「我盡量避免讓妳這麼想，雖然我承認我沒辦法忽視那些曾經發生在妳身上的事。」

「那就別忽視，告訴我妳看到什麼就好。」

「我不能回答這個問題。」

「妳說妳會說實話。」

「我會，但是在有限的範圍內。」

「琉璃，妳可能是這世上唯一一個我還願意信任的人了。是妳把我從教養院帶出來的，還替我實現心願，將我安排到斑鳩身邊，甚至沒有問我理由。」

「我知道妳和斑鳩曾有過一些事，如果妳不想說，我不會強迫妳。」

「可是我想聽，我想知道妳看見什麼。」

鶇側過頭，鳥喙幾乎要碰上莉茲的鼻尖。「妳在撒嬌嗎？莉茲。」

「如果有用的話，我願意表演給妳看。」

「不要隨便拿自己當籌碼。」

鶇捏了捏莉茲的鼻子，她常對莉茲這麼做，每一次莉茲都覺得很奇妙。

因為斑鳩總是很小心地避免和她產生任何肢體接觸，讓她以為這是醫事院的禁令，但同樣是醫生，鶇卻顯得完全不在乎，有時心情好，甚至會從背後環抱住莉茲，還把臉埋進她的頭髮裡，就像在對待貓咪一樣。

「我可以告訴妳，但妳要答應我不會當真。」

「我答應妳。」

莉茲在等鶫開口。她看見鶫胸口的起伏，醫生吸了一口氣，再緩緩將它吐出。

「娃娃屋裡的混亂，只發生在娃娃屋裡。」鶫說。

莉茲呆愣了一下。「什麼？」

「議會的報告認為是強盜做的，可是比起強盜，妳還是更相信街頭小報上的內容。」

「妳認為是我殺了爸媽。」

「不是我認為，是妳的答案告訴我妳是這麼想的。」

「從哪裡看出來的？妳剛剛才說那個女孩娃娃不代表我。」

「那的確不是妳，因為妳還在屋子裡，妳從來沒有給自己走出屋子的機會。」

「是嗎？那妳覺得我現在在哪裡？」

「莉茲。」

「我知道。」莉茲嘆息。「我當然知道妳想說什麼，琉璃。我只是、只是……」

只是什麼？

莉茲感到額頭一陣昏熱，她告訴自己保持冷靜，但冷靜過後她還是不確定她想說什麼。

「有時候我真的很希望和爸媽一樣，是普通的受害者。」

她說。

「有人闖進來殺了他們，又砍傷我，最後把我們的房子燒掉。這樣解釋簡單得多，儘管牽強，卻很合理，否則連我都不知道該怎麼解釋它。」

她提起右手，端詳著五指上的球形關節，在關節的接縫處，仍留有前天殺死嬰兒時留下的血跡。

那是義肢。就和鶇收藏的那些人偶一樣，莉茲右手臂以下的部分也被人偶的肢體所取代。這是在血案發生後斑鳩替她裝上的，因為當醫生發現她時，她的右掌已經被人砍下。

鶇也凝視著莉茲的右手。「我曾想過要問斑鳩，因為替妳做緊急處置的人是他，他可能比妳還清楚事情的經過。」

「那妳有問嗎？」

「他說他只是做一個醫生能做的。」鶇的聲音聽起來有些許無奈。「但我想他沒有坦白，以一個醫生而言，他做得太多了，我想妳在他心裡的地位可能遠不僅是患者。」

「果然是因為這隻手的關係吧。」

莉茲舉起義肢，讓鶇也能看見刻在手腕上的符號，那是聖書文字的字母「K」。

「城裡會做義肢的人不多，而K又曾是莫爾赫斯最好的工匠，照理來說斑鳩不可能有機會委託他服務。」

因為K向來只為教廷工作，而且在五年前的大清洗後就消聲匿跡。因此坊間流傳帶有K簽名的工藝品，大多都是贗品，剩下的則是透過不法手段取得。

同樣的故事，鶇已經跟莉茲說過很多次，幾乎每次聊起義肢，她就會再提一遍。

「他應該付出了相當的代價才找到K，甚至還讓對方答應幫忙。」

至於代價是什麼？這個問題已經超出莉茲能解答的範圍。

城裡有許多居民像她一樣，因為各種不同理由在身上留下了難以抹滅的傷疤，其中絕大多數人一生都得學習和這些傷相處。

這也是莉茲無法發自內心憎恨斑鳩的其中一個理由。

「可惜我不記得了，琉璃。就和發生在我家人身上的事一樣，關於斑鳩的一切，我什麼都想不起來。」

「想不起來也無所謂，甚至想不起來更好。無論怎樣，我對妳的看法都不會改變。我認識的是現在的妳，不是三年前的莉茲．波頓。」

「如果每個醫生都像妳一樣就好了呢。」

莉茲挖苦般地笑了笑。

「善解人意算是我眾多優點中的一個。」

「所以妳才會成為……呃？」

「心理醫師。」

「對，我忘記這個詞了。不然我記得妳以前是在總院工作。」

「好久以前的事了。」

鶇答道，旋即像是陷入了沉思。莉茲等待她開口，但鶇只是簡短地說：「斑鳩那時候也在總院。」

「你們是老同事。」

「算是，可惜沒有發展出任何革命情感，唯一的共同點是我們最後都選擇離開。」

「總院的工作很辛苦吧。」

「辛苦是其中一個原因，除此之外還有很多麻煩事。」

礙於身分，鶫沒辦法進一步說明，但莉茲可以想像，因為總院的醫生都是助產醫師，原本數量就比其他醫生來得稀少，平時的工作已經夠忙碌了，萬一剛好碰上許多婦女的臨盆期，那大概得不眠不休奮戰好長一段時間。

相較之下，鶫現在不但擁有自己的診所，工作內容還只是陪患者聊聊天、喝下午茶，明顯輕鬆許多。

「妳好像在想很失禮的事呢，莉茲。」

「欸？沒、沒有啊……嗯，我只是在想斑鳩離開總院的原因。他跟妳一樣嗎？琉璃，他是不是也想偷懶？」

「莉茲！」

「開玩笑的啦！」

莉茲急忙跑到沙發椅後，躲避鶫的追打。一掃方才難受的氣氛，莉茲覺得心裡的死結似乎稍稍鬆開了些。

「他跟我不一樣。」

鶫忽然說道，莉茲沒反應過來「咦」了一聲。

「我說，斑鳩跟我的想法完全不一樣。他是因為和當時的院長理念不合才離開的。」

「什麼叫理念不合？你們醫生原來也有價值觀衝突的時候嗎？」

「妳要學會聽懂暗示。成熟的大人會善用這幾個字，一筆帶過很多事情。」

「我很難想像。」

莉茲很難想像木訥的斑鳩會有跟人起衝突的機會。至少現在的他，怎樣都不像是會輕易動怒的樣子。

「而且我記得總院後來還有請斑鳩回去？」莉茲接著問。

鶇聳聳肩，坐回沙發上。「因為院長換人了，他們看中斑鳩的醫術和成就，履歷上也不會寫無關的事情。」

莉茲很好奇斑鳩的過去，但她也想知道鶇對斑鳩的看法。如果他們倆曾共事過一段時間，即使關係再怎麼疏遠，應該還是會對彼此有一定了解。

她想知道斑鳩是怎樣的人，或者說，曾經是怎樣的人。

「所以斑鳩他——」

「我不知道。」

鶇打斷莉茲。

「如果妳是要問他和院長之間的糾紛，我只能說我不知道。」

預想中的答案。

雖然不能排除鶇真的不知情的可能，只是依莉茲對醫事院的了解，鶇應該是在斟酌後覺得這件事不適合對修女會的人說明吧。

她很信任鶫，其中的原因大部分是來自鶫在教養院時期替她所做的努力，但這不代表兩人的關係能跳脫醫生與患者的身分。

認清現實後就知道這沒什麼好沮喪的。

「莉茲，斑鳩做了什麼事嗎？」

莉茲以為自己沒表現出來，但終究還是瞞不住鶫。

甚至她心底就是期待鶫能主動問起。

問題是她不知道該怎麼說明。

她沒有告訴鶫湯姆一家的事。

「我在最後一戶人家殺了兩個受腐者。」莉茲說。「兩個……剛出生的。」

鶫點點頭，輕敲著咖啡杯。「再放下去就冷掉了。」她說。

比起咖哩食譜，湯姆家的事可能才是鶫真正想聽的。

連同她和湯姆在公園裡玩捉迷藏，莉茲將那天發生的一切都告訴鶫。

鶫並沒有表現出意外的樣子，因為抹除受腐化的嬰兒本來就是莉茲的工作，也是赦罪修女待在醫生身邊的原因。

同樣的事，莉茲沒少做過，鶫也都知情。

她繼續攪拌著同一杯咖啡。

「那些東西成長的速度很快，放跑它們會造成更大的危險。」

「我不是說受腐者，是斑鳩。我看到他在我面前把什麼東西燒了。」

那時莉茲剛處理完第二隻嬰兒，轉過身來，看見蹲在男人屍體旁的斑鳩把信紙一類的東西扔進壁爐裡。

她沒有當場詢問斑鳩，而斑鳩也在之後用鈴鐺轉移了話題。

「什麼東西是指？」

「信，或是文件之類的，反正就是紙張。」

「他在屋子裡找到的？」

「應該吧。不然他有很多機會可以處理，沒必要在那時候把它燒掉。」

莉茲告訴鶫，斑鳩一直都待在壁爐附近，她沒機會確認紙上寫了什麼，直到離開湯姆家，她心中仍抱持著相同的疑問。

這個問題一直被她帶到今天。

「可能不是很重要的事。但既然想到了，那說出來也無妨。」

和咖哩一樣。只是閒談。

「如果妳真如自己所想的不在意，那就不會把這件事告訴我。妳知道斑鳩有事情瞞著妳，妳認為他燒掉的紙條上有線索。」

「是嗎？」

「我不知道，我不過是替妳把臉上的想法說出來。」

「有時候我挺羨慕你們都有一張面具。」

「久了妳就不會羨慕了。」鶫接著說。「如果妳不告訴我妳想從斑鳩那邊得到什麼答案，我沒辦法幫妳。」

「我知道。」

莉茲喝了一口咖啡，味道很濃，還留有餘溫。

「可是我不能說。抱歉，琉璃。」

「不用跟我道歉，我只是需要提醒妳我的立場，我不會強迫妳做妳不想做的事。」

「那妳能告訴我妳是怎麼想的嗎？例如那張紙上可能寫了什麼，之類的。」

瓷器碰撞的聲音停了，鶫停下手邊的動作，揚起下巴盯著莉茲。

雖然一開始提起斑鳩的人是鶫，但繼續話題的人卻是莉茲。現在鶫總算明白這個彆扭的女孩心裡真正盤算的是什麼。

「斑鳩認識那戶人家嗎？」鶫問。

「不太可能。」

莉茲還記得斑鳩被男主人稱作「鳥頭怪胎」。男人當時的狀況，應該已經受到腐化侵蝕，不太可能還維持理性陪斑鳩演戲。

「醫事院事前有寄產檢通知書過去吧？」

「寄好幾封了，但都沒有回應。所以我和斑鳩才會直接去找他們。」

「斑鳩燒掉的紙上應該沒有提到他的名字。」

「嗯？」

「這不是妳要問的嗎？斑鳩燒掉紙的原因。如果那戶人家根本不認識斑鳩，那收到的信件上自然也不可能提起他。」

鶇用輕快的語氣說道。

「這代表斑鳩在紙上看到了可能不利於他的內容，但原因只有他自己知道。」

「很有道理。」

「別裝傻，莉茲。妳早就知道了。」

「我沒有妳想像中那麼聰明。」

「真正的笨蛋連從我這套話的念頭都不會有。」

鶇伸了個懶腰，合身的黑袍凸顯了曼妙的身材。

她故作慵懶地說：「妳在乎斑鳩，所以只看到跟他有關的事。我不一樣，我在乎的倒不是斑鳩燒掉了什麼。」

「那是？」

「除了信紙外，壁爐裡還有什麼？」

鈴鐺。

被那對夫妻扔掉的鈴鐺。當時莉茲告訴斑鳩，這個行為等同拒絕教會的賜福，素來只有墮入異端的人會這麼做。

「斑鳩要我別輕易下定論。」

「但以妳現在的身分，那才是妳最該關心的事情，不是嗎？」

莉茲別過頭，鳥籠裡的斑鳩還在睡，好像無論發出多大的聲響牠都不願醒來。

「妳說他們有一個七歲大的兒子，而且一直到幾個月前都還有做產檢的紀錄。」

「資料上是這樣寫的。」

「那他們應該很清楚醫生的賜福對平安生產有多麼重要。曾經受過幫助的人，有什麼理由屏棄我們？」

鶫像是在質問，可是莉茲聽不出來她的口氣中有分毫慍色。

她是真的在詢問莉茲答案。

但想來想去，莉茲也給不出其他答覆了。

異端。

就像她告訴斑鳩的。

她說：「那對夫妻，他們被腐化了，從思想開始，連帶影響到肚子裡的小孩。」

「還有呢？」

「還有什麼……？」

「還有腐化是近幾個月發生的事。至少在拒絕產檢、把鈴鐺扔掉之前，夫妻倆都還相信教廷和醫事院。」

鶫接著問：「你們離開那棟屋子前，斑鳩有說要怎麼做嗎？」

「他說我們的工作結束了，剩下會有其他人來善後。」

「看來他沒打算通知審判庭。」

聽見關鍵詞，莉茲冷不防地縮起了身體。

「怎麼了？莉茲。」

「沒事……我想這件事應該還沒有嚴重到需要審判庭裁決。」

「如果嬰兒是被自然腐化那的確不需要，但人為促使的腐化又是另一回事了。」

考慮到歷史發展和政治因素，絕大多數醫生都對腐化抱持和教廷不一樣的態度，他們把腐化視為一種病症，而那些思想不潔的人在他們眼中，則是腦部產生病變的患者。

所以鶇的用字遣詞雖然嚴厲，但她更像是考慮到莉茲的身分才故意這麼說的。

腐化、腐化、腐化。源自這片大地的古老詛咒。

但隨著在口中咀嚼的次數越多，莉茲都快忘記這個詞是什麼意思了，簡直就像某種格式塔崩壞。

「當然啦，也有可能是我們想太多了。」

鶇一改剛才嚴肅的模樣，笑了出聲。

「我印象中的斑鳩，好像很討厭處理行政作業。如果真的什麼大小事都要回報給教廷，他應該會直接辭職吧。」

「也是。」

莉茲不好意思告訴鶇，斑鳩的工作日誌常常是由她代為捉刀。一方面是斑鳩自己的原因，另一方面莉茲自己也得負責，因為她總是看不過斑鳩老把這些工作留到死線前一天才處理。她記得童年時的自己總是在暑假第一天就把作業寫完。

記憶中的她，是會在假期第一天就把作業寫完的個性。

「那妳的決定呢？莉茲。」

「我？」

「妳想要找出問題，於是我幫妳找到問題，現在輪到妳給自己一個答覆。看是要忘掉那戶人家的事，繼續在斑鳩身邊工作呢，還是想其他辦法，讓問題不會一輩子纏著妳。」

「在我聽來兩個選項都一樣。」

「因為早晚所有事情妳都不會記得。」

莉茲咬了咬下唇。猶豫的樣子全被鶇看在眼裡。

「反正我認為斑鳩沒有聯絡審判庭是好事，至少對妳而言。」

「對我而言？」

「我不能告訴妳答案，但可以告訴妳答案可能在哪裡。」

莉茲露出恍然大悟的樣子。

因為這意味著湯姆家的案件會依照正常程序處理，議會不會派多餘的人手搜查湯姆家，倘若有什麼重要文件，短暫的時間裡斑鳩也不可能有機會把它們全部銷毀。

也就是說，屋子裡很可能還留有其他線索。

鶇望著牆上的時鐘，偏了偏頭。

「既然還有時間，想再來一杯嗎？」

不知不覺間，她又開始攪拌起那杯早已冷掉的咖啡。

目前已知的事情：

＊醫生

所有醫生都隸屬於醫事院，醫生組成了醫事院的核心骨幹。

由於學院文化的影響，醫生通常都會在接受完所屬學派的訓練後成為某個領域的專科醫生。除了常見的外科、內科與心理醫生等類別外，牽涉到生育類別還可再細分為產檢醫師和助產醫師。

其中，助產醫師因為需要熟知造化主裝置的機理，人數最為稀少。

和審判修女一樣，每名醫生的代號都是承襲自前人而來，不同的是，同一個代號可能會有複數人繼承。這時就會用所屬城市區別（e.g.莫爾赫斯的斑鳩）。理由是因為當初創建醫事院的人沒有考慮到這世界上的鳥名字大多很難唸。

只有在很稀少的情況，醫生的代號會從名冊上被永久除名。歷史上最有名的例子就是曾經擅自更改造化主設計的黑鳽醫生。

＊箱庭療法

海爾．波普的杜鵑發明的一種心理諮商法。

讓醫生可以透過非語言的方式了解案主的想法，案主也能在遊玩的過程中達到自我療癒的效果。

由於診所的設備不齊全，鶇沒有把箱庭療法列入正式的課程中，莉茲因此成為她第一個受試者。

Ch. VI 石菖蒲

百年前的第二次擴張時期，人們被處死的原因忽然變得很多樣。最典型的理由是受到腐化，但因為教廷對腐化保有最終解釋權，所以就算身體沒有產生異變，也可能一覺醒來發現自己正在被拖往刑場的路上。

受腐者的死往往能激勵前線兵士的士氣，但有時候讓一些愛逞口舌之快的老百姓能永遠閉嘴也未嘗不是壞事。當前線的將領為了掩飾自己的無能而推行十一抽殺律時，城垛內的人卻連一張嘴巴都管不住，簡直是在踐踏修女與護教騎士們的犧牲。

所以哪怕科技進步、傳播媒體的擴張導致自由思想蓬勃，教廷至今仍然沒有放棄這段血腥的傳統。因為事實證明，莫爾赫斯的民眾也把觀賞處刑秀視為一種健康的國民娛樂。

距離德拉諾爾上次造訪不過幾天，伊克姆修道院已經在中庭搭起了簡易的刑場。

和常在市中心廣場看到的絞刑台不一樣。修道院刑場沒有設立額外的看台，也不見大型刑具的影子，只有鐵製的移動式護欄將中庭包圍起來，每隔幾座護欄就有全副武裝的修女看守，以免情緒激昂的民眾不小心越線。

德拉諾爾望著簷廊下擁擠的人潮，摩肩擦踵的模樣幾乎只有在城裡最熱鬧的市集才有機會看到。平時內院禁止平民進入，所以每當修道院舉辦活動時，總是會引發一些無聊人的好奇心，想一探修女們日常起居的場所，但德拉諾爾相信，大多數人的目標還是來觀賞行刑。與兩側通道相比，通往聖堂的走廊就顯得空曠許多。因為那裡視野最好，不會被中庭的樹木或石膏像擋住，所以必須留給最重要的客人。

幾名穿著布袍的教廷人員坐在座位上，他們之中沒有全部戴上面具，代表其並非隸屬於審判庭，而是教廷其他部門。其中，坐在審判官旁的修女引起德拉諾爾的注意。

「副秘書長和她的顧問，還有幾名受邀的主教與神學家。」

西佛勒斯的眼光也掃向相同的地方。

「至於那位修女，妳應該比我還清楚。」

黑髮修女的臉上掛著戲謔的笑容，雙腿優雅地交疊著。她和教廷的人彼此間沒有任何交集，反而和前來奉茶的修女愉快地聊起天來。

「我沒看見審判長大人。」德拉諾爾說。

「看來他不想離開辦公室。」

「我以為處刑是他的決定。」

「是他的，但劊子手不是他，所以他沒必要現身。」

也好。德拉諾爾心想。如果阿斯摩德來了，身邊大概還會跟著其他審判修女，倒不是對她們心懷芥蒂，只是德拉諾爾每次都覺得跟同窗姊妹們相處起來有點尷尬。原因她也不明白，但肯定跟她特殊的幽默感無關。

幸好抱持相同想法的人不只有她。

就算審判庭的高官出席，西佛勒斯也沒打算去跟對方打聲招呼，反倒拜託修道院的卡利什女士替他安排一個可以清靜的位子。

這也是為什麼兩人現在會待在二樓露台的原因。

和一樓簷廊相比，雖然少了第一線的臨場感，卻能清楚觀覽整片中庭。這裡不開放給平民觀禮，修道院的人也沒有無聊到特地跑上來，這讓德拉諾爾能暫且放下白薔薇的身分，慵懶地趴在護欄上望著底下的人群。

「審判長大人是讀了你的報告才決定行刑的嗎？」德拉諾爾問。

「不算。我的報告和這場處刑無關。」

「那是？」

「早就決定好的事。」西佛勒斯說：「無論它有沒有吐出任何消息，審判庭都會找機會把它處理掉。」

幾天前離開修道院時，西佛勒斯向德拉諾爾表示有事情必須私下談談，意味著他決定對審判庭有所保留。

德拉諾爾不知道西佛勒斯最後到底隱瞞了審判庭什麼，但他沒理由只把秘密分享給自己。她甚至覺得自己從審判官那承擔的秘密已經太多了。

「那個受腐者叫什麼名字？」

「哈席恩・羅。」

「你說他不是兇手，那就算殺了他也無濟於事。」

「行刑的理由是來自教廷的壓力，教廷的壓力則是源於民間輿論。可以暫時緩解輿論就不會沒有意義。」

「但兇手未來還是會繼續犯案。」

「大家都明白，德拉諾爾。可是妳不能讓熔爐無止盡的升溫。」

所以那個叫哈席恩的受腐者暫時充當了替罪羊的位置。教廷大概不會以兇手的名義處刑他，充其量就是這一連串命案的共犯。

共犯。這麼說也沒錯。西佛勒斯告訴她，哈席恩被捲入的是第二件命案，也就是有三位護教騎士被割喉的那件。在受腐者瘋癲的言語中，聲稱他在躲避三名騎士追捕的過程中遇見了天使，天使將那三人殺死，哈席恩才因此得救。

直到他被另一組騎士捉到並押解至修道院前，他似乎都還相信天使會再次現身。天使，六翼的天使。記錄於教典上，造化主最親近的使徒。當祂出自異端之口時，一切聽起來卻又是那麼愚蠢且盲目。

盤據在底層的邪教徒假借教典散播異端思想是很常見的手法，但哈席恩的狀況卻與過往案例截然不同。

人類悠久的歷史中，從來沒有人敢宣稱他用肉眼見證了使徒下凡的奇蹟。何況這還不是迷幻藥的效果，因為幻覺不會致人於死。

那絕對不是天使。德拉諾爾知道。所謂的天使，不過是個連續殺人兇手。

象徵正午的鐘聲自修道院聖堂頂端的大鐘響起。隨著鐘響低鳴，一個披頭散髮的男人在兩名修女的陪同下踏進中庭。男人四肢綁著鐐銬，全身上下只穿著一條骯髒的套褲，步履蹣跚的樣子看起來十分狼狽。

那個人肯定就是哈席恩了，不單因為他的現身引來周圍民眾的叫罵聲，手臂上膨大的腐化組織更是清楚顯示了男人的身分。

從露台看不清楚哈席恩的表情，男人一路都低垂著頭，來到刑場中央時，負責主持的修女長命令他在造化主的雕像前懺悔，他也沒有任何反抗。

「他看起來很安分。」德拉諾爾說。

「看起來。」

「你在審訊他時不是這樣子的，對吧？」

「它是個狡猾的東西。」西佛勒斯回道。「它的精神狀態不穩定，但思路倒是很清晰，它甚至還記得命案當時的狀況。」

「所以那位天使……就是我們要找的人？我是說，我們要找的人真的只有一位？」

「恐怕是的。」

曾經德拉諾爾也想過，這些護教騎士是死於底層的暴力集團，如果計畫周全，三、五個訓練有素的殺手要在一瞬間解決三名裝備精良的騎士並無不可能。

但凶手只有一個人。

「德拉諾爾，如果是妳，辦得到嗎？」

「我沒有殺過人。」

「我知道，所以這是假設。因為除了審判修女，我想不到城裡還有誰有同樣的身手。」

「審判官，以我的身分，恐怕無法苟同你的猜想。」

「Miserere nobis, Domine.」

「嗯？」

「這句話。我在馬車上跟妳說過，還記得嗎？」

「意思是『憐憫我們，我主』。」

「據我所知，現在只剩下教廷的編譯官還會使用舊聖書文。修女會呢？」

「沒有，至少在我加入時它就已經被從課綱裡拔掉了。之所以知道，是因為歌詞裡常出現這句話。」

「那就是了。」

「西佛——」

「妳想知道我對審判庭隱瞞了什麼，答案就是這句話。」

——憐憫我們，我主。

西佛勒斯說，當哈席恩在地牢聽見修女們的歌聲時，便自然地脫口而出。

無論聖書文或舊聖書文，普通的平民百姓都不會有機會接觸。其中舊聖書文甚至只存在於編譯官們的書信和修女會的讚美詩中。

德拉諾爾知道西佛勒斯不說的理由。作為修女會的一分子，她也由衷希望事情不會如她所想的那般發展。

慣例的懺悔儀式結束後，修女長詢問廊下的秘書長是否願意代表審判庭說幾句話。德拉諾爾距離太過遙遠，聽不見她的答覆，但眼見對方沒有從位子上起身，應該是婉拒了修女長的邀約。

群眾的吆喝聲再度奮起，他們根本不在乎審判庭的立場，副秘書長大概也明白，就算她告訴這群老百姓這場秀是審判庭和修女會共同努力的結果，大夥也不在乎，底下不乏有受害騎士的遺族，只要能看到該流血的人付出代價，那就夠了。

所以修女會也盡可能不讓他們失望。

哈席恩四肢的鐐銬被解開，取而代之的是脖子被套上鐵環，鐵環上連著鍊條，鍊條的另一端則和造化主雕像前的一根木樁綁在一起，木樁被牢牢釘死在地面。

顯然她們打算用老方法處刑。

一名修女從走廊的陰影處現身，她和那些在現場維持秩序的修女一樣，身上穿著護具，不過顯得更為輕便一些，應該是考慮到表演性質，所以不想犧牲活動性。

她手裡握著的，不是斬首時常用的處刑者大劍而是一把長刀。

「那孩子年紀應該跟妳差不多。」

「是嗎？」

德拉諾爾手扶著護欄，撐起身子，想看得更清楚些。負責行刑的修女留著俐落的短髮，穿著褲裝的模樣有點像少年。

「我以前也做過。」德拉諾爾說。「如果修道院要負責行刑，他們會從修女中找人執行這項工作。因為和傳統的處刑方式不太一樣，所以被選上的人絕對不能讓修道院蒙羞。」

「而且這是難得的機會，等未來妳們面對受腐者就會少一些顧慮。」

「確實如此。」

德拉諾爾回想她第一次斬殺受腐者就是在類似的場景。莊嚴肅穆的修道院被群眾激動的叫喊聲淹沒，審判官、主教、書記官……她被數十張陌生的面孔包圍，在一片歡呼中，她身不由己地往刑場走去。面對著那個被判處死刑的青年，同時也是來自底層的性工作者。

就算是受腐者，依然長著人類的面孔。當他朝德拉諾爾揮舞變異的肢體時，德拉諾爾甚至感受不到青年的敵意。

他只是想要逃跑。

但四周都有修女把守，他哪也逃不了。

那是個陰雨綿綿的日子，空氣中瀰漫著泥土腐爛的臭味，德拉諾爾深吸一口氣，排除腦中多餘的思緒。那時她手裡的劍還不是白薔薇，而是修道院軍械庫的備品。刀尖被打磨得發亮，透著銀白色的光芒。

只不過，當青年的頭顱落地時，她依然差點忍不住放聲尖叫的衝動。

不管怎樣，那都稱不上是個歡快的過程，無論觀禮民眾再怎麼雀躍，德拉諾爾都感受不到一絲喜悅。殺死一個沒有反抗慾望的生物——哪怕是受腐者，聽起來都像是種罪過。

兩年前的她還很單純。

如今的她已不會再這麼想。在修女會度過的最後一段時光，她偕同護教騎士團參與了幾次底層的清洗活動，了解受腐者對底層居民造成的傷害。而在成為白薔薇後，西佛勒斯更是帶她見證了好幾個受腐者的殘殺現場。

那些怪物殘存理性時也許沒有那麼可憎，但也因為他們無法守護好這份理性所以可憎。大導師說得對，讓情感保持麻木。不僅是因為受腐者能感知周圍情緒，更是因為只有如此，揮劍時才不會被多餘的感情絆住。

手握長刀的修女已經站定位了。

哈席恩背對著德拉諾爾，她看不見受腐者此刻的表情。只見他後退了幾步，直到撞上造化主的骸骨雕像。

哪都去不了。鐵鍊的長度大約比中庭的半徑要再短一些，因為觀眾喜歡看牢籠裡的獅子，尤其是牠們張牙舞爪的模樣，同時又不想被抓傷。

德拉諾爾觀察那位年輕修女的腳步，她沒有被觀眾的情緒影響，踏著冷靜沉著的步伐，拉近與受腐者的距離。

這是好兆頭，雖然不知道修女心裡實際上是怎麼想的，但處刑的風險往往不是來自與受腐者的對局，而是周遭的壓力。

哈席恩大概是發現鐵鍊的長度經過計算了。他開始放棄尋找退路，抓著脖子上的鏈條與修女對峙。

修女一個箭步，揮出了第一刀。

哈席恩側身一倒，刀刃從他的左臂劃過，勉強閃過攻擊。許多群眾發出噓聲，參與過幾次處刑的德拉諾爾知道，第一刀根本不可能斬殺受腐者。因為處刑是平民的娛樂活動，沒有人會希望戲太快落幕。

修女的表情似乎沒有太大變化，在第一下失手後她很快轉過身，由下往上撈起第二次斬擊。這次攻擊成功劃開了哈席恩的左小腿，但傷口不夠深。一些觀眾看見鮮血濺出紛紛鼓掌叫好。

哈席恩像牲畜一樣在地上爬行，重新拉開和修女的距離。修女甩掉長刀上的鮮血，再度朝他逼近。

第三刀掠過哈席恩的脖子，可是德拉諾爾沒有看見鮮血飛濺，代表這下也失手了。

德拉諾爾開始懷疑這位修女可能不是蓄意玩弄她的獵物。

另一方面，哈席恩的舉動也開始出現異常，德拉諾爾發現他始終都讓身體的左側靠向修女，那副模樣，就好像在刻意保護右手似地。

是因為右臂上有腐化部位嗎？有些邪教組織會將腐化視作偽神的賜福，但哈席恩在審訊時從未提過身上受腐的部分，德拉諾爾想不到他護著右手的理由。

再繼續拖下去，觀眾的耐心也會被消磨殆盡。是時候給他最後一擊了。

果然，處刑的修女也抱持同樣的想法。她趁哈席恩閃躲時重心不穩，劃開了哈席恩的胸口，鮮血立刻噴灑而出，但似乎是發現傷口仍不足以致命，她重新調整好架式，往受腐者的心臟刺了下去。

群眾們開始歡呼。德拉諾爾偷偷觀察教廷人員的反應，但每個人都面無表情的看著血液四濺的受腐者，無法判斷他們究竟對處刑是否滿意。

不管怎樣，行刑結束了。她不想再繼續隨著觀眾的情緒起舞，拉了拉西佛勒斯的袖子，告訴他想找個看不見刑場的地方喘口氣。

但就在德拉諾爾正要轉過身時，刑場的情況有了變化。

哈席恩忽然一手抱住修女，當修女察覺時已經被受腐者擁入懷中，她試圖掙扎，刀刃甚至完全沒入哈席恩的胸膛中，受腐者用他變異的右手緊緊抱著修女，讓她無法動彈。

異變讓受腐者獲得超乎凡人的肉體，但以哈席恩的力量應該還不足以殺死修女，德拉諾爾看見哈席恩將左手伸向右手，本以為是想藉此環抱住修女以加重力道，哈席恩詭異的舉動卻證明她想錯了。

受腐者將左手伸入他右臂上的腐化組織，那潰爛的組織貌似某種生物的口器一張一合，在哈席恩將手抽出前，金屬般的色澤一瞬間閃過德拉諾爾的眼睛。

大導師說，面對受腐者不該有任何遲疑。

德拉諾爾來不及知會身旁的審判官，便一腳踏上護欄，躍了出去。空氣在她體內流動，她能感覺得到，甚至能將氣流推引至雙腿，減輕落地時的衝擊，讓她能在幾乎沒有任何阻礙的狀況下來到受腐者身邊。

當她抽出白薔薇的剎那，她也看見哈席恩從臂上的爛肉裡抽出一把匕首。匕首被消磨得很短、利於隱藏，所以他才能把它藏在身體裡而不被發現。

哈席恩舉起刀，瞄準懷中修女的後頸。

但在刀尖抵上少女的肌膚前，匕首便先一步落地，哈席恩發出慘叫，發現自己四隻指頭都被斬斷。在他因痛覺而鬆手的瞬間，腹部發出內臟受到擠壓的黏稠聲音，他低下頭，一把劍被送入他的側腹，並從另一端刺出。

德拉諾爾揮動劍柄，受腐者的身軀隨之被斬成兩半。哈席恩看見自己下半身的斷面，一股腐敗的臭味中斷他的思緒。他摔到地面，溫熱的血流淌著，長刀仍刺在他的胸口中，他感受到生命能量正快速流失。

哈席恩爬伏在地，看見德拉諾爾手上的劍才明白發生什麼事。審判修女的裝束與普通的修女完全不一樣，她們的盔甲在美觀與實用上取得了絕佳的平衡，上頭繁複的雕紋與宗教裝飾無處不顯示穿戴著的高貴身分。

哈席恩驀地想起童年時曾目睹父親任職的工廠發生爆炸，從那時起他就愛上了煙火。因為在終日不見太陽的底層，只有煙火能在深淵中製造最美麗的光芒。

他改變主意了，他知道比起座上那群教廷的狗官，少女才是更理想的目標。

十五。

他如發了瘋似地用殘存的上半身爬向德拉諾爾。德拉諾爾沒察覺他的意圖，在哈席恩那留著膿血的手碰到她的腿甲時，她也握住從哈席恩背上刺穿的刀刃，將整把長刀拔了出來。

十。

哈席恩痛苦地大叫，但審判修女沒有給他喘息的機會，德拉諾爾瞄準肩胛骨下方，將白薔薇刺入受腐者的身體。哈席恩用殘存的力氣緊緊抱住德拉諾爾的腿，這讓德拉諾爾想起幾秒前他對修女做的事，心中產生一陣厭惡。

觀眾席開始出現騷亂，有人質疑受腐者為什麼會有武器，還有人催促德拉諾爾趕快給那雜種一個痛快。

七。

「別再掙扎了，那只是徒增痛苦。」

德拉諾爾睥睨地看著腳邊的受腐者，想不到哈席恩卻對她露出詭異的笑容。

五。

「修女大人，您喜歡煙火嗎？」

哈席恩問道。德拉諾爾睜大了眼睛，她聽見耳邊傳來機關作響的聲音。

三。

德拉諾爾想後退，但哈席恩卻死死抱著她的腿。這時一個修長的影子竄到德拉諾爾身邊，她扯下哈席恩受腐化的手臂，將它拋入空中。斷臂因慣性而旋轉了幾圈，便被熾熱的白光所吞沒。

爆炸。

緊隨而至的巨響撼動了整座修道院。斷臂內的血液幾乎在高熱下被瞬間蒸發，只留下組織燒焦的臭味。

空氣凝結，連帶讓時間彷彿也跟著暫停了。

幾秒後，哈席恩發出刺耳的哀鳴。

「不……不！」

哈席恩木然地看著自天空落下的餘燼。他的手在空中揮舞著，像是拚命想抓住什麼，但卻什麼也沒抓著。

「石菖蒲……」

德拉諾爾尚未從剛剛的意外中醒覺，她呢喃著修女的名字，而對方只是隨興地笑了笑。

「小心點，白薔薇。這種死法對妳而言實在是很諷刺。」

黑髮的審判修女擦掉手甲上的血。就像白薔薇的真身是一把劍，石菖蒲也是指稱那副裝在手甲上的鐮型勾刃。

「妳是怎麼發現的？我是指……他裝在手臂裡的炸彈。」

石菖蒲用食指敲了敲自己的耳垂。「用聽的。如果妳有認真做好護衛工作，就不會分心。人稱早慧的天才，我反而很意外妳竟然沒有察覺。」

「我……」

德拉諾爾想不到藉口，最後只能承認是自己失職，因為她剛剛的確只顧著跟西佛勒斯聊天，忘記了原本的職責。

「幹麼跟我道歉，我又沒差。」石菖蒲爽朗地笑了。「下次注意點就好，白薔薇。因為人生也沒那麼多下次。」

她擺了擺手，往簷廊的方向走去。大多數人還沒有意會過來，甚至有人把剛才的爆炸當作某種餘興表演，但德拉諾爾知道教廷肯定不會就這麼算了。

她轉過身，負責處刑的修女癱坐在地上，呆呆地望著她。她又看向哈席恩，受腐者仍保有一口氣，只剩下一隻手臂的他一邊吐著詛咒的話語仍不死心地試圖爬向德拉諾爾。

槍聲響起。

哈席恩不動了。

西佛勒斯站在他殘破的身軀後，掌心裡的手槍仍冒著硝煙。那是審判官防身用的槍枝，在審判修女隨侍在旁的情況下，理應不會有用上它的機會。

「西佛——」

德拉諾爾還來不及喊出審判官的名字，第二聲槍響到來。

緊接著第三槍、第四槍、第五槍。

每一發子彈全都無一例外地打在哈席恩的後腦勺上，火藥在他腦袋反覆迸發，炸出了一個血窟窿。

但審判官仍沒有打算停手。

他將子彈全數打光後，重新填彈，並再次將火力全部傾注於受腐者的頭顱上。

無止盡的槍聲讓所有人都靜默了。

沒有人叫好，因為受腐者已經死了，不會再發出任何哀號，繼續凌遲他的遺體也感受不到任何喜悅。

可是審判官依然沒有住手。

德拉諾爾握住白薔薇的劍首，往簷廊看去。副秘書長戴著審判官的面具所以看不見表情，但她身旁的石菖蒲卻瞇起眼睛，對她搖了搖頭。

「西佛勒斯，夠了！」

德拉諾爾拉扯審判官的衣袖，但沒有用，她還是持續聽見槍聲，於是她抓住槍，將它從審判官的手裡撥掉。西佛勒斯低下頭，鐵面具後的雙眼正凝視著她。德拉諾爾感到一陣惡寒，她隱約能察覺西佛勒斯的情緒，他很憤怒，哪怕是面對遭受腐者殘殺的無辜百姓屍體，他也不曾如此憤怒。

「他死了。」

她壓抑了情緒，所以把話說出口沒有想像中困難。

「已經可以了。」

審判官放下手，點了點頭。

一名穿著長袍的男子朝兩人走來，是副秘書長的顧問。

「大人。」

「我知道。」西佛勒斯出聲，示意他別再說下去。

接著，西佛勒斯握住德拉諾爾的手，將她的手從白薔薇的劍首上移開。

「抱歉，德拉諾爾。」他說。

「我失態了。」

「告訴我原因。」德拉諾爾說。「這不是平常的你。」

「這就是。」

西佛勒斯嘆了口氣。「是妳還沒有認清而已。」

德拉諾爾想攔住西佛勒斯，可是顧問為難的模樣又讓她抽回了手。

只有變得麻木才能讓理性優先於感性。

哈席恩的血流到她的腳邊，她站在塵土覆蓋的刑場上，目送審判官的背影遠去。頃刻間，她竟覺得自己和過去沒什麼不同，依然是如此的孤獨與無助。

目前已知的事情：

＊教廷

聖教廷、正教會、宗法堂…… 在不同城市可能出現不同稱呼，但都統一指涉俗稱「國教廷」的組織。

歷史上唯二由神親自囑意建立的組織，另一為醫事院。由於兩者的緊密關係，及對腐化保有最終解釋權。教廷的權威不曾在人類社會中撼動。儘管千年發展，內部對教義有不同解釋，抵抗腐化的共識仍讓教廷維持團結。

普通民眾的生活和教廷並沒有明面關係，但舉凡經濟教育法律等，各都城行政人員都需在教廷監督下進行。表面上不掌握兵權，實際上現已獨立的修女會依然聽其命行事。

此外，非官方組織、數量龐大的護教騎士團也是仰賴教廷資助而得以營運。

＊十一抽殺律

很久以前曾在一部分騎士團流行過的集體懲罰手段。將領會讓部隊每十人為一組，並抽出其中一人處死。他們相信這種方法可以整頓士氣，但往往起到反效果。

Ch. VII 連雀

老人坐在長椅上看報、年輕的婦人抱著孩子在噴水池旁戲水，還有陷入熱戀的情侶在樹蔭下幽會。一切都和幾天前來時沒有什麼不同。

假日好時光，健全又健康。

但愛玩捉迷藏的男孩不在了，那棟有著紫陽花色窗簾的屋子已成空屋。殘留在鼻腔裡的血腥味此時反而更像是心理作用。

莉茲穿著修女會的制服，走在人行道的磨石子路上。考慮到工作性質，赦罪修女的衣服比修道院的姊妹們更適合活動，但依然能讓人一眼就認出她的身分。

幾個市民友善地向她打招呼，在修女以禱詞回禮後，大夥臉上都洋溢著笑容。他們相信修女的祝福將會為今天帶來好運。

莉茲自認是個善解人意的女孩。如果人脆弱到僅需要三言兩語就能安定心神，那她很樂意幫忙，反正多浪費點口水也不會少塊肉。

今天的她不需要提著野餐盒，莉茲把斧頭掛在束腰的扣環上，披肩與長裙形成的陰影巧妙地遮掩了斧刃的形狀，連帶消除走路時多餘的雜音。

來到湯姆家門前，兩側門柱被纏上鮮黃色的封鎖線，上面印有治安局的紋章。就算是不曉得這棟屋子發生過什麼事的路人，看到這副情景大概也會避而遠之。

莉茲抽出斧頭，將封鎖線劃破，同時也注意到一旁的信箱裡塞滿了信。想起斑鳩怪異的舉動後，這些等不到主人回覆的信反而是很好的線索。

「我說啊。」

就在她準備將信收進懷裡時，一個聲音從背後傳來。

莉茲轉過身，看見一個穿著城市守衛制服的男人正瞪著她，他的手直到上一秒都還放在腰際的警棍上，但修女的裝束似乎讓他暫時放下了戒心。

守衛滿臉狐疑地打量著莉茲，在注意到門上的封鎖線被劃破後，臉上的疑惑消失了，取而代之的是僵硬的笑容。

「看來這下又得叫人重弄了。這位敬愛的姊妹，幫個忙，至少給我個能跟上面交代的理由吧？」

莉茲很乾脆地說：「我想進去。」

因為沒什麼好隱瞞的，不如說都被抓個正著了，要是再想一些莫名其妙的理由搪塞只會更可笑。

「我看得出來。」守衛苦笑。「但很抱歉，這間屋子目前由治安局管理，如果沒有許可的話，恐怕我……」

「我想確認是不是有東西落在裡面。如果不放心的話你可以看著我，不會耽誤你太多時間的。」

「東西？您是指？」

「這家人的嬰兒是我處理掉的。」

「原來如此。那案子我有稍微打聽一下，實在有勞您了。冒昧請問，醫生在哪裡呢？我好像沒看到他。」

守衛露出恍然大悟的表情，語氣卻變得冰冷。

這也在莉茲的預料中，不如說她早就習慣了。世人所認知的赦罪修女就是劊子手，但劊子手也有身分貴賤。如果是在修道院表演行刑的修女多半都會受到民眾敬仰，因為他們斬殺的是自甘墮落、死有餘辜的罪人。

赦罪修女卻不是，死於她們手中的，幾乎都是受到自然腐化的嬰兒或壽命將至的老人。斬殺大眾眼中的無辜者，這份工作無法讓普通人承擔，往往是交由教養院的姊妹執行。特殊的出身背景也成為這些修女受到異樣眼光看待的另一個原因。

莉茲習慣了，就像她面對父母的死。因為除了習慣她也不能改變什麼，只能學著別去在乎。

她告訴守衛：「醫生不在。現在不是看診時間，而且這是我個人的疏失，不能麻煩醫生。」

「明白了。嗯，那或許我們還是可以先回局裡一趟？」

看見莉茲握緊斧頭。守衛慌張地退了兩步說：「嘿等等，別這麼緊張。我是說我們回局裡，讓我通知上頭一聲，等上頭跟醫生確認沒問題，肯定會讓妳進去的，行嗎？」

不行。告訴斑鳩就沒有意義了。

假日路上行人很多，沒發現巡邏的守衛混在其中只能怪自己太不謹慎，但這守衛總不會成天都窩在湯姆家門口。乾脆先找個安靜的地方坐下來讀信，等他走遠了再回來也不遲。如此想著的莉茲收好斧頭，打算繞開守衛。她甚至連婉拒對方的提議都嫌麻煩。

「告訴他實情也無妨，波頓姊妹。」

伴隨著清澈的嗓音，一個穿著斗篷的少女加入兩人的談話。她脫下兜帽，露出灰白色的長髮。在斗篷的縫隙間，莉茲似乎看見了修女會的制服，但款式卻有點不一樣，無論是胸前的紋樣或裙襬上的繡花，都明顯比普通修女的衣著更為華麗。

其中最引人注目的，莫過於少女手中的那把劍了。連同劍鞘，她將劍握在手裡，彷彿是要故意讓兩人看見似地。守衛見了，支支吾吾地似乎想說些什麼。

少女看了一眼守衛胸前的識別證，反而先開口道：「副隊長，一陣子不見了。」

守衛沒搞清楚狀況，顯得更慌張了，他拚了命才終於把話擠出：「大人，請原諒我不記得上次見面是在……？」

「也許是三個月前白薔薇的受封儀式上？」少女將名為白薔薇的劍遞到守衛面前，好讓他能親眼鑑定，但普通的守衛根本判斷不出聖物的真偽，只能慌張地點頭稱是。

「我與伊克姆修道院的波頓姊妹受審判官之命前來調查霍華德家的案件。由於保密協定的關係，治安局這邊可能沒有收到通知，還希望你能諒解。」

「不……這樣說我就明白了。打擾審判庭工作並不是我的本意，大人。」

「毋須擔憂，副隊長。在這裡我只看見一位克盡厥職的守衛，我由衷希望他能堅守好本分，讓我們順利完成被託付的工作。」

「這是當然！大人。」守衛立刻挺起胸膛道。「如果兩位有任何需要，局裡的同仁也可以提供幫助。」

「謝謝你的熱忱，但既然造化主賜予每個人一天的時間有限，必然有更重要的工作值得你獻身，我想暫且我們就不打擾彼此了。」

「我了解，大人。願造化主垂憐我們。」

「並賜予我們平安。」

聽見少女回應自己的祝詞，守衛恭敬地點了點頭。

臨走前，他不忘朝莉茲露出笑容，即使那抹微笑怎麼看都有些尷尬，但在男人心中，眼下沒有比確保仕途順遂更重要的事了。

直到男人的背影消失在街口的轉角，少女才將白薔薇收回腰際間。她深呼吸一口氣，接著一腳踹開湯姆家的門，溫厚純樸的社會風氣要人少管閒事，所以並沒有引起多少行人的注意，就算有，大家也都把查水表視作公務員的日常。

少女擺了擺頭示意莉茲進屋。莉茲猶豫是否該說些什麼，至少道聲謝謝也好過保持沉默，然而少女似乎不想給她任何機會開口，僅用眼神表示心中的不耐。

門上的鎖被修女踢壞了，但不代表其他鎖不能用。兩人進屋後，莉茲聽到金屬摩擦的聲音，回過頭，看見少女正把門鍊塞到鎖孔裡。

「應該不會再有人來找碴了。」莉茲說。

「小心點不是壞事。」

少女面無表情地說。和剛才與守衛說話的方式簡直判若兩人。

與其說是冷淡，不如說是感受不到任何情緒。

「謝謝妳。雖然不知道妳跟著進來幹麼，但總之謝謝。」

「這就是妳想說的？」

「啊？」

少女的表情仍然沒有變化，但就算是莉茲也能聽出話語中的怒意。

怪人。

莉茲身上沒有能識別身分的名牌，少女卻能一眼認出她，怎麼想對方都是個麻煩人物，

這是莉茲心中萌生的第一個想法。

可惜莉茲無暇顧及，因為眼下有更重要的事情。

她試著忽視少女的存在，著手尋找湯姆家殘存的線索。她知道少女的身分地位肯定要比她高得多，從剛才那個勢利眼守衛的態度就知道了，可是這不影響她對少女的想法。她唯一的擔憂就是審判庭，少女說自己受審判官的命令前來。

……為什麼偏偏是審判庭。

此外，她還報上自己的名號。

白薔薇。

好熟悉的詞。

莉茲試著喚醒記憶，但光是審判庭的存在就足以阻斷她的思路，一時之間她記不得究竟是在哪裡看到了。

「莉茲。」

「……幹麼？」

「轉過來。」

她開始覺得少女有點煩了。

莉茲不耐地轉過身，同時一個金屬色的拳頭朝她的臉飛來。

她驚險地閃過，斜眼注視著少女揮出的拳頭，穿戴著手甲的左手深深埋入牆壁中，只差一毫米的距離，莉茲的耳朵就會被削去。

莉茲瞪著少女，正好與她四目相對。在少女黃玉色的雙眸中，彷彿有一簇火苗正熊熊燃燒，焚燒著瞳孔中的自己。

「我想我明白妳為什麼要鎖門了。」

「妳如果真的明白就不會說那些蠢話。」

「好吧，我不懂。還是妳給點提示？」

「我可以揍妳的肚子嗎？」

「這算哪門子提示？」

少女抽出左拳，瞄準莉茲的腹部，莉茲抓準時機抽出腰上的手斧，擋住來襲的拳頭，但強大的衝擊力還是讓她的斧頭飛了出去。

看到嵌入湯姆家餐桌的斧頭，莉茲揉了揉陷入短暫麻痺的左手。「妳是哪裡來的類人猿？那拳打中會死人的。」

「普通人可能會，但妳不會。我每次都瞄準妳的脖子咬，結果卻被妳打斷門牙。」

少女張開口，指著上顎說道。

「我看妳的牙齒很整齊。」

「被妳打斷的是乳牙，而且還一次打斷兩顆。德蕾莎女士問我的牙齒怎麼了，妳卻跟她說是我自己從鞦韆上摔下來。」

「呃，聽起來我是該道歉啦。可是這好像是因為有人想咬斷我的頸動脈耶？」

「我沒有成功，所以成為王八蛋的人是妳，不是我。」

「我替以前那個王八蛋道歉。」

「別想開脫，妳現在也還是。王八蛋。」

「好吧，我是王八蛋。希望造化主會原諒我們這群王八蛋一天爆那麼多次粗口。」

「妳才不會在意。我所有髒話都是從妳那邊聽來的。」

「真棒，看來我還是妳的人生導師。」

「不，妳不是。」

莉茲看見少女低下頭，握緊雙拳。

「唯獨這點，我絕對不會承認。」

少女沉默半晌，深深地嘆了口氣。

「三年了，我真的不懂為什麼妳還能一副沒事的樣子嘻皮笑臉。」

「我看起來像在笑嗎？一個剛才頭差點被埋進牆裡的人有什麼理由笑？」

「這是比喻。妳的每一句話都像是在挖苦人。我預想中不是這樣的，我原本以為妳見到我應該多少會……」

「呃，會怎樣……？」

「我不知道。」

少女用力地搖了搖頭。

「我不知道我希望妳怎麼做，可能我只是覺得很不甘心。明明這段期間我想過很多次，要是能再見到妳我該說些什麼、該怎麼做，但是當妳真的出現在我面前時……我覺得自己像個白癡。」

「我也覺得，喔我不是說『我也覺得我像白癡』，我是指『我也覺得妳像白癡』。也許妳可以從普通的自我介紹開始？」

話才剛說出口，莉茲就後悔沒管好嘴巴，她很擔心那對拳頭再度往她臉上招呼。求生本能讓她退了一步，以因應接下來的攻擊。但少女只是佇立在原地，彎下了脖子，一動也不動。

直到她抬起頭，莉茲才發現她的雙眸中夾雜著濕潤的光澤。

「看吧，結果妳卻擺出這種態度。告訴我，莉茲，妳不會忘得這麼徹底吧？難道那些信真的一封也沒有寄到妳手上？」

信？

成為赦罪修女後，寄到診所的信中沒有一封是給莉茲的。

所以肯定是指她還待在教養院的時候。

那麼，也僅有一個人會寫信給她了。

白薔薇。

莉茲想起是在哪裡看到這個詞了。

那個每次都會寫信給她的人，在最後一封信提到自己將會繼承白薔薇的名字。

「德拉諾爾……？」

雖然也不是特別想繼承白薔薇的身分啦，但大導師說眼下沒有比我更適合的人了，真是麻煩呀～

還是用炫耀般討人厭的語氣。

「那個每次都寄四、五張密密麻麻信紙的人就是妳？」

這就是所謂的能力越強，薪水越高嗎？

最可惡的是還擅自曲解了班叔叔的話……

「對，而且我一次都沒有收到回信。」

「這我能解釋。」

「為什麼？」

「因為回信很麻煩。」

腹部傳來衝擊，莉茲痛苦地跪倒在地。

「莉茲．波頓，妳還是如此擅長激怒人，知道妳跟以前一樣沒變，恐怕是重逢以來唯一值得開心的事。」

莉茲咳了幾聲，她聞到嘴巴裡傳來牧羊人派的味道，那是她昨天的晚餐。

「看來變的人只有我。」德拉諾爾故作淡然地哼了口氣。「才三年不見，已經讓妳認不出來了。」

「妳長高了、身材變好了，不但變漂亮還長高了，認不出來很正常。」

「別用大叔的口吻敷衍我。身體發育狀況我自己最清楚，還有妳剛才說了兩次長高。」

「我可不想被一個每次都在一封信裡塞好幾千字的人說大叔，妳只差沒露出燦笑和摸頭了。要不要我再多補幾個表情符號給妳？」

「我、我是考慮到妳被關在教養院無聊得要死，所以想盡量把外面的資訊帶給妳這山頂洞人，不然妳連現任教宗是誰都不知道！」

「等哪天教宗會把雞蛋用八折賣我時我再考慮記住他的名字，不然我有限的腦容量永遠都會先留給溫徹斯特太太。」

「德蕾莎女士聽到這句話會殺了妳。」

「好修女不會殺人。」

「那只是替造化主清理環境。」

看見德拉諾爾咬牙怒視著自己的樣子，莉茲忽然對這個長得像陶瓷娃娃的女孩心生些許好感。哪怕她的肚子才剛挨了一拳。

明明她對眼前這位灰髮修女完全沒有記憶，兩人卻能很自然地交談，甚至拌嘴。

她伸出手，示意德拉諾爾扶她起來。德拉諾爾撇撇嘴，嘴裡碎念著「真麻煩」一邊接過她身體的重量。

「所以妳現在替審判庭工作？」莉茲問。

「真意外妳會先提起這件事……怎麼了嗎？」

「沒什麼。」莉茲聳聳肩。「看妳剛剛提到審判官，而且又跟那個守衛挺熟的樣子，覺得妳八成是跟哪裡來的達官顯貴好上了。」

「我和審判官只是普通的合作關係。」

「我可沒說是審判官。」

又一個拳頭朝莉茲揮來。幸好莉茲提前防備，手甲的影子掠過鼻尖。

「不要隨便使用暴力好不好？還是妳們都相信暴力可以解決問題？」

「暴力不能解決問題，但可以解決妳。」

德拉諾爾盯著自己的拳頭，面色凝重地說。

「真是不可思議，我自認還算擅長情緒管理，但只要碰上和妳有關的事情都會讓我陷入自我懷疑。」

「沒有冒犯的意思，不過我覺得我的智商應該有一百五，雖然我沒做過智力測驗。」

德拉諾爾深吸了一口氣，吐氣的聲音則大到莉茲都聽得見。

「回答妳剛才的問題。我不認識那名守衛，也不確定他有沒有參加受封儀式，但在那種情況下沒有人會把事實戳破，這對雙方都有好處。這是我在審判官身邊工作幾個月的心得。」

「所以審判官教會妳說謊。」

「我希望妳把它理解成比較聰明的說話方式。」

德拉諾爾話鋒一轉，露出惡作劇的微笑說：「顯然比某人的『我想進去』來得有用。」

「如果我也拿著那把劍，穿著妳身上那套漂亮衣服。我想什麼都不用說那大叔就會自己幫我開門了，搞不好還會順便給我舔皮鞋。」

「妳——！」

「不是嗎？白薔薇感覺是挺高貴的身分，我記得妳在信裡好像有說整座城裡只有七位薔薇少女。」

「不是七位薔薇少女，是七位審判修女，白薔薇是其中一位的名字。莉茲，妳到底是故意的，還是真的什麼都忘光了？明明是妳先跟我說這是妳的夢想……」

最後幾個字句沒能發出聲，在德拉諾爾口中化為無意義的氣音。

「我的夢想？」莉茲笑了出聲。「妳是說成為白薔薇？」

德拉諾爾稍稍別開了視線，在莉茲眼裡看來反而是默認的表現。

「可能以前的我曾夢想過，但小時候可以有很多夢想，我另一個夢想說不定是贏得騎士王卡大賽冠軍。」

莉茲搓著胸前的髮絲，依然是那副漫不在乎的態度。

「夢想就是該好好收在裙底，別沒事掀給人看，除非妳到現在還穿著小熊內褲。再說以我目前的身分，是最不該把裙子掀起來的人。」

「這跟妳的身分無關。妳根本不需要在意——」

「赦罪修女。」莉茲用一如往常的語氣說道，聲音卻輕易蓋過了德拉諾爾。「我現在的身分是赦罪修女。」

德拉諾爾輕咬住下唇。她肯定早就知道了。莉茲想。甚至她挑在自己被守衛纏上的時間點出現也絕非巧合。

不過，讓莉茲意外的是，德拉諾爾什麼也沒多說，只問了她一句：「為什麼？」

「什麼為什麼？」

「妳成為赦罪修女的原因。修道院的人說這是醫生的建議，真的嗎？」

「誰跟妳說的？」

「先回答我的問題。是嗎？」

「是又怎麼樣？不是又怎麼樣？」

「回答。」

「不是。」

德拉諾爾依舊板著臉，莉茲避免直視她的雙眸。

她告訴德拉諾爾，那是她自己的決定，而且她有不得不這麼做的理由。

「她們有給妳看醫生的診斷報告嗎？」莉茲問。

「卡利什女士有詢問我，不過礙於時間因素我沒有麻煩她。」

「聰明的決定。那份報告是鶇醫生偽造的，上面關於我的精神狀況指標全部都被修改成可以離院的及格標準。」

德拉諾爾的臉頰略為抽搐。「……實際上呢？」

「實際如何，很重要嗎？妳看起來不像是會在意的人。」

「因為我相信那案子至今懸而未決。」

「但願我不會讓妳失望。」

「這不是我要的答案。」德拉諾爾搖頭。「把前面兩個字刪掉。」

「我算術不好。」

「別裝傻，妳智商一百五。我要聽妳親口說出那案子不是妳做的。」

莉茲稍稍偏著頭，臉上掛著淺薄的微笑。她仍然沒有看向德拉諾爾。

德拉諾爾揪住莉茲的衣領，一字一句清楚地說：「告訴我，兇手絕對不會是妳。安德魯叔叔和艾碧阿姨不是妳殺的。」

莉茲還是沒有看向她，但也沒有反抗。修女的衣領被她捏出難看的皺褶，但莉茲仍然一副無所謂的樣子保持微笑。

德拉諾爾等不到答案。

直到她鬆開手，莉茲也沒有告訴她答案。

「如果不是妳做的，那為什麼連給我一個承諾都不肯？」

「如果妳相信不是我做的，那為什麼非要我給妳一個答覆？」

「太狡猾了。」

「我不用待在審判官身邊也能學會怎麼說話。」

「妳只是學會如何當一個混蛋……不，妳本來就是混蛋。」

要是德拉諾爾再努力一點，多堅持一下，甚至像剛才威脅她一樣，揍她幾拳，莉茲肯定會鬆口。

但她沒有這麼做，因為兩個人都知道這毫無意義。

德拉諾爾的胸口如燒灼般疼痛，她解開斗篷的扣子，隨意地將它扔到一旁的餐桌上，但疼痛仍沒有緩解，來自胸腔深處的重量讓她連呼吸都感到疲累。

「不然告訴我妳來這裡的原因。」她說。「還是妳連這都不肯講？」

「我在找東西。」

「什麼東西？不准說妳不知道，說了我就揍妳。」

「那妳可以開扁了。」

「我累了，妳自己甩自己一巴掌。」

「這就是我不輕易給人承諾的關係。」

「別再把話題扯回去。我不想浪費力氣跟妳爭。」

德拉諾爾坐上餐桌前的木椅，橫著臉凝視莉茲。灰白色的髮絲鋪蓋在餐桌上，再如流蘇般垂落至桌簷。

莉茲沒有回應她的視線，獨自走到壁爐前，蹲了下來。餘燼中仍留下幾塊未燒化的木炭，乍看之下有點像貓砂盆。不過是稍微把手探進壁爐裡，已經讓她的手沾滿了灰。

「妳難道完全不考慮我們目標一致的可能性？」德拉諾爾說。

「我不認為我有跟審判庭合作的機會。」莉茲回頭，瞅了一眼。「何況妳現在還賴在桌上，像條阿米巴原蟲。」

「大前提就錯了，我不代表審判庭。」

德拉諾爾說。

「就像妳身邊沒有醫生，我也沒有審判官。這次行動完全是出於我個人意志。」

「領薪水的人沒有個人意志，請問妳是自主加班還是被職權騷擾？」

莉茲繼續翻找。那顆被燒得發黑的鈴鐺還在，但所有看上去曾經像是紙張的東西都已化成灰燼。

「都不是。和我合作的審判官，目前……目前暫時被調離原本的職務，所以我也在待命中。」

「簡單來說長官的過失害妳被炒魷魚了，於是妳打算將功贖罪，幫妳無能的上司擦屁股，我的理解沒錯吧？」

「大錯特錯！西佛勒斯不是我的長官！而且就是他要我來霍華德家尋找跟受腐者有關的

線索！」

「我懂了，妳喜歡那個審判官。」

「妳是看太多專寫給小男孩看的騎士文學了嗎？非得認為男女同事間就得產生情愫是不是？德蕾莎女士說我們已經嫁給造化主了，這輩子都不會也不需要更不可能跟戀愛有半點！關！係！」

「如果造化主真的有打算娶我，那可不可以先幫我把每個月流血花的錢省下來？以後做禮拜時我會記得多帶一碗紅豆湯。」

「莉茲！」德拉諾爾羞紅著臉大吼。

「反應不要這麼大嘛，這又不是什麼好遮遮掩掩的事。妳這樣反而更像是個沉迷於處男文學的處男沙勿略。」

「不准再取笑我，莉茲．波頓。也不想想妳以前看到斑鳩時是什麼嘴臉！妳才是黃體素過剩的花癡修女！」

「什麼是黃體素？」

「啊？呃，這個……唔，這個詞不是妳告訴我的嗎？」

「我不記得了。」

「那、那就回去查字典！不要問我！」

看來德拉諾爾也不知道。

她對自己的記憶還停留在三年前。那時她所認識的莉茲．波頓深深仰慕著來擔任客座講師的斑鳩。

但三年的時間足夠漫長，甚至可以徹底改變一個人。德拉諾爾說錯了，都過去了，一切都不再如從前。

現在的莉茲不可能喜歡斑鳩，甚至要對他產生好感都顯得困難。

但莉茲懶得多費唇舌，德拉諾爾也沒必要知道，經過一番爭執，德拉諾爾大概也在心中達成了某種妥協，方才頹喪的情緒已一掃而空。她知道她不需要跟莉茲說話，光是和這女孩待在同一個空間就足以擾亂她的思緒。

「前幾天在伊克姆修道院的事，妳可能聽說了。」

「沒有，我不當傳播媒體的奴——」

「閉嘴。」德拉諾爾將食指貼在唇瓣前。「我沒有要妳回答。給我安靜幾分鐘，聽我說就好。」

伊克姆修道院的處刑最終在一片混亂中收場。

修道院姊妹差點死在受腐者懷裡是其次、審判官的失態也不是大問題，因為這些錯誤都找得到人負責，所以對教廷與修女會而言都是可以解決的小事。

關鍵在於爆炸。

事故的當下，在場沒有多少人能反應過來，所以這也是後來調查受腐者屍體才證實的。

死刑犯哈席恩・羅，在因受腐化而膨大的右臂中埋藏銳器與塑性炸藥。意圖殺害行刑修女與觀禮的教廷人員與民眾。若非白薔薇與石菖蒲在場，勢必會造成嚴重傷亡。

「所有受腐者在押入地牢前都會有醫生負責搜身。所謂搜身當然不是表面上的形式作業，連同受腐化的部位都會仔細檢查，一方面是因為腐化組織的變異性會對安全造成疑慮，另一方面——」

「受腐者也是理想的研究對象。」莉茲說。

「對。」德拉諾爾清了清喉嚨。「這說明，哈席恩是在被押入地牢後，才透過某個人取得這些凶器。」

「讓我猜猜，你所謂的某個人就是這棟房子的主人。」

「因為故事到這邊也沒冒出更多嫌犯了，不是嗎？」德拉諾爾皮笑肉不笑地說。「西佛勒斯向卡利什女士調閱名單，排除教廷與院內人士後，這幾個月來有出入地牢的人只有零星幾位民間人士，其中鎖匠亨利．霍華德引起他的注意。」

「容我再插嘴一下，妳說的那位審判官不是被調職了嗎？」

「所以他趕在收到懲處前委託我這項任務。」

「好吧，答案出來了，是職權騷擾。」

「少說兩句話不會要妳的命。」

德拉諾爾不悅地咳了兩聲，繼續說道。

「懷疑他的理由，想必不需要我多說明。畢竟亨利．霍華德才剛死於自己受腐化的孩子手中。」

「審判庭不可能沒發現這之間的關聯。」

「早晚他們會發現的。但原本負責本案的審判官被調離，接手的審判官也尚未釐清狀況，中間的空白正好體現了官僚主義的最大優點。」

「妳是說裙帶結構？」

「我是指低下的辦事效率。」

「妳說的也不是優點。」

「對我是優點。它讓我能在審判庭之前先一步來到霍華德家。」

「瞞著審判庭偷偷調查有什麼好處？我不認為這能幫到妳的審判官。」

「原因……請原諒現階段我無法說明。」

莉茲看見德拉諾爾握住了白薔薇。纏繞在劍首上的荊棘下包裹著修女會的紋章。

「無妨。」莉茲乾脆地聳了聳肩。「知道妳不替審判庭做事是好消息，這對消除我們之間的心結很有幫助。」

「我能理解。」

「不，妳不能。」莉茲說：「但如果我真的這麼回答妳，妳一定又會追問我那些老問題，所以在這時候我要當個聰明的女孩，告訴妳對，妳能，妳最棒。」

「我今天已經罵過妳多少次渾球了？」

「妳罵了我五次王八蛋、兩次混蛋，恭喜妳解鎖了新詞彙。」

「五次裡有三次是妳自己罵的，別想賴在我頭上。」

德拉諾爾來到莉茲身邊，盯著她滿是灰燼的手。

「妳呢？妳應該也是來找異端的證明。」

「差不多。」

莉茲拍掉手上的灰，站起身。

「霍華德夫婦把醫事院給的鈴鐺扔了，又不回應產檢通知。長話短說他們生前受到腐化的機會很高，而且應該是臨盆前才墮落的。」

「以一個赦罪修女而言，妳管的可真不少。」

「彼此彼此。就像妳有無法說明的理由，我也一樣。有時間鑽彼此的牛角尖，倒不如找找看屋子裡還有沒有什麼線索。」

兩人一同環視屋內。事故發生後，所有的家具都被留在原處，議會派來善後的人不僅移走屍體，連帶也把血跡清理乾淨，讓那些殘留在木板夾縫中的暗紅色汙痕看起來更像是調皮的紅酒漬。

德拉諾爾隨手拿起扔在沙發上的雜誌。上上個月的《福音誌》上印著一個笑容慈祥的老爺爺，白薔薇的受封儀式上老人也有出席，他肯定沒想到自己在修女心中的地位甚至比不上一個在市場賣雞蛋的老太太。

「教廷的公版書跟路上的傳單沒兩樣，搞不好他們只是用它來打蟑螂。」

「那這個呢？」

德拉諾爾抽出夾在雜誌裡的簡報，遞給莉茲。

上面印著一張怵目驚心的照片。一個男人倒臥在地，後頸似乎遭人砍斷，大量的鮮血噴濺在身上的鎧甲，形成如雨點般的花紋。屍體旁還有一把十字弓，種種證據顯示死者的身分是一名護教騎士。

一旁斗大的標題寫著「東南機場再傳兇案！死者慘遭斷頭！」充分發揮三流媒體誇大的才能。

「東南機場在哪裡？」莉茲問。

「在底層。那裡的人不習慣用路名，直接說地標會比較清楚。」

「那『再』傳兇案又是指？」

「妳或許有聽說……算了，妳肯定不知道，我真該改掉這種說話方式。」德拉諾爾翻了個白眼。「前陣子教廷發布禁令，限制騎士前往底層執行清洗活動，理由是因為有許多騎士在那遭到殺害，而兇手的身分至今尚未明瞭。」

「兇手跟幾天前妳們宰掉的那個受腐者是什麼關係？」

「妳的腦筋終於開始動了。」德拉諾爾揚起嘴角。「哈席恩．羅聲稱他在底層時受到一群護教騎士追殺，危急時刻是一位天使救了他。」

「天使替他殺了那些騎士，所謂的天使就是兇手。」

「沒錯。」

「再考慮哈席恩和亨利．霍華德的關係，亨利很有可能也見過兇手。」

「原本是假設，不過現在幾乎可以篤定是事實。」德拉諾爾抽回莉茲手上的簡報。「因為護教騎士的命案沒有通過傳播秘書處的審核，照理來說地表的居民不會有機會知道底層的事。」

「這份剪報也不是來自地表。」

「所以為什麼一個住在地表紅磚屋裡的工匠會蒐集底層的八卦報紙，答案很明顯了。」

先別算上被腐化的孩子，霍華德一家三口都仰賴父親亨利的鎖行生意，就像大部分的工匠一樣，他的業務範圍很廣，從主教座堂到垃圾焚化廠都在他的服務名單裡。這樣的亨利，會需要頻繁前往底層也是理所當然的事。

重點是，他在底層接觸了怎樣的人物。

莉茲想起在進屋前拿到的那疊信。

「檢查一下。」

她抽出其中一疊分給德拉諾爾。撇除水電單和惱人的廣告，剩下的信件不是來自鎖匠公會就是公家機關。

「妳那邊呢？」

「沒什麼特別的，連續好幾封都是銀行寄來的繳款通知。」

「妳有拆開來看嗎？搞不好是障眼法。」

「檢查過了。我不覺得邪教組織會透過郵政系統聯絡，這有點太過耿直了，不符合他們卑鄙無恥的作風。」

有時莉茲常懷疑德拉諾爾在開玩笑，偏偏她的臉上似乎只有生氣和非常生氣兩種表情。她只能相信白薔薇有屬於她自己的說話風格。

「就算真的跟妳想的一樣，信也有可能寄去鎖匠的工坊不是嗎？」

「寄去工坊太危險，要是被其他工匠或學徒看到就糟了。」

莉茲把信扔到沙發上，用下巴指了指通往二樓的樓梯。

「去其他房間看看。」

上次來到霍華德家時，為了清洗斧頭，順道找東西蓋住夫妻倆的遺體，屋內的格局莉茲已經大致有底。差別只在於當時的她還沒找到亂翻人家衣櫃的機會和理由。

踩上階梯，來到二樓。走廊左右兩側分別只有一個房間，其中上面掛著動物門牌的很明顯是小孩房。

「妳去有長頸鹿的那間。」莉茲說。

「為什麼？」

「因為分頭找比較快。」

莉茲甩上門，把德拉諾爾的抗議聲阻絕在門外。

一張鋪蓋整齊的雙人床占據大部分的空間，貼近牆壁的位置則被衣櫃、化妝台等家具填滿，留下一個約莫一人寬的U型走道。

其中一扇衣櫃門敞開著，裡面掛著一些女性的居家服，底下堆放毛巾的地方多了兩個突兀的空位。腥紅的記憶至今仍殘存在莉茲腦中。

除此之外，就是間很普通的臥室。

甚至典型到猶如娃娃屋一樣，完全看不出房屋主人的個性或職業，也沒有任何擺飾或特徵足以暗示霍華德家的異變。

莉茲將櫃子一一打開，她不認為裡頭會藏有任何線索，但這也當不了她偷懶的理由。就像私房錢、土地產權甚至是離婚協議書，人們總是習慣把見不得人的東西擺在連自己都容易忘掉的位置。

依然什麼也沒有。

即將萌生放棄念頭時，她發現在衣櫃和牆角的夾縫間還有一扇小門，小門的位置並不顯眼。原以為是衛浴間，推開來看，一股油汙的嗆鼻氣味立刻讓她捏住鼻子。

在那恐怕連一坪都不到的狹小空間裡，隨處可見金屬的機械零件，數十種類型相異的鎖頭被擺在書桌的架子上，一旁還有好幾本厚得像磚頭的專門書籍。

她相信屋主沒有刻意遮掩的打算，但就是這了。鎖匠的私人書房。

一本貼滿標籤的筆記本被安放在書桌的正中央。

＊

莉茲把筆記本夾在腋下，手裡捧著兩件她自認合適的套服，轉開門把。

「哇嗚。」

裡頭的德拉諾爾嚇了一跳，手上的玩具不小心掉到地上，一路滾到莉茲腳邊。

那是一個身材圓潤的小丑玩偶。

莉茲瞥了一眼小丑。「玩別人的玩具前最好先問過主人一聲。」她說。

「我才沒有玩。」德拉諾爾說。「我只是找得比較仔細！」

「那妳尋找靈感的方式還真特別。有收穫嗎？」

「妳叫我搜兒童房，妳覺得會有嗎？」

「難說。曾經有父母在關哨檢查時被攔下來，因為他們把小孩的肚子掏空，在裡面塞了滿滿的毒品。」

「閉嘴，我不想聽。」

露骨的嫌惡在德拉諾爾臉上閃過。注意到莉茲腋窩下的筆記本，她挑了挑眉道：「看起來妳那邊有點成果。」

「工匠的電話簿。妳翻到有貼紅色便條紙的那一頁。」

德拉諾爾翻開電話簿。紙上列了一整面的聯絡人清單，其中也不乏工廠或商鋪的名字。雖然沒有地址，但底層的電話號碼和地表的編排方式不太一樣，一眼就能看出清單上的人全部來自底層。

發電站、精煉廠、同業公會還有土壤技術顧問局……這些地方都太招搖，很難成為邪教的據點。

至於人名就更不用說了，福斯特・戈德、莎曼沙・莫斯利、亞利山卓・科倫拜、萊利・肯、傑米・陳……諸如此類的名字，德拉諾爾一個也不認識。

不。

等等。

「科倫拜……」

「妳朋友？」莉茲湊到德拉諾爾身邊。「上面寫這傢伙是一間鏡片公司的負責人。」

「倒也說不上認識。科倫拜這個姓氏很常見嗎？」

「誰知道，應該比波頓稀有吧。怎麼了？」

「幾天前有一個姓科倫拜的騎士被發現死在海港倉庫裡，兇手應該……就是那位天使沒錯。」

「哦？」莉茲困窘地笑了笑。「聽起來不像巧合。」

「我聽審判官的朋友說，科倫拜家族在海港也是頗具規模的財閥組織，旗下想必擁有很多子公司。這位……呃，亞利山卓・科倫拜有可能是家族的一員。」

「樂觀點，把『可能』拿掉，大家族派系鬥爭不是很稀奇的事，只差在今天那位騎士不是被倒栽蔥插在海邊。」

「我以為科倫拜家族才是受害者……」

德拉諾爾想了想，迅速地搖頭道。

「但如果海港的命案是家族內鬥，其他騎士的命案又要怎麼解釋？」

「說不定鎖匠和眼鏡行老闆都加入同一個交換殺人集團。」

「妳才應該少看些亂七八糟的書。」德拉諾爾說：「兇手是那位被稱作天使的人，而且行凶手法都類似，代表天使只有一個人，不會是團體行動。」

至今為止，天使的行動都和受腐者有關，德拉諾爾不認為兇手會聽命於任何人而行兇──至少不會為了單純的利害關係而殺人。

如此一想，忽然覺得兇手的思維彷彿似曾相識。

「就跟妳我一樣。」莉茲露齒而笑。「自以為受到某個超然的存在感召就能隨便定奪他人的生命。」

「請不要這樣褻瀆修女的工作，我們是替造化主履行祂的教誨。就、就算……」

「就算什麼？」

就算是赦罪修女也一樣。

德拉諾爾差點把話脫口而出，但深思後便會發現這句話本身帶有濃厚的歧視。她不想這樣看待莉茲，因為莉茲是她的朋友，即便她不確定莉茲是否還記得兩人的友誼。

「不，沒什麼。」德拉諾爾說。

「好吧，反正不管怎樣我們都得去下面走一趟。」

「欸？」

沒等德拉諾爾反應過來，莉茲就把手裡的布團拋給德拉諾爾。德拉諾爾把布團攤開，發現是一件洋裝。

「給我這做什麼？」

「妳不會真的想穿修女會的制服去底層觀光吧？」

「底層？現在？」

「妳自己都說要搶先審判庭了，不現在去不然要等到什麼時候？我跟妳不一樣，我明天還有排班。」

「……這也太突然了。不能請假嗎？」

「妳去跟我老闆說啊。」

德拉諾爾抓著洋裝發愣。在她發呆的時候，莉茲已經開始解胸前的扣子了。

「等等等一下！妳在幹麼？」

「妳如果有長眼睛就知道我在換衣服。」

「我當然知道！但為什麼要在這裡？」

「不在這裡，難道我要跑去公園？」

「就說我不是這個意思了！」

德拉諾爾慌忙地把衣衫不整的莉茲轟出門外，她大口地喘著氣，感到雙頰一陣發燙，蹦跳的心久久沒辦法平復。

直到冷靜下來，她才發現按照剛才的情況，該離開房間的人好像是自己。

算了。

反正常識從來就不存在於那傢伙的腦子裡。

她在心裡暗罵莉茲是個智商跟仙人掌一樣的笨蛋，一邊端詳起莉茲剛才塞給她的洋裝。米白色的冬季連身裙，曾屬於這棟屋子的女主人。穿在自己身上，裙擺的部分直至腳踝，看起來也略顯寬鬆。

畢竟是逝者的遺物，如果是平常的德拉諾爾根本不可能穿上它。

但她不得不同意莉茲，修女會的制服在底層可能只會引來不必要的麻煩。

明明太陽都還沒有掠過天穹頂端，德拉諾爾已經感到相當疲憊。總是能保持冷靜的她，卻因為莉茲這個存在讓情緒一再沸騰。

在修道院時如此，披上了白薔薇的嫁衣後依舊。這些年來毫無長進，宛如一場還沒醒過來的夢。

德拉諾爾解開腰帶的鎖扣，深深地嘆了口氣。

說來說去，一切都是自找麻煩。但自我解嘲是她另一個偉大的才華，否則又要如何耐住性子，傻傻等了三年，只為了一封等不到的回信呢？

她在房間的鏡子前比對了那件洋裝，並發誓鏡子裡的女孩此時絕對沒有表露任何笑容。

目前已知的事情：

＊治安局

城市的公共安全事務管理機構，直屬於市議會。市內設有多處派出所以因應管理及緊急動員需求。

依據轄區不同，城市守衛所配給的裝備甚至人員素質也會有相當大的差異。由於職責是維持治安與解決市民的疑難雜症，即便是底層守衛也不負責對受腐者作戰，本質上和修女及護教騎士還是有很大的不同。

＊赦罪修女

修女會的武裝力量分支。與一般修女不同，不負責布教工作。以「赦免可救贖之人罪孽」而得名。教廷眼中的「可救贖之人」多半是小孩或老人，餘下的則是跟邪教活動無關的藥物成癮者或精神病患，共通點是身上都有受到自然腐化的痕跡。由於斬殺的對象都不是罪犯，其成員大多為犯下過錯或精神失常的修女。常偕同醫生一起進行產檢工作。

＊班叔叔

本名是班傑明．巴克。一個已經退休的善良市民。曾加入護教騎士儀仗隊，還擔任過樂團歌手。名言「能力越強，責任越大」常出現在修女們的作文練習裡，但謠傳這句話其實不是他說的。

Ch. VIII 虎之尾

一群鴿子站在廣場中央的降世紀念碑上，每當有好心人拿著食物經過，這些鳥就會以近乎俯衝的方式飛下來，向路人索討買路財。

有賴於牠們一身潔白的羽毛，如此惡行幾乎沒有招人埋怨。許多城市廣場都有豢養鴿子的習慣，在城裡官僚眼中牠們的地位甚至比大多數的市民還高，因為鴿子只會拉屎，不會一邊拉屎一邊批評時政。

今天的新聞頭條是市議會針對煤炭價格上漲發布了新的補助措施，至於先前吵得沸沸揚揚的替代能源開發案，則會延宕到下一次議程再決定。

巴洛切有預感「下一次」還會出現在下一期的報紙上。

但誰他媽在乎。

一個賣報小童從剛才開始就站在巴洛切的長椅旁大聲叫賣。男孩喊到嗓子都快啞了，一旁的騎士卻遲遲不肯掏錢買份報紙。

巴洛切也在忍耐，因為他懶得把屁股從椅子上移開。這是他難得占到的位子，坐在這裡不用擔心曬到太陽，又能看見審判庭大樓，可以一邊數鴿子一邊等審判官處理完他那些鳥事。原本他想趁機打個盹，好補充昨晚的睡眠不足，該死的西佛勒斯，他肯定不知道為了摸清科倫拜家得付出多少代價。

騎士與報童的勝負最後是以報童勝利作結。

巴洛切從口袋摸出幾個銅板，塞給身旁的男孩，男孩數了數掌心裡的硬幣，發現金額遠比預想地要來得多，他困惑地瞪著巴洛切。

「小鬼，去太陽底下多留點汗，保證會有更多人同情你。」

男孩笑嘻嘻地把硬幣收進腰包裡，恭敬地朝騎士敬禮後，便踏著小碎步離開了。

巴洛切攤開報紙，在讀過幾則無關緊要的社會新聞和一些意圖使人尷尬癌發作的雞湯小故事後，他不自覺鬆了一口氣。

今天又是和平的一天，沒有護教騎士被發現死在某個掛滿曬衣桿的小巷子裡，也沒有人被割開喉嚨泡在自己的屎尿堆裡，沒有比這更好的消息了。

但誰他媽知道是不是真的。

西佛勒斯要他調查的結果出來了，但他不確定這是不是審判官想要的答案。

他暫且把報紙扔到一邊，伸展因久坐而發麻的肢體。撇除胸前的騎士勳章和配劍，現在的他看起來恐怕和那些無所事事跑來廣場餵鴿子的老人沒什麼不同。

巴洛切不討厭等待，人生有時間能揮霍在等待上也算是種福氣。

「嘿。」

忽然，一個戴著白色寬檐帽的女孩來到他身邊。

巴洛切抬起頭。現在正值冬季，哪怕是適合看袋鼠的好日子空氣都夾雜著些許寒意，女孩卻穿著不符這個季節的短袖襯衫裙，綁在腰上的緞帶讓修長的身段更顯得單薄。

她笑盈盈地問道：「我能坐在這裡嗎？」

騎士來不及回答，女孩也沒打算給他機會回應，便逕自坐了下來。

巴洛切抹了抹鼻子。奇怪的是他並沒有覺得突兀，對於女孩的出現，甚至有種理所當然的感覺。

真要說，她穿便服的樣子反而比她本身更讓人在意。

畢竟在巴洛切的印象中，女孩大多都穿著制服，跟在審判官身邊。哪怕是應修女會委託，參加育幼院的運動會，她也不被允許褪下身上的甲冑。

在騎士的記憶中只有一次，女孩終於找到換上常服的藉口。

那時三人透過巴洛切的關係參加一場由城裡富商舉辦的露天餐會，理由是巴洛切不想一個人赴約，他需要有一些同伴替他擋掉其他賓客的酒水，但他不能帶上那群留著雞冠頭的騎士夥伴。

審判官毫無疑問地拒絕了，女孩卻顯得很有興趣。她說自己從來沒有參加過民間舉辦的餐敘，這也在巴洛切的預料中，他甚至知道女孩會在這時候發揮任性的一面，拉著審判官一同赴約。

於是巴洛切穿上正裝，梳了個他從未喜歡過的油頭，還替審判官弄來一張侍從專用的面具，讓朋友扮演異邦名門千金的卑微下僕。

當時女孩就是穿著這套洋裝。她在茶會裡的身分是迪亞馬特的卡斯坦伯爵的獨生女，即使迪亞馬特根本不存在一位卡斯坦伯爵。

只要搭配適當的妝容，就不會有人認出白薔薇的身分。

「好久不見了，安潔莉卡。」巴洛切說。

他知道白薔薇比他年長，但舉凡外貌，甚至一舉一動，安潔莉卡看起來都像個正值花樣年華的少女。無論過了多久，歲月都無法在那張臉蛋上留下痕跡。

「有很久嗎？」女孩偏著頭反問，她依舊笑著。

「五年夠久了。」

報紙被擱在兩人之間，巴洛切瞥了一眼。五年前還沒有那麼多家報社，那個時候所有的傳播媒體都是官方機構。安潔莉卡常抱怨教廷編纂的報紙很無聊，可惜五年過去它們也沒變得更有趣。

「你在等審判官先生嗎？」

「嗯。」

「真巧，我也是。」安潔莉卡開心地合掌道。「一起等吧？」

「等人有什麼好一起不一起的。」

嘴上這麼說，巴洛切還是挪動身子，並把報紙塞到背後。一個老人正從那位報童手中接過報紙，看來那小子幹得不錯，照這樣下去他很快就能回家了。巴洛切發現自己竟然替那小鬼感到高興。

他凝視著男孩，刻意不看安潔莉卡。在思想比較傳統的騎士眼中，把女士晾在一旁恐怕有失禮數，何況就算不論白薔薇的身分，光是能和美麗的女性一同消磨時間便是種榮幸。

但他強迫自己不要太在乎安潔莉卡的存在。不是因為他不想，而是他知道不能這麼做。

「你來找他做什麼呀？」結果是安潔莉卡率先打破沉默。

「講一些不重要的小事情。妳呢？」

「肚子餓了，等等要去找東西吃。」

悠閒到甚至有些天真的答案讓巴洛切笑了出聲。

「什麼嘛！你笑什麼！」

「沒事。」巴洛切抹了抹眼角。「你們約好了？」

「沒有，但沒關係吧？」

「也是。」

如果是西佛勒斯的話，肯定會嘴上說不要，身體老實地被安潔莉卡拖行吧。就像那次茶會一樣，那甚至是巴洛切第一次看到西佛勒斯在別人面前吃東西。

或者說，被強制餵食。

礙於工作性質，審判官的長相是秘密，這也是他們無論到哪都會戴著面具的原因。旁人要是知道西佛勒斯的真實身分，教廷肯定又得準備一筆封口費給報社。

何況把蛋糕塞進審判官嘴裡的人還是時任白薔薇……

巴洛切扶著額頭，對於曾發生在兩位友人身上的瑣事，現在的他也僅能用苦笑應對了。

「和那種人吃飯哪有什麼好玩的。他也不可能陪妳一起吃，從頭到尾都只會坐在旁邊看，跟那些第一天去酒店工作的姑娘沒兩樣。」

他知道不該用這種方式對修女說話，可是以他們之間的交情，生澀的社交辭令反而多餘。巴洛切決定別想那麼多，反正安潔莉卡從來就不是重視繁文縟節的人。

「就是這樣才有趣。」安潔莉卡說。「每次聽他抱怨吃飯浪費時間、挑餐廳時又要顧慮很多，既不能去人多的地方也不能到門面陰暗的小店，說是和身分不符，但等餐點真的上來時卻什麼也不會多說，就只是靜靜地看著你吃。我認為這是一件非常溫柔的事。」

「妳對溫柔的定義還真奇怪。」

換作自己吃飯時被人盯著，肯定一口也吃不下。

安潔莉卡似乎猜到巴洛切心裡在想什麼，笑了笑說：「反正你也不知道他是不是真的在看著你。」

「巴洛切。」

「我想世界上只有白薔薇能忍受這種尷尬。」

「嗯？」

「我已經不是白薔薇了。」

「說得也是。」巴洛切附和道，但那聲音扁平到不像是出自他口。

「他們找到人繼承它了嗎？」

「找到了。」巴洛切說。「新任白薔薇是一個小姑娘，大概比妳年輕一輪左右吧，長得也很可愛。」

「你是故意的吧？」安潔莉卡瞇起眼睛說。

「抱歉抱歉，至少就表情豐富這點妳遠勝那孩子就是了。」

彷彿呼應巴洛切的話，安潔莉卡靈動地眨了眨眼睛。「你認識她？」

「她現在跟著西佛做事。」

「喔……」

安潔莉卡的表情又變了，巴洛切甚至無法判斷她的心情。一瞬間，他似乎看見女孩的臉蒙上一層陰影，但陰影一直都在，賣報小童正聲嘶力竭地喊著今日頭條，他站在廣場紀念碑的另一側，站在被陽光包裹著的地方。

「真是造化弄人。」安潔莉卡露出笑容道。

是啊。審判官也是這麼說的，但這次巴洛切沒辦法一同陪笑了。

「不過我也才見過她一次。那孩子好像是三個月前才受封的，說不定過一陣子就會變得跟妳一樣了。」

「……變得跟我一樣是指？」

「去問西佛，別問我。」巴洛切聳肩。

「好呀，正好趁午餐時問清楚。不知道叉子能不能插進他面具上的兩個洞呢？」

「都快三十歲了，別吃小女孩的醋啊。」

「……我才沒有。還有你再給我提一次年齡等一下刀子就留給你。」

「別了，我沒興趣當你們的電燈泡。」

「你到底在說什麼呀！」

安潔莉卡踩了巴洛切一腳。疼痛不可思議地真實，甚至比印在報紙上的文字還要清晰。或是創口、或是傷疤，凡事不能往牛角尖鑽，甚至連稍微想得深入一點都不被允許，他得保持適當的距離，維持那股朦朧的感覺，並相信它總會隨著時間被撫平。

「如果有機會的話，和西佛多聊聊。」

「一直以來都是我先開話題的喔。」

「我知道。但妳不在了。」

安潔莉卡的雙眸仍帶著未盡的笑意，就好像沒能聽見巴洛切的話似地。但巴洛切聽到了，他聽到自己說了些什麼，原本沒打算說出口的，或至少得先道歉才是。他很後悔，就如同他刻意避開安潔莉卡的視線般，他相信如此一來這段對話就找不到結束的理由。現在一切都來不及了，主動提起的人是他，他不知道安潔莉卡從他眼裡看見了什麼，也不希望她看見，於是他閉上了眼睛。

「妳走了之後，他變了許多。」

巴洛切說。

「我不知道這份工作對他而言還有什麼意義，我見過他幾個同事，他們告訴我西佛勒斯是一個以折磨受腐者為樂的審判官。妳能想像他們是怎麼形容他的，當修道院的孩子們唱起讚美詩時，他會讓那些雜種聽見孩子們的聲音，然後試圖讓慘叫聲蓋過歌聲。」

他依然閉著眼睛，看不見安潔莉卡，但他能感覺得到安潔莉卡正望著他。

「審判官享受這個過程。每個人都這麼說，但那不可能，妳認識西佛的時間甚至遠比我還久，妳告訴我他是因為妳加入了修女會才去神學院報到，在那之前他只是個屠夫的兒子，他甚至沒想過將來會成為一個審判官。」

這是安潔莉卡親口說的，也是巴洛切對西佛勒斯最深刻的記憶。否則審判官從來不會談及自己的過去，而了解的人大多也已不再人世。

「快樂。妳不覺得這個詞真的愚蠢得可笑嗎？更諷刺的是，活著就是一個漫漫無際追求快樂的過程，這是不是代表人一輩子都用這兩個字概括就夠了。既然如此，我實在想不到有什麼事情是比讓別人定奪妳快不快樂更悲哀的了。」

鴿子的振翅聲傳來，看來牠們又找到新獵物了。在視野落入一片黑暗後，聽覺就變得更加敏銳。

巴洛切含住舌尖上的唾液，緩緩地嚥下，深吸了口氣。

「我幫不了他，安潔莉卡。已經沒有人能幫得了他了。新任白薔薇是怎樣的人根本一點都不重要，他不會把名字留給妳以外的人。無論過了多少年，他都離不開妳走的那天。」

這場夢不該存在，但巴洛切還是忍住泫然欲泣的感覺，把心裡那些未經整理的話語一股腦地傾洩而出。安潔莉卡不可能聽得見了，但他還是想說，因為在他前一次闔上雙眼前，安潔莉卡還在他的身邊。

他感到臉頰一陣溫熱，但熱度的來源並不是他自己。他想那應該是安潔莉卡的手。

巴洛切獲得騎士勳章的時候還是個少年，那時的一切都像是場災難，他搞砸審判官交付的任務、放跑通緝中的受腐者，還害騎士團的朋友進了醫院。對此，白薔薇從來不會對他說任何安慰的話，就像現在這樣，她只會讓巴洛切明白，自己就在他身邊。

巴洛切抬起手，想讓掌心覆上安潔莉卡的手背，卻什麼也沒碰著。他睜開眼，長椅的另一端空蕩蕩的，他只能想辦法忘掉殘留在臉頰上的體溫。

「等很久了？」

聽見西佛勒斯的聲音，巴洛切急忙抹掉臉上的淚痕。發現審判官就坐在另一張長椅上，慢悠悠地翻著報紙。

「你沒叫醒我。」

「就當扯平吧。」西佛勒斯走到巴洛切面前，將報紙遞給他。「秘書處仍舊在履行他們的職責，這是好事。希望你也可以帶給我好消息。」

巴洛切往後背摸索，卻沒找到報紙。西佛勒斯手上的報紙頭條不是市議會的補助案，而是某個富豪逃漏稅被逮捕。此時在廣場上兜售報紙的也並非男孩，反倒是一個約莫十歲出頭的女孩。

巴洛切揉了揉眼睛，站起身。「我不知道怎樣的消息對你才算好。」他說。「白薔薇呢？沒跟你一起？」

「我請她去調查其他事情了。」

「跟那天在修道院有關的？」

「你可以這麼理解。」

「嗯，想必是說來話長。」巴洛切冷笑道。「你還說她不用對你負責，我看你倒是把人家使喚得得心應手。」

「告訴我你那邊的結果就好。」

西佛勒斯的態度依然強硬，倒不是因為審判官天生具備耍官威的才能，只是一直以來兩人就是用這種方式相處。西佛勒斯未曾想過要改變，巴洛切也不奢望他會。

唯獨今天，他忽然覺得迪迪帕里的事沒那麼重要了，去他的科倫拜。

「不急，西佛，我們可以找個地方慢慢聊。」

「找個地方？」

「我餓了，隨便去弄點東西吃吧。」

聽見巴洛切的話，審判官沉默了，幾秒後他才開口：「給你半小時的時間，半小時後在這裡見面。」

說完，西佛勒斯轉身準備離去，巴洛切抓住他的手臂，硬是讓他停下腳步。

「你也一起。」

巴洛切說。

「不用點餐，給我坐在旁邊看就行了。」

*

巴洛切在餐酒館點了一盤番茄通心粉，三元又五十分，中規中矩的價格搭配讓人不期不待的味道與分量。不過考慮到店面位處廣場周遭黃金地段，能擁有這樣的性價比已經算是相當實惠。

更重要的是氣氛幽靜。光顧的人不求熱鬧，座位設計也保有一定的隱私，讓偶像包袱沉重的審判官無從置喙。

「老實說我以為這件事已經跟你沒關係了。」

巴洛切一邊吃著通心粉，一邊說。

「你跟我說今天是去交接的。」

「是沒錯。」西佛勒斯說。

「所以接下來其實沒你的事了。」

「上面不會再希望我插手。」

「那這份報表對你還有什麼用？你看起來沒打算把它轉交給你的好同事。」

巴洛切將視線投向西佛勒斯面前的文件。是他剛才交給審判官的，好讓他能在自己用餐時排解無聊，他沒打算讓西佛勒斯真的盯著他吃東西，那是安潔莉卡的專利，而且光想像就令人倒胃口。

「甚至你也不用把新工作丟給白薔薇。西佛，你到底在想什麼？」

審判官沒有回答，繼續翻閱著紙頁。

「也許我早該猜到這肯定有鬼，老兄，你才是最搞不清楚分寸的人。」

巴洛切拿起手邊的啤酒，猛然灌了一口。他忽然想起人們都說淵啤酒喝起來像馬尿，但誰沒事會跑去喝馬尿？

「你做得很好。」

「啥？」

「這份資料很詳盡。你是怎麼弄到的？」西佛勒斯問。

「沒怎麼，你就當作是趁火打劫吧。」

「說詳細點。」

「我跟他們家的幾個員工關係還不錯。接班人被殺這件事讓老科倫拜暫時無心過問公司狀況，所以交給底下的人去傷腦筋，其中有一個叫錢斯的傢伙……呃，最近積了不少壓力，所以我約他出來，聽他吐了一整晚的苦水。」

「你跟我提過錢斯，你說過他曾暗示你要不要跟他一起浪漫。」

「真的？我連這種事都跟你講過？」

「希望你還記得性悖軌法的存在。」

「操！我才不會為了你去賣屁眼！」

巴洛切一時忘了控制音量，這下全餐廳的人都盯著他瞧，甚至還有老太太一聽到不雅字詞就扶著額頭假裝暈了過去。

「只是友善提醒，我對他人的私生活沒有興趣。」

「總有一天我會宰了你，西佛，我保證。」

「期待那天到來。」西佛勒斯簡潔地回道，明顯不想深入探究。「然後你的這位朋友就什麼都告訴你了？」

「……差不多。我得承認老科倫拜雖然管不好自己兒子，但應付底下員工倒是挺有一套方法。錢斯一聽到我在調查迪迪帕里的命案，就嚷嚷著說要替他們家不長進的公子哥報仇，顯然他是真的在替老闆傷腦筋。」

巴洛切指著文件說。

「科倫拜家族旗下有很多子公司，不過近來能源價格上漲衝擊到加工品的出口，讓公司不得不調整這一季度的方針。你看到了嗎？上個月他們根本沒運多少東西上來，甚至連一張紙都填不滿。」

而且其中大多都是供應境內需求的食品或日用品，例如罐頭或肥皂什麼的。

巴洛切繼續說道。

這些東西和家具等大型器材不同，它們不會被送入集裝箱，而且在入關時都會由關務人員負責檢查，不可能把人藏在裡面。就算有，人也絕對不會是完整的。

也就是說，原本的猜想錯了。那兩位受腐者不是透過科倫拜家的物流運上來的，甚至迪迪帕里根本沒讓他的家族跟這低劣的嗜好扯上關係。

「有可能迪迪帕里是在地表才抓到那兩個雜種。」巴洛切聳肩。「我不知道，肯定有什麼辦法能讓他們跑上來。我們得再想想，西佛，得找個新的角度切入。」

「不必，只是斷了其中一條路而已。不要緊。」

「我猜另外一條路你讓白薔薇去走了。」

「前幾天被處刑的受腐者和城裡的一位工匠有聯繫，而那位工匠在稍早前被他剛出生的孩子殺害。由於審判庭沒有收到醫事院通知，所以這件事並未引起太大關注。」

「看來他就是我們之前說過的白痴父母了。醫事院沒通知的理由是？」

「當時負責的醫生判斷這件事跟異端無關。」

「看來有人要被送去神學院補修囉。」

巴洛切幸災樂禍地說，接著又灌了一口啤酒，在大白天攝取酒精顯然是個餿主意。

「那位醫生是班鳩。」

口裡的啤酒噴了出來，差一點就灑在審判官的面具上，巴洛切急忙拿紙巾把桌面擦乾。

「那不是你朋友嗎？」

「我和斑鳩只有短期的合作關係，大清洗結束後並無再往來的理由，所以不算是你所認知的朋友。」

「別這麼見外，我聽說你們以前感情好到會一起參加沙龍。你知道的，很少有審判官和醫生會走在一塊。」

「誰說的？」

「安潔莉卡。」

巴洛切聽見西佛勒斯的呼吸聲，卻聽不出來那是不是嘆息。

「她記錯了。」審判官淡然回道。

「好吧，聽起來除了我之外你跟全天下的人都有心結。所以這位叫斑鳩的醫生是我們的下個目標？還是你打算讓白薔薇搞定一切？」

「我不可能讓她去接觸醫事院的人。目前也沒有充分的理由懷疑斑鳩，按照當時的情況，換作是我也不會把它們視為異端分子。」

因為嬰兒受腐包含很多因素，有可能是父母懶惰或太過粗心，忽略產檢的重要性，僅僅如此還不至於被教廷歸為異端。畢竟父母也會在嬰孩出生時為自己的愚蠢付出代價。工匠和受腐者之間的聯繫是在事後才知道，而這正是西佛勒斯要白薔薇調查的。

「那我們呢？總不可能就在這裡等那孩子把報告交上來吧？」

「我們有第三條路。」西佛勒斯站起身。「在底層。」

＊

整座城市有許多能通往底層的路，但幾乎都是為了貨物運輸而建，真正開放給民眾通行的路口相當稀少，目的是要控制地表與底層的人口流動。

也因此，檢查哨前總是聚集大批人龍，尤其是前往地表的窗口，總是被擠得水洩不通。人們躁動的聲音此起彼落，其中夾帶不少問候全家祖宗十八代的字眼，但無論他們怎麼催促，檢查官們仍舊用自己的步調，慢條斯理地檢查旅人們的行李。

兩相對比，去底層的這邊就顯得安靜許多。雖然人數明顯比較少，但也排了好幾個縱隊。大多數人都拖著行李，面無表情地盯著前面人的腳後跟，既沒有蹦蹦跳跳的死小孩，也沒有哇哇大哭的嬰兒，顯然大家都知道帶孩子到底層過寒假肯定不是好主意。

西佛勒斯無視排隊的群眾，直接走到其中一位檢查官面前。檢查官看見這名扮相奇異的人原本想呼叫守衛，審判官卻先從懷裡拿出證件堵上他的嘴。讓那位領死薪水的公務員倒抽了一口氣，急忙要守衛趕快放行，甚至連隨行的騎士都免去被搜身的麻煩。

巴洛切不得不承認，這種感覺滿爽快的。尤其是看到那些一臉哀怨的民眾，更讓他的嘴角忍不住失守。

特權階級超讚。

「下次提醒我準備一個樸素點的。」

在檢查哨後方，半圓形的隧道彷彿正張著血盆大口，把人吐出來的同時又吃下更多人。比例大約是一比十。

「我倒覺得這挺適合你的。」巴洛切看著審判官臉上的小丑面具說。「不然通常會戴著面具走在地表大街上的人不是審判官就是神經病。」

「還有醫生。」

「對，還有醫生。不過換成小丑就不一樣了，大家都愛小丑，他帶給孩子們歡笑，不會有太多人願意把他們跟搶劫或謀殺聯想在一起。」

「除了小丑自己。」

「別再抱怨了好嗎？你自己說不想耽誤時間的，沒要你感謝我就不錯了吧。」

那副面具是巴洛切的。幾天前他和錢斯一起去歌劇院看《小丑皮特》的真人舞台劇，這玩意就是買了雙人套票後送的特典。比起皮特先生，錢斯顯然對騎士的屁股更有興趣，於是就把面具留給同行夥伴。

在那之後，面具就一直被壓在巴洛切的隨身包裡。他沒想過這麼快便能派上用場。

誰叫審判官是個不能隨便出現在底層的麻煩身分，就和他那位修女搭檔一樣，老百姓——尤其是底層居民對他們的印象總是和人肉燒烤綁在一起。

於是他讓審判官換下長袍，自己也暫時拔掉騎士勳章。讓兩人看起來更像是個普通的死老百姓，反正許多底層居民都被職業災害和瘋癲病所苦，戴著面具見人一點都不淘氣。

白熾光盯久了令人炫目，走過漫長且充斥著尿騷味和食物腐敗味的長廊後，兩人總算來到底層的轉運站。

那裡同樣聚集著許多旅客，有人穿著華貴、頭頂著費多拉羊毛帽，搭配鼻樑上的金絲眼鏡，一臉看起來就是來談生意的，而在那人的幾公尺外，一個衣衫襤褸的乞丐正癱坐在廣告牆前，自由奔放的坐姿讓他的子孫袋毫無保留地暴露出來。一旦有女士經過，乞丐就會撥弄他的下體，彷彿在彈奏某種樂器。

來自不同階級的人塞在同一個空間呼吸同樣汙濁的空氣，再搭配上女士們的尖叫聲。這副光景讓巴洛切實在不想繼續久待，否則他可能會忍不住拔劍替乞丐做人工去勢。他催促西佛勒斯趕快買好車票，當兩人踏進車廂時，裡頭卻一樣擠滿了人。

擁擠、狹窄，而且骯髒。地下鐵路與地表的路面電車不同，為了最大化運輸量，取而代之的就是糟糕的乘車品質。光是多待在裡面一秒鐘就讓人覺得會染上莫名其妙的病症。

巴洛切對照著車票上的號碼找到自己的位子，卻發現已經有個老太太坐在上面。老太太拍了拍肚子，大概是想說我老人家懷有身孕年輕人你要懂得敬老尊賢，但拍打的韻律跟乞丐的睪丸實在太像，巴洛切甚至忘記思考為什麼一個明顯年過七十的老太太還能帶球走步。

審判官替兩人買了坐票，但他們害怕道德譴責還有媒體公審，所以只能站著，抓著吊環，那吊環太小，沒辦法讓人把脖子套進去就這麼懸在那，否則巴洛切還真有種衝動乾脆直接死在那老婦面前。

列車駛動。在穿過地底隧道後，巴洛切看見灰燼從天空落下。

但那不是天空，而是莫爾赫斯地底、屬於底層人的天穹，一張巨大的天花板。

這就是底層。莫爾赫斯地表數百公尺下都被掏空，建起了如蟻窩般大大小小的住宅與廠房。它們彼此嵌合，甚至在空中搭建起橋樑，只為了能直接從工廠走到自家廁所。如蛛網般密布的道路與違章加蓋早就讓這座城市的暗面變得面目全非。

「我可真是一點都不想念這。」

「你上次來是什麼時候？」

原本巴洛切只是自言自語，沒想到審判官卻罕見地替他延續話題。

「大概半年前吧。怎麼？」

「來做什麼？」

「抓捕受腐者，順便幫當地民眾擺平一些只有外地人才能搞定的問題。反正就是做些騎士該做的。」

巴洛切盯著窗外的灰燼雨。那些黑色的雪花都是從各地工廠排放出來的，他想起那具在海港倉庫發現的受腐者屍體，想起那副被煤煙染黑的肺。

「雖然我常幫你跑腿，不過我可沒忘記騎士的本分。」他說。

「這得看你怎麼定義騎士。」

「別算計我，這種問題只有那些沒握過劍的人才會搶著回答。」巴洛切咧開嘴。在地鐵上的交談毫無隱私性可言，如果某個乘客忽然對騎士道侃侃而談肯定會引人側目。

西佛勒斯點了點頭，小丑的笑容在他臉上占據了壓倒性的存在感。

「我不是殺人狂，哪怕他們在你眼中不配當人。」巴洛切壓低聲音。「但有多少個受腐雜種死在我手裡，我自己最清楚。」

列車進站。堵在門口的幾個人被推下車，接著又被湧入的人群塞回車廂內。挺著大肚子的老婦人睡著了，正發出殺豬般的鼾叫聲。

「他們之中大多都是幫派分子或是性犯罪者，就是那些你不必急著處理他，早晚也會有人把他弄死的人渣。很少人會真的抱有信仰，所以對付起來輕鬆得多，因為你不用花太多心思去煩惱讓他們行動的理由。」

「我同意。」

「還有家庭。」

審判官沒有再回應。巴洛切吞了口口水，繼續說道：「如果我們知道沒有人會替他哀悼，那我很樂意砍下那些敗類的腦袋。這是我和我的團員挑選獵物的準則。」

「你要怎麼知道？」

「我不需要知道。我只要催眠自己，他死了對大家都有好處。」

哪天，巴洛切真的出名了，成為一個可以被寫進小說裡的護教騎士，他可能會在媒體採訪時搬出善惡二元論或道德義務等大道理，就算他不知道這些詞彙的實際意義也沒關係，反正大人物都是這麼說的。

但現在他面對的是審判官。

他知道西佛勒斯不吃這套，因為就連審判官自己私底下也不是那麼遵從造化主的教誨。

「西佛，做個假設。想像你是我，你今天面對一個家庭，男主人被腐化了，而他老婆和小孩哀求你不要帶走她們的丈夫和父親。你認為應該怎麼做才是對的？」

「男主人背後有可能牽扯更多勢力嗎？」

「沒有，那傢伙是被自然腐化。」

「那就賜給他平靜。」西佛勒斯幾乎沒有任何遲疑地答道。

「我就知道你會這麼說。」巴洛切苦笑。「但你得知道這會讓那對母女恨你一輩子。」

「這端看你要選擇背負仇恨還是歉疚，既然同樣是一輩子的罪過，那讓他人承擔前者，怎麼想都比較輕鬆。」

「考慮到你的身分我不意外，但話不是這樣說的。當你需要把道德放到天秤上衡量時，就說明你不確定自己是不是在做一件好事。大多數護教騎士都將斬殺受腐者視作一種榮譽，但他們想像中的受腐者是頭畸形的怪物，怪物不會有家庭。」

西佛勒斯不以為然地聳聳肩。

「你預設了外界對道德的基準或立場，卻忽略那仍舊是屬於你的裁秤。你的思維只是把世界無限放大好忽略某些觀點的利益，被你殺死的那些東西永遠不可能同意你對道德的看法，道德終究只是沒用白紙黑字寫成的條約。」

「西佛，照你的說法，那些混混都不該死。」

「它們當然該死。正因為你不相信商行主人桌上的天秤，而他也不信任你手裡的秤桿，你們才需要把一切道德基礎都建立在超然的權威上。」

超然的權威，必然是指造化主。

「老實說這番話由你說出口我有點意外。」

「你似乎對我有所誤解，我從未否定過造化主的功能性。即便你無法理解祂的本質，也沒辦法輕易否定祂，因為那意味著你必須找一個新的存在取代祂，否則一旦你開始深究這些形而上的事情，最終會發現它們都缺乏一個可以被歸納的依據。」

「聽起來我除了繼續相信也沒其他選擇了。所以說自我催眠真棒，可不是嗎？」

說完，巴洛切識相地闔上了嘴。他不期待審判官回答，也並非對朋友的饒舌感到不耐，他只是需要一點時間反芻。

就像城裡的其他居民，巴洛切信仰著造化主。他相信造化主曾經存在過，也相信是祂們為人類帶來了文明，人類至今所誕生的思想與價值觀都承襲自祂們，萬物皆沐浴在祂們的袍澤之下。

但按照審判官的說法，造化主同時也是一切道德的基準，人類遵循祂的指示決定善惡，如果祂注定無法被理解，那教廷的神官們又是如何取得共識，決定哪個人該上火刑架？

不是什麼問題都適合搬上檯面討論。巴洛切決定暫且把疑問留在心裡。

列車又駛過幾站。每一站似乎都是用當地最具代表性的建築當站名，例如畜產經貿園區、鮭魚加工廠或燃煤山，讓人一眼就看出當地的特產，其中有一站叫大糞坑，巴洛切完全不想知道那鬼地方盛產什麼。

抵達東南機場站時，乘客已經少了大半，懷有身孕的老太太早在兩人閒談時就先下了車，屁股上還黏著口香糖。西佛勒斯踏著無聲的腳步地走出車廂，巴洛切緊跟在他身後，外頭的空氣讓人聯想到剛進港的漁船，但少了海水的鹹味，徒留令人不快的廢氣與焚風。

牆面上幾乎被廣告海報和塗鴉填滿，一個穿著形似修女但肯定不是修女的女孩正向來往的行人兜售贖罪券，還說現在購買加送一包手工小餅乾，優惠只限今天。

巴洛切對贖罪沒有興趣，倒是覺得有點嘴饞。不過在他把手伸進口袋裡時，一旁的乞丐聽到銅板聲便立刻朝他撲來，嚇得他一腳把乞丐踹到月台下。

「西佛，無論你大老遠跑來是為了什麼，最好都別在這待太久。」

「一陣子沒來，地圖又重畫了。」

「希望你還記得路怎麼走。」

巴洛切拍了拍審判官的肩膀，與他一起站在站內地圖前發呆。整張地圖上到處都有塗改的痕跡，四號出口有兩個，卻找不到三號出口，一間廁所被蓋在鐵軌上，此外還有人在角落畫了一隻象拔蚌。

「無所謂。你身上有多少錢？」

「不算零錢的話，大概四十元。」

「夠了，先給我十塊就好。」

巴洛切抽出一張紙鈔，以旁人不會看見的角度塞進西佛勒斯手裡。他可不想再讓更多乞丐捧下月台。

西佛勒斯走到那位修女面前，指了指女孩的右腳。

「看起來做工很不錯。」他說。

女孩的臉上勾勒出曖昧的微笑。她稍稍掀起裙角，露出右腿。巴洛切發現女孩右膝以下的部位已經被狀似人偶的義肢所取代。

「先生你明明就戴著那頂好玩的面具竟然還能發現呢。有什麼事嗎？」

「我想找卡夫卡。」

「抱歉，我想不起來卡夫卡是誰了。我應該要認識他嗎？」女孩笑嘻嘻地偏著頭，搖了搖胸前的籃子，裡面堆滿她自己畫的贖罪券和手工餅乾。

「看在造化主的分上，妳應該。」

西佛勒斯一將紙鈔放進籃子裡，小修女立刻抓起鈔票仔細檢查。確認是真鈔後，她笑容滿面地將一疊手繪贖罪券交給審判官。

「好心的大人呀，現在你可以在這些受地表神殿祭司加持的符紙上寫下自己的罪孽，如此一來等你嗝屁了造化主就會赦免你的一切罪過。但請記住這之中不包含戀童癖，戀童癖十惡不赦，活該被地獄業火焚燒。」

西佛勒斯沒有接過贖罪券，反倒是一旁的巴洛切插嘴道：「看來十元能抵銷的罪還真不少，那請問十元可以拿幾包手工餅乾？」

「當然是一包啊，你這貪得無厭的王八蛋。」

眼見審判官無意領券，修女也懶得自討沒趣，她把一包餅乾扔到巴洛切懷裡後，便撇了撇頭說：「跟我來。」

＊

巴洛切打開塑膠袋，吃著一點味道都沒有的餅乾，跟著修女的背影走出車站，穿梭在錯綜複雜的巷弄間。

「你最近是不是特別受小女生歡迎？」

他一邊嚼著餅乾一邊向身旁的友人問道。雖然這餅乾嚼起來像麵團，他卻發現自己的手停不下來，沒準裡面摻了大麻，難怪修女只給他一包。

「為什麼這樣說？」

「沒啥，看你最近的工作都在麻煩這些女孩子。」

「錯覺。我要找的人替許多生理上受挑戰的兒童製作義肢，單純是那孩子的腿讓我想起這件事。」

巴洛切特別留意女孩走路時的樣子，看起來就和普通人沒兩樣。若不是女孩特別展示給他看，他恐怕永遠不會有機會察覺。

「一條品質不錯的腿可以花掉中產階級家庭好幾個月的薪水。真難想像底層會有這種好心腸存在。」

「那算是他的個人興趣。」

「你說喜歡小孩？」

「我是指手工藝。」

西佛勒斯說完，看了看四周，如自言自語般道：「這邊開始我就有印象了。」

離開車站後，三人始終都沒有走到大街上，雖然在巴洛切的印象中底層似乎也不存在街道的概念，無論商店或住宅幾乎都隱藏在建築物中。

沿途經過的商鋪大多沒有營業，剩下霓虹招牌孤單地閃爍著。路上也不見任何行人，但巴洛切不停感受到來自暗處的視線，小修女不時回頭，確認兩人是否有好好跟上的同時也在警戒著周遭。巴洛切知道女孩那身模仿修女的衣著同樣會讓自己置身險境。

終於，女孩在一處轉角前停了下來。店面沒有招牌，窗戶是霧面玻璃，完全看不出是在做什麼生意，甚至連有沒有營業都不知道。

「到了。卡卡夫就在這裡。」

「她剛剛是說卡卡夫對吧？」

「閉嘴，我口誤。」

女孩朝騎士豎起友善的手勢後便轉身敲了敲門。

「師傅，有人找你！是兩個大叔！」

「妳說誰是大叔？」

「師傅，快點來救我呀！」

女孩扯開嗓門大叫，卻遲遲等不到人應門。

「搞不好是睡死了。」

正當女孩如此咕噥時，門打開了，一個戴著漁夫帽的男人探出頭來，帽緣巧妙地擋住了他的雙眼，讓巴洛切只能看見鼻樑上的圓框眼鏡還有那抹帶著鬍渣的笑容。

「是薇薇啊，抱歉抱歉，我在後面沒聽見，等很久了嗎？」

男人抹掉臉上的木屑，發現女孩身後還站著兩個人。其中審判官的小丑面具更是讓他困惑地僵在原地。

「呃，我身上可沒錢……」

「好久不見了，卡夫卡。」

「小西？」

聽見西佛勒斯的聲音，男人一改生硬的態度，立刻抓住審判官的雙臂。「是你嗎？真的是你？」

「他叫你小西？你讓人叫你小西？」

「卡夫卡和我是舊識。」

「我看得出來，小西……嗚！」

冷不防吃了審判官一記肘擊，巴洛切痛地彎下腰呻吟。

「小西，你又換造型了！變成這樣我都認不出你了。話說你怎麼有時間來？我以為你很忙的，突然跑過來也不先講一聲，雖然我這也收不到信啦，還是說上面又丟給你什麼麻煩事了？唉，早就跟你說別為了退休金跟自己過不去，以你的年紀怕是還要再給教廷賣命三十年！」

老友重聚彷彿點開了卡夫卡的話癆開關。西佛勒斯甚至沒來得及回一句，他便一個人連珠炮似地說個沒完。

直到單方面的寒暄結束，審判官才緩緩開口。

「你肯定猜得到我來的理由。」

「你說話還是那麼彆扭，老喜歡預設別人什麼都知道。」

「我相信你幫助那些孩子是出於善意，不過善意也是很不錯的交易籌碼，尤其對孩童特別管用。」

「別講得這麼市儈，多虧這些孩子我才能知道窗外有什麼，哪怕我沒機會看見，還是可以透過他們想像。」

「你不是沒機會，你只是不給自己爬出床底的機會。」

卡夫卡含糊地點了點頭，臉上的笑容頓時變得含蓄許多。「不知這位小兄弟又是？」他問道，明顯想轉移話題。

幸好巴洛切是個識時務的人，他主動向工匠伸出手。

「巴洛切・布萊德利。如你所見，是名護教騎士。」

兩人的手掌交握。就算隔著手套，巴洛切都能感受來自工匠掌心的溫度，還有那些爬滿指節的厚繭。

「是我看走眼了。我有注意到你的配劍，但在我們這出門帶傢伙很正常，一時沒想那麼多，還希望你別見怪。」

「哦，比起配劍，我想這東西更能……」巴洛切伸手摸索胸前的騎士勳章，卻什麼也沒摸著。他赫然想起入關前西佛勒斯就要他把勳章拔掉了，難怪卡夫卡會認不出他的身分。

「現在騎士身分變得跟審判庭一樣敏感。」西佛勒斯替巴洛切答道。「教廷的禁令讓他們幾乎在底層絕跡。」

「難怪薇薇說她最近生意很不好，其他孩子也說路上都看不見騎士了。」

卡夫卡將手放在女孩的頭上，女孩立刻扭動脖子把他的手甩掉。

「地表的人怎麼看？」他問。

「你是指禁令還是……？」

「命案。當然是命案，這不是你來找我的理由嗎？」

「教廷認為他們暫時控制住局面，但那些受害騎士的家屬不會就此滿足，除非他們看到真兇的人頭落地。」

「也是。」

笑容仍未從卡夫卡臉上褪去，巴洛切卻聽見他的嘆息。

「既然你戴著那頂奇怪的面具，身旁的騎士又沒有勳章，我是不是可以理解這是你的個人行動？」

「我從來沒有以官方名義與你會面過，你應該很清楚。」

「我知道，但保險起見我還是得問。想在這邊討生活，沒有什麼事情比敦親睦鄰更重要了。」卡夫卡問：「有多少人知道你來底層？」

「知情的人都在你面前。」

「那好。」卡夫卡探頭張望左右兩側。

「先進來吧。有事慢慢聊，我剛好沖了一壺茶。」

＊

「騎士大多很窮，但他們都喜歡我做的餅乾。」

薇薇說完，又替自己倒了一杯牛奶。那是她從卡夫卡的冰箱裡擅自拿出來的，她已經把那身假修女服脫掉了，穿著單薄的背心和短褲坐在風扇前，涼風透過她的腋窩，把一身汗臭留給別人。

「真的？妳是指那坨咬起來跟泥巴沒兩樣的麵糊？」

巴洛切坐在薇薇對面，兩人圍著一個家庭餐廳常見的圓桌。騎士本來想挖苦，沒想到女孩反而抬高鼻子對卡夫卡說：「你看，我就說他們都很窮，這大叔還吃過泥巴。」

「臭小鬼，再過幾年妳就會後悔當初為什麼不努力討好我這個大叔。」

「我總算知道你不寫贖罪券的原因了！」

「我有強調『再過幾年』，妳這伶牙俐齒的小東西。」

聽見兩人的對話，卡夫卡露出苦笑，並向巴洛切問道：「味道還習慣嗎？」

巴洛切急忙收起猙獰的面孔，向工坊主人點了點頭。

「這是進口茶葉？嚐起來挺特別的。」

「是不是進口我也不曉得，但送我的人說這茶不便宜，我想應該有它獨到之處。」

「的確有一種特殊的花草香，有勞你費心準備了。」

騎士舉起茶杯，輕輕晃盪著琥珀色的液體。

「別客氣，我根本不知道今天會有客人。」卡夫卡笑著說。「本來就打算自己泡來喝，貴不貴無所謂，再貴的茶發霉了也得扔掉。小西，怎麼看你都沒動呢？這裡都自己人，不用想那麼多沒關係的。」

「我不渴。」

「好吧，還是老樣子。」

卡夫卡將茶壺打開，扔掉濾網上的茶葉渣，又添了匙新的茶葉，並將煮沸的熱水灌入壺中，茶香立刻滿溢於十坪不到的小工坊。

「我常認為泡茶比喝茶還有趣，所以很高興有人能幫忙我善後。」

「你也可以泡了不喝，把它扔掉。」

「再提醒我一次你叫什麼名字好嗎？」

「巴洛切。」騎士答道。「巴洛切．布萊德利。」

「是我所想的那個布萊德利？」

「恐怕是的。」巴洛切尷尬地笑了笑。

「我保證不會再忘記。」

「忘記也無所謂，希望你不要因為我的出身而產生誤會，生活上我已經盡可能不依靠家族資助。」

「倒不是，我只是喜歡你的答案。」

「答案？」

「不喝就扔掉。該怎麼說，我欣賞這份灑脫。」

「你過獎了，因為現在傷腦筋的人是你不是我，你知道的，出一張嘴總比什麼都容易。我也是這樣勸朋友趕快結婚，再和其他人打賭他們三個月後肯定拆夥。」

「我相信大多數人多少還是會有些遲疑。不過你說得對，不用考慮後果的人總是樂得輕鬆。」

卡夫卡提著茶壺來到巴洛切身邊，替他斟滿茶杯。

「那騎士小哥怎麼看？」他問。「你覺得兇手是喜歡泡茶的人還是喜歡喝茶的人？」

「這問題別問我，說不定他更愛外送茶。咱們的審判官朋友可是什麼事情都不想跟我說，我直到剛剛才知道你家後巷就死了一個騎士。」

「他死在靠近車站的地方，離這有點距離，另外一個則在重劃區，但確實，騎士的死讓附近不少商家決定暫時拉下鐵門避風頭。」

「據我所知兇嫌只挑騎士下手。」

「但審判庭可不是。」

卡夫卡意有所指地瞟向西佛勒斯，戴著小丑面具的審判官不發一語，正凝視著杯中的茶水面。

「小西，同樣的問題扔給你，你要怎麼回答？」

「跟你一樣。泡茶的人。」

西佛勒斯將茶杯推向卡夫卡的座位，兩杯茶碰在一起，發出鈴鐺一樣的響聲。

「理由是？」

「它不在乎結果。」

「但照你的說法，那些被殺的騎士生前好像沒有受到凌遲，我想他也不怎麼享受過程，畢竟豐富的想像力總是能比人格障礙帶來更深遠的影響。」

「因為騎士們的死是開端，不是過程。它只負責點燃引信，火苗便會自行循線引爆。」

「所以你也同意有些人只想看到世界燃燒。」

巴洛切對卡夫卡的話有印象。那句台詞出自一部十幾年前的戲，剛好是經濟蕭條的年代。到戲院觀劇是專屬於上流階級的娛樂，也是他們苦中作樂的方法，因此當這番話藉底層居民之口說出時，格外令人玩味。

「不。如果兇手是個單純的愉快犯就沒必要假藉信仰的名義留下那些塗鴉。所有符號都傳達著某種訴求，哪怕是孩童的惡作劇亦然。」

西佛勒斯從外衣的內襯口袋抽出一張照片，遞給卡夫卡。

「這是哪裡？」

「地表的某座海港倉庫。我想知道你有沒有在底層見過相同的塗鴉。」

卡夫卡盯著照片，陷入沉思。

等待的時間足夠漫長，巴洛切耐住性子，一邊等待茶水降到適合入口的溫度。

「Seraphim？」工匠終於開口。他的咬字清晰，就像聖堂裡的那些神官一樣，即便那是個對巴洛切依然陌生的單字，他仍然聽出卡夫卡所指的正是六翼天使。

「兇手借用了祂的形象，於是那些雜種們便誤信自己被造化主的神僕所拯救。」

「這麼做對他有什麼好處？」

「有經典依據，人們會更願意相信自己所想的，煽動起來也容易。」

「但你剛才說他不在乎結果。」

「它不在乎。除非歷史沒讓它學到教訓，否則它要是真的希望這場暴行最終不會變成敗犬的遠吠，從一開始就不該把心力花在底層渣滓身上。」

「我倒覺得歷史從來沒教會我們任何事。」卡夫卡稍稍壓低了帽緣。「不然你認為他應該怎麼做？」

「找到教廷和醫事院的矛盾，嘗試激化它。這兩個機構才是讓莫爾赫斯屹立千年而不動搖的原因，那些被腐化的東西根本無足輕重。」

「修女會呢？我以為握有兵權的她們才是最不用看人臉色的。」

「常見的謬誤。先不談過去修女會和教廷的關係，現任大導師採取孤立主義，既不會主動對教廷獻殷勤，也不可能向醫事院輸誠，為的就是避免爭端。」

「可惜你說的方法一般人根本不可能辦到，只有身在體制中的你們才知道彼此的問題，有時你們甚至還讓自己活得比那尊在教堂裡發臭的屍體更像神。」

「所以我沒有要你想，底層有不少非官方的靈修組織，他們主要的崇拜對象肯定也包含六翼天使。」

「也許？我不是針對你，小西，但我現在對宗教人士有點敏感，所以那些人在做什麼我實在沒有興趣。」

「五年了，你還是沒變。」

「意外嗎？」

卡夫卡接著說。

「不過要是你堅持，我可以去幫你探探風聲。他們一向很歡迎新進教友。」

「這件事有餘裕再做就好。」西佛勒斯取出另一張照片放到桌面。「我更希望你幫我查出這兩個人的身分。」

「老天，這又是？」

「在那座倉庫裡發現的。除了它們，現場還有三具騎士的遺體，三人都被斬首。」

卡夫卡倒抽一口氣，凝視著照片中的一男一女。

「這兩人是受腐者。」他說。

「不錯。那群騎士把它們關在裡頭當玩具，但很不幸被兇手找上門。」

「我沒想到地表也發生了一樣的事情。我以為……」

「以為天使只會救贖底層的受腐者？」

卡夫卡輕咬下唇，不確定地點了點頭。

「我不太明白。如果那個所謂的天使，只是為了從騎士手中救出受腐者，那找出這兩個傢伙的身分對案情有什麼幫助？」

「看仔細點。」西佛勒斯輕敲照片。「受腐組織長在男人的臉上，他這副樣子不可能出現在地表，一定是有人把它運上來的。」

「不是你說的那群騎士？」

「我請他查過了。」西佛勒斯將頭別向巴洛切一側。「應該跟騎士沒有關係。」

「好吧……但是小西，底層人有很多方法去地表，這不能怪他們，畢竟每個人都被檢查得難過，我的意思是只要他們想，肯定找得到方法。」

「所以問題不是它們如何到地表，而是為什麼要去地表。有任何報酬值得它們冒著風險這麼做嗎？值得它們賭上性命，也非得上去一趟？」

「我大概知道你要我去接觸那些地下修會的原因了。」

卡夫卡揉了揉腦袋，翹起腳不久後又放下來。巴洛切觀察他的一舉一動，工匠的神色變得侷促不安。

正常，任何人聽了都會感到難受。許多事情巴洛切也是第一次聽說，像是天使。巴洛切在海港見到迪迪帕里時兇手還沒有代號，現在他卻被稱為天使，似乎是前幾天死在修道院的那個受腐者替他起的名字。

「而且所有的六翼天使塗鴉都只出現在地表。」西佛勒斯說。

「你的意思是？」

「我的工作夥伴認為這是兇手對教廷的挑釁，試圖激化兩邊居民的對立。起初我也抱持同樣的想法，但後來我發現這個思路存在漏洞。」

西佛勒斯答道。雖然是回答卡夫卡的問題，但也像是說給在場每一個人聽。

「如果天使真的是受腐者們的救星，那它最不樂見的，便是看到自己的孩子被修女與騎士殺害。卡夫卡，有沒有可能，兇手其實是兩個人？一個是天使，另一個，則是假借天使之名想引起動亂的暴徒？」

「你真的是在詢問我意見嗎？小西。」

卡夫卡發出脆弱的乾笑聲，別過頭看了巴洛切一眼，巴洛切眨了眨眼睛，用眼神告訴他這就是朋友一貫的說話方式。

工匠將審判官的茶水倒進自己杯子裡，把它灌進喉嚨後又斟了一杯。茶水冷了，工匠的臉上卻微微染上一層紅暈。

「小西，我覺得你在繞遠路。還是你從一開始就想試探我？」他說。

「試探你，為什麼？」

卡夫卡將西佛勒斯剛才交給他的照片蓋在兩具遺體上。

「熾光育幼院。別說你忘記了。」

西佛勒斯頷首不語。

「看到六翼天使的紋章，你第一個想到的竟然不是熾光，我寧願相信這只是你的演技。針對那場屠殺，當初最後悔的人不是我也不是斑鳩，而是你。」

屠殺？還有斑鳩？

為什麼提到斑鳩？

巴洛切對卡夫卡的認識僅限於他是西佛勒斯在底層的朋友，卻沒想到老工匠和醫生也有關係。

「你誤會了，我從不對育幼院的事感到愧疚。我只後悔自己當時不在莫爾赫斯。」

「就算你在也什麼都改變不了，那是安潔莉卡的選擇，她已經比凱特妮絲幸運很多。可不是嗎？凱特妮絲的死甚至不會有人記得，她只會成為隔日早報上的一個數字。」

「不要嘗試比較痛苦，痛苦無法被比較，卡夫卡。」

「瞧，這不是白薔薇最喜歡的一句話嗎？現在由你說出口格外諷刺。每個人都說她死於受腐者的陷阱，但在我看來真正殺死她的是教廷的謊言。難道你也要成為幫凶？」

卡夫卡抓著帽子，巴洛切看不見他的臉龐，只能看見浮現於他手背上的青筋。氣氛忽然變得很緊張，巴洛切看了一眼身旁的女孩，女孩也愣愣地瞪著工匠。

「騎士小哥。」

突來的呼聲讓巴洛切一驚，只見卡夫卡拿下帽子，如海藻般的蓬亂髮絲幾近進斑白。當笑容從工匠的臉上消失，登時變得憔悴許多，看上去遠比實際年齡來得更加衰老。

「小西可曾跟你談過五年前的大清洗？」

「這……」

巴洛切猶豫著該不該回應。照過去的經驗，西佛勒斯總是會搶在他前面替他回答，這次審判官卻選擇沉默，甚至故意不看向他，一個人坐在位子上，單薄的身形只剩下胸口規律的起伏。

審判官肯定不希望他往事重提，但與其讓工匠慢慢把結痂的傷口撕開，不如由騎士代勞來得痛快。

「其實白薔薇殉難時，我也在場。」

「什麼？」

卡夫卡的五官變得糾結。要讓他相信自己並非局外人，肯定沒有比這更好的答案了。

「我親眼看見她揹著那孩子從學院走出來。一切發生得太快，我沒能來得及阻止，甚至我根本沒察覺到底發生了什麼事。」

巴洛切不想說得太明白，那是他最不願意回憶的過去，也是讓他至今仍緊握著騎士勳章的理由。

「還有你剛剛說的凱特妮絲女士。」

同時，他卻又宛如想證明什麼，繼續說道。

「她是神學院聘僱的技術人員，對吧？」

「小西告訴你的？」

「不，他沒說，只是我還記得。當我在瓦礫堆底下發現她時，我看見她衣服上的名牌，那時候她還活著，雖然很虛弱，但我保證她還活著。」

「是你？你是那個找到她的騎士？」

卡夫卡的雙唇顫抖，啞然地瞪著巴洛切。

「我懂了。」

他對巴洛切笑了笑，笑容卻僵硬無比。

「我終於知道你出現在這的理由了……小西，你還真了不起，光是折磨受腐者不夠，連自己都不放過是吧？」

接著他轉過身，猛力按住西佛勒斯的肩膀。

「把一個親眼目睹白薔薇喪命的騎士留在自己身邊有什麼好處？你是想要他三不五時提醒你安潔莉卡是怎麼死的嗎？還是你期待能透過他的眼睛再見她最後一面？」

小丑面具對工匠露出狂傲的笑容，卻沒有人聽見笑聲。西佛勒斯抓住卡夫卡的手臂，搖了搖頭，但在工匠願意鬆手前，審判官的手便先垂了下來。

他不想再談了。巴洛切知道。審判官從未動搖，哪怕是面對受腐者，他都能在施予刑罰的同時完成上面交付的任務。

除了白薔薇。

凡是和安潔莉卡有所牽扯的事，他會變得甚至比孩童還要脆弱。

巴洛切想，至少在這時候他能幫朋友一把。

「你剛剛提到斑鳩，那個醫生和這件事有什麼關係？」

「他是兇手，我也是，小西也是。發生在熾光的屠殺，和我們每個人都脫不了關係。你參與過大清洗，你應該知道教廷的目標是什麼。」卡夫卡答道。

「西北方的工業城市維爾塔寧。」

卡夫卡說自己參加過大清洗，嚴格來說並不準確，巴洛切當時因為先前的任務負傷在家休養，沒能趕上遠征。但也因此，當神學院被邪教組織襲擊時，他能在第一時間趕到現場幫忙。

至於發生在維爾塔寧的事情，都是事後聽人轉述的。

「那是教廷為這場自導自演的鬧劇設立的終點站。當時的教宗是個自以為造化主喜歡生飲人血的瘋子，要命的是他本人不想流血，所以他編了個故事，說往西北方走，有一座小城鎮裡藏著一大群邪教徒。他們的首領還剛好是幾年前爭權失敗被流放邊疆的紅衣主教。」

除去那些情緒性用詞，至此，卡夫卡口述的內容和巴洛切所知的別無二致。

「你覺得這是巧合嗎？」他向騎士問道。

「……不是嗎？」

「當然是巧合。」工匠冷笑。「大家都說它是巧合它就得是巧合。反正騎士們鬧得發慌，修女們拿了薪餉也不能成天窩在修道院裡唱聖歌，海爾·波普、德亞瑞斯特、紫晶山，所有大城市的主教們都同意了，畢竟只要能分到好處，沒有人會反對靠戰爭發財。小西，你說是吧？」

審判官沒有回答，不如說是他拒絕回答。

「但據我所知，維爾塔寧確實有被腐化的跡象。」

巴洛切皺起眉頭，語帶猶疑地說。

「當地民眾受腐的比例高得嚇人，在市議會的典藏閣裡甚至還找到充斥著異端邪說的書籍。除非書記官造假，否則這些事情都有紀錄證明。」

「所以我剛剛說了，這都是巧合。造化主的首席聖僕怎麼可能會錯？你敬愛的審判官收到通知時，他甚至連質疑的機會都沒有。上頭要他帶上修女和騎士，還有那些倒楣的隨軍人員，用鮮血淨化被受腐者們汙染的土地。」

「但這片土地正是腐化人類的元兇。」

「孩子，再繼續爭辯下去會形成某種套套邏輯。你只要知道，我剛才所說的熾光育幼院，就在小西負責的區域內。」

巴洛切半信半疑地揚起單邊臉頰，雙眼注視的對象並非工匠，而是審判官。

「西佛……」

「他不會告訴你。因為屠殺孩童不是件光彩的事，只是當時我們都相信那三十七個小孩全部被腐化了，哪怕他們身上沒有被腐化的痕跡，因為我們也相信一切都是巧合。」

「你說的我們是……」

「我沒提到嗎？我和斑鳩就是那些倒楣的隨軍人員。不，我們並不倒楣，倒楣的是那些體內被塞了造化主卻還是要被冠上異端之名的孩子。你或許會想質疑隨軍人員沒有直接參與屠殺，有什麼資格感到愧疚，所以我並不感到懊悔，後悔的工作留給小西就夠了。我只知道我不用參與屠殺，但劊子手的屠刀是我負責保養的，劊子手身上的傷是班鳩治好的，我們只要知道這個就夠了。」

卡夫卡的語氣很平淡，方才的盛怒已不再形於面龐上，巴洛切甚至無法肯定他真的有生氣，或試圖感到生氣過。因為當他抵著審判官的肩時，他臉上還是掛著微笑。

「如果你不想相信手上流的是血，就說服自己那是果醬。修女們的劍上沾著果醬，騎士們的戰鎚也塗滿了果醬。你不用知道果醬是怎麼被榨出來的，你只要知道把它抹在上司上很好吃就夠了。別試著去探究，除非你這輩子都不想再吃它。」

漫長的沉默占據了餘下的時間，並隨著工匠一次又一次的嘆息在空氣中凝結成塊。

好一陣子，他才再次開口。

「對不起，小兄弟，強迫你在審判官面前聽這些瘋言瘋語。凱特妮絲的事，很謝謝你。她不只是優秀的技師，同時也是我的妻子。你可以把這間小小的工坊視作我與她的約定。」

卡夫卡環視四周，彷彿陷入不存在的回憶中。巴洛切不自覺地追隨著工匠的視線。和地表那些匠人的工坊相比，卡夫卡的工作室簡直亂得像是廢料回收廠。到處都堆滿五金材料和等待修繕的傢具，若不是有那個熟門熟路的小女孩在，剛進門時巴洛切還真不知道哪裡是給人坐的。

但此刻，他卻覺得這窄小的空間對一個人來說還是太過寬敞了。

「斑鳩是個幸福的傢伙。你不覺得嗎？小西。」

審判官抬起頭，望著卡夫卡。

「……為什麼這樣說？」

「因為沒有什麼事情能絆住他。你認識他的時間比我還長，你曾見過他笑、見過他哭，或是見過他生氣嗎？」

「我聽過他的笑聲。」

「但你知道他不是真的感到好笑，他之所以笑，是因為他認為那個場合應該要笑。他跟你一樣，戴著面具，不同的是無論你換了多少張臉，我還是能確定面具下的你是你。」

「你到底想說什麼？卡夫卡。」

「幾個月前，我有事回地表一趟，在診所附近遇到他。顯然他已經認不得我了。」

「如果只是在路上錯身而過，看走眼很正常。」

「不。」工匠說。「我就站在他面前，喊了他的名字，他卻什麼也沒說，從我身旁走過。如果他是趕著去看診，那我不怪他，但這不至於讓他吝嗇到連一聲招呼都不打。」

「這讓你很介懷？」

「介懷？錯了，我可沒落魄到這種程度。不會，我不在意，我單純是想告訴你我們的朋友是唯一一個沒有被過去糾纏的人，因為他不需要。三年前，我們這位老朋友曾無故在莫爾赫斯消失好一段時間，你知道嗎？」

「他不是我朋友。我不知道。」

「他的診所直到半年前才重新營業，你認為這段期間發生了什麼事？」

「既然你已經有答案就別再做假設性問題。」

卡夫卡勾起嘴角，無奈地哼了口氣。

「曾經有一個叫黑鴉的醫生，因為擅自更動了造化主裝置的設計而被審判庭通緝，在你們的歷史中，他的名字幾乎與異端畫上等號。」

「你想說他是黑鴉的學生。」

「當然不可能，黑鴉早就死了，就算他當初沒有被審判庭處刑也不可能活到現在，但這不妨礙他成為後世醫生們的導師，只要他的著作留下來就好。斑鳩曾跟我提過黑鴉的研究，不只一次，有些理論我甚至連聽都沒聽過。」

卡夫卡轉向巴洛切問道。

「小兄弟，你剛才說維爾塔寧的議會裡有什麼？」

「呃……」

「那些異端邪典在當時就被燒掉了。」

西佛勒斯說。

「焚書時我也在場，裡面沒有黑鵶的書。」

「其他地方呢？這聽起來就像要找到全世界的烏鴉一樣困難，所以我沒有要答案，我只是提出假設。」

「這是很嚴重的指控，卡夫卡。」

「我知道，但我畢竟是個有情緒的人。」

卡夫卡扶額，倚在桌邊，他將相片拉向自己這一側，惋惜地看著照片裡的塗鴉。

漫長的談話讓身旁的女孩不知何時睡著了，嫣紅的唇瓣上仍沾著牛奶漬，口裡呢喃著撒嬌般地夢話。

「小西，這不是六翼天使的紋章，而是熾光育幼院的。你甚至根本不用特地下來這趟，除非你變得懦弱到連面對過去的勇氣都沒有。」

巴洛切凝視著嘴帶笑意的男人，靜靜聆聽傳至耳邊的細微鼾聲。

目前已知的事情：

＊底層

莫爾赫斯地表以下的區域一律稱作「底層」。

由於人類聚落往往是以教堂和醫院為中心發展，因此在橫向擴張的同時人們也會試圖從天空與大地借取居住空間。

發展歷史和地緣等因素，城市的工業幾乎都集中在底層，也造就了它猶如迷宮般的環境。

＊性悖軌法

廣義的性悖軌法包含任何以非生殖為目的從事的性行為，狹義上卻只針對男性之間的性活動。

性犯罪的審查也包含在審判庭的工作中，但由於近代對人身自由和隱私權的新詮釋，過去那條可以把人逼上絞刑台的律法已逐漸淪為審判官彼此間的笑話。

＊贖罪券

教堂附近常常有小販兜售的紀念品。購買的人可以在上面寫下自己想懺悔的事情，然後綁在教會設立的專用架上，如此一來神（大概）就會赦免其罪行。

由於人類本質上是喜歡窺探他人私生活的生物，所以有人會故意在贖罪券上寫下仇家的名字，藉此詆毀對方名聲。

＊手工餅乾

常被拿來跟贖罪券一起賣。通常是奶油或巧克力口味。

Ch. IX　赤翡翠

整座工廠至少有上千坪。莉茲沿著廠房周圍繞了一圈，但她無法確定自己身在何處，因為這裡所有建築物都被拼接在一起。前一秒可能還走在某條紅磚道上，回過神來，就鑽進了和維修管道沒兩樣的小徑。

她一邊躲避頭頂落下來的汙水一邊向前行，白薔薇的腳步緊跟在她身後。巷弄的寬度不允許兩人並肩而行，但莉茲總覺得即便她們今天走在地表的執政官大道上，德拉諾爾也絕對不會和她拉近距離。

無所謂，反正莉茲也沒有和人閒聊的興致，她只是覺得有點煩。不知是本性使然還是職業病，哪怕是一點風吹草動都足以讓德拉諾爾疑神疑鬼。三不五時就會要求莉茲停下，確認那些怪聲的來源。

「我發誓那影子有六條腿！」德拉諾爾說。

「別想那麼多，說不定是有熊在打架。」

「熊不會有六隻腳，而且為什麼底層會有熊？」

「誰知道，但我很肯定一頭熊是打不起架來的。」

「萬一是受腐者呢？」

「哦，肯定不是。所以別再追究了，我反倒擔心妳看了會變成受腐者。」

「歷史上沒有因為看見受腐者而墮落的例子，墮落的主因還是得歸咎於生活習慣不檢點與既有的思想不潔。」

「這是雙關語，不要逼我解釋，我不會這麼做。」

德拉諾爾說她不是第一次來底層，如果每一次她都非得那麼神經質，那莉茲將由衷替她過去的同行夥伴感到悲哀。

離開霍華德家後，兩人利用德拉諾爾的身分通過檢查哨，接著又買了車票，搭到鏡片工廠位處的東南機場站，從一臉要死不活的站務員那裡問到路後，憑著手上的地圖和少女的第六感，總算看到那座外牆塗著科倫拜家徽的工廠。

然而工廠的大門深鎖，保安哨所也空無一人，裡頭傳來發動機運轉的聲音，有幾扇窗戶透著火光，看起來不像停業，但也明顯沒有接待外客的打算。

沿途經過許多商家，也有不少岔路，但怎樣都不像是一間企業應有的門面。繞了一圈，回到緊閉的大門前，莉茲不但不覺得遺憾，反而很感謝自己沒有迷路。

兩個女孩站在廠房前，三樓窗戶裡的光亮盯久了有種熟悉感，莉茲想起那跟該死的緊急照明燈是同個顏色。

「還是我們打通電話？」德拉諾爾提議。

「打給誰？審判官嗎？」

「打給亞利山卓・科倫拜。去找個話亭，我有把號碼抄下來。」

「別開玩笑了，妳打算怎麼跟他說？說妳是來送披薩的？」

「請他接受審判庭調查。就算我手上沒有搜索令，相信他也會樂意配合，只要他真的是善良守法的好公民。」

「不如我現在幫妳租輛腳踏車，讓妳直接騎到他家門口。順路的話還可以替妳買件合身的白襯衫和領帶。」

「我沒有要傳教。」

「那就別急著打草驚蛇。」

三樓窗戶旁邊有一條水管，一路延伸至一樓，緊鄰處還有別棟大樓的消防梯。莉茲認真思考透過非正規手段潛入的方式。

但就像稍早的推論，科倫拜家在命案中是扮演受害者的角色，若單純因為其家族成員的聯絡方式出現在邪教團夥的電話簿上就斷定其嫌疑，多少還是有些武斷。

這問題莉茲不是沒想過，只是眼下除去斑鳩，就僅有這條線索。再說東南機場也的確是命案好發地。

也許根本不需要繞那麼大圈，直接找斑鳩當面問清楚就行，但三年前斑鳩隱藏了太多秘密，這些秘密讓莉茲沒有冒險的籌碼。

咕嚕——

聽見奇怪的聲音，莉茲側過頭，看見德拉諾爾羞紅了臉，正抱住自己的肚子。

「妳放屁？」

「……不是，是肚子在叫。」

莉茲拿起腰上的懷錶，現在時間將近下午三點，她還沒吃午餐。

「也是，大家都知道白薔薇只會拉彩虹出來。要先去吃點什麼嗎？填飽肚子才有力氣做事，薪水高的人付錢。」

「妳為什麼能若無其事地把這幾個句子組合在一起？」

「可能是因為我學過修辭學。」

剛才繞行工廠時有看見不少商家，其中也不乏餐館。雖然沿途路上幾乎沒有行人，搞不清楚把店開在那裡是想做誰的生意，但換個角度想，既然工廠今天歇業，代表平時街上肯定會更熱絡些……吧？

莉茲和德拉諾爾走回剛才的小巷，因為那條臭氣熏天的小巷已經是這附近最寬敞的路了。莉茲問德拉諾爾想吃什麼，德拉諾爾只是聳聳肩說隨便，莉茲捏緊拳頭，她沒交過男女朋友，但她忽然能想像擁有伴侶會是什麼感受。

她挑上一間位在瓦斯整壓站旁的麵館。麵館的二樓看起來像是普通的住宅，再往上去被雨棚遮住了。牆上有一些像是民族畫的塗鴉，一旁的手繪海報寫著「天國近了，你還甘願老死在這嗎？」搭配一顆靈長類的顱骨抽著大麻菸。地上有一坨麵，顯然未經充分消化後就被吐出來，但莉茲更不想看到它被消化後的樣子。

「就這？妳認真？」德拉諾爾半邊臉的肌肉正微微發顫。

「不然妳也可以去對面。」

德拉諾爾轉過身，望著對面的燒臘店。漫天的蒼蠅圍著懸吊的動物斷肢飛舞，頭髮半禿的中年老闆正在剁碎某種圓筒狀的肉塊，德拉諾爾甚至無法肯定那是不是豬肉。穿在老闆身上的白色圓領背心蓋住了濃密的胸毛，以及散布兩點的金屬圓環。

「……妳會幫我吃豆芽菜嗎？」德拉諾爾問。

麵館內，三張四人桌搭配一個狹長型吧台，頭髮紮成馬尾的女老闆正在吧台後看報紙。除了其中一張桌子有一男一女正在吃餃子以外，店內再無其他客人。

看見兩個女孩進店，老闆出聲招呼，但招呼聲最後卻變成了呵欠。女孩們在吧台前入座，她把菜單連同蠟筆推到兩人面前。

莉茲看了看菜單，問道：「有沒有什麼推薦的？」

「推薦妳們試試看餃子。」老闆指著角落的男女說。

「明明是麵店卻推薦餃子，真特別。」

德拉諾爾不經大腦的言論並沒有引起老闆不悅，反而讓她露出笑容道。

「因為餃子是請工廠代工的，萬一妳們吃壞肚子我不用負全部的責任。」

「好吧，給我十粒。阿白妳咧？」

「不要亂幫人取綽號。我也一樣十粒，再給我一碗肉燥麵不要放豆芽，一碗貢丸湯不要放蔥花。」

「別擔心，妳說的那些東西我們這都沒有。」

女老闆溫柔地笑了笑，便收走菜單轉身開始忙碌了。

「等吃飽後妳有什麼計畫？」德拉諾爾問道，並放下肩上的背袋。

「不知道。」莉茲聳肩。「再回去看看有沒有人，沒有的話就找方法溜進去。」

「或者我們也可以先去看看命案發生的地點，附近的住戶可能有目擊到案發經過。」

「就算有，審判庭應該早就調查過了吧？」

「底層人口流動複雜，審判庭找的只是戶籍登記在附近的居民，實際住在那的可能根本不是同個人。」

老闆在煮水餃，那對男女正悠哉地聊著跟廢五金回收有關的話題。確認沒有人注意自己後，德拉諾爾調整裙擺，又拉了拉白絲褲。雖然正值冬日，連身裙本身沒什麼不妥，但她已經好一陣子沒來底層，完全忽略這裡一年四季永遠都維持相同的燥熱，大腿內側的汗水讓她相當難受。

「要是有下次，我還是希望能穿制服，至少會吸汗。」

「我倒覺得這件衣服很適合妳，滿漂亮的。」莉茲說。

「就算妳誇獎我我也不會高興哦。」

「別緊張，今早出門前我也對家裡的南瓜說一樣的話。」

二十粒水餃分成兩盤端上桌，不一會兒的功夫，肉燥麵跟貢丸湯也來到德拉諾爾面前。

「妳遠比外表看上去來得能吃。」

在見識到德拉諾爾把餃子塞進嘴裡的速度後，莉茲又補充道：「而且吃很快。」

「這是訓練出來的結果。」德拉諾爾故意不看向莉茲。「拜某人所賜，曾經有好長一段時間我都沒喝到營養午餐的牛奶。」

「哪裡來的臭乞丐？」

「那個人就坐在我旁邊。」

「沒看見呢。妳的幻想朋友？」

莉茲假裝探頭望向德拉諾爾身旁的空位，一邊嚼著水餃餡。

德拉諾爾瞥了同伴一眼，抿起嘴唇，接著以不在乎的口氣說道：「反正吃飯很浪費時間，這也不是壞事。」

「但長不高不太好吧。」

「除非妳還有再長高，不然我們應該只差零點五公分。」

「妳真該把記憶力拿去記更有意義的事情。」

「連教宗名字都記不起來的人沒資格說我。」

又一個客人進來了，那是個身形佝僂的老者，他鑽過門簾，環視了店內一周，最後把目光留在兩個女孩身上。老人凝視了許久，卻什麼也沒說，舔了舔上唇，故意在店主遞出菜單前走出門外。

德拉諾爾沒有開口，只用眼神示意莉茲。「別問。」莉茲說：「問就是戀童癖。」

「但我們十七歲了。」

「那些人渣在法官面前也會說他以為妳成年了。吃完趕快把鏡片工廠的事處理掉，我今天不想見血。」

德拉諾爾點點頭。她難得和莉茲抱持相同看法。

倒是女老闆聽見兩人談話的內容，主動說：「工廠沒開喔。」

德拉諾爾很慶幸老闆沒聽見莉茲的計畫，隨便敷衍了一個藉口，說她們和人有約。

「兩個十七歲的小姑娘是能有什麼約？」老闆意味深長地笑了。「不過也不用告訴我妳們來這做什麼，造化主上不喜歡人們知道太多。我只能勸妳們打消念頭，這陣子應該都不會有人來上班。」

德拉諾爾猜得到原因，但還是問道：「為什麼？」

「聽說董事長家裡死了人，現在內部亂得很。」

又一個客人進來了。他挑上兩人身後的位子，這次老闆很迅速地就遞上菜單。

「原本是給底下的幹部管理，但最近連幹部都被叫回地表給人抬棺材，所以乾脆給全部人都放假去了。不然我這邊的生意平常可是……喔，歡迎光臨。」

像是故意要推翻老闆的說法，又有兩個人走入店內，一男一女，占下了最後一張空桌。

「已經休息幾天了呢？」

「至少兩、三天有。」老闆看了一眼那幾個客人，大概是想找這之中有沒有熟面孔，但從她默默走回廚房的反應就知道事情沒那麼順利。

詭異的是，方才進店的三位客人，每個人拿到菜單卻一眼也不看，雙眼直勾勾地望著吧台的方向。

又有三個客人進來了，填滿第一個客人附近的三個空位。老闆肯定也察覺異狀，正猶豫著要不要招呼，因為那三個人入座後沒多久便開始盯著櫃檯前的女孩們瞧。

小小的店塞滿了人，最初來到的那對男女發現氣氛不對，匆匆付了帳，在他們走出店後，新的客人再度湧進來，其中一個還是剛才那神情詭異的老頭，他又回來了。

「莉茲。」德拉諾爾低聲道。

「不要問，問就是——」

「比例最好會那麼高啦！」

「姑娘們，如果你們之中有人發現餃子不新鮮的話請容許我道歉。」

老闆不屑地掃視著那群罷占著位子卻不肯點餐的奧客，幽幽地說。

「要是誰有內急，右手邊門簾進去走到底，左轉就是了。」

德拉諾爾和莉茲同時從位子上站起身。白薔薇抓起背袋，從袋中拿出一張紙鈔放到櫃檯上。「不用找了。」她說，接著便和莉茲一起穿過門簾。

兩人的腳步匆忙，就算經過廁所也沒有停下。她們照著老闆指示走到長廊的盡頭，果然看見逃生口的鐵門。後方開始傳來腳步聲，緊接著幾個人影朝她們奔來。

莉茲推開門，來到一條陌生的小巷。小巷兩端不見任何人影，她立刻甩上門，阻絕那些令人不安的叫喊聲。

「有什麼想法？先說好，我今天的行程沒給任何人知道。」

「我也沒有。」德拉諾爾說。「除了審判官。而且如果他們早有預謀，那為什麼不提早動手，把無辜的店家捲進來有什麼好處？」

「說不定他們想吃餃子。」

「說實話，那餃子糟透了，我甚至覺得老闆應該付我錢。妳有看到一開始進來的那個老人吧？肯定是他把人帶進來的。」

「帶進來做什麼？大家一起看白薔薇吃飯？」

「我不覺得欣賞別人用餐有什麼有趣的。」德拉諾爾嘆口氣。「這個問題可以等一下再煩惱，得先想辦法離開這裡。」

小巷比剛才所走過的任何一條路都更為狹窄，牆上的空調室外機和熱水器時常妨礙人通行。與其說是巷子，不如說是兩棟建築間的夾縫。

莉茲一邊忍受著廢氣一邊穿梭在管道與線路之間。她想起曾在電視上看過的綜藝節目，被判處死刑的參賽者會被扔到一個籠子裡，裡面到處都是通電的鐵絲，為了逃出去參賽者只能冒險穿過鐵網。現在的她彷彿也在玩類似的遊戲。

幸運的是，就算被絆倒、跌個狗吃屎，遊戲也不會結束；不幸的是，就算走到終點，遊戲仍得繼續進行。

當莉茲和德拉諾爾走出巷子時，已經有許多人在等待她們了。這是座迷宮般的城市，從當地居民眼下逃走本來就是妄想。

性別、年紀還有外貌，十幾個人之中幾乎找不到共通點，他們的穿著樸素，可以看見衣服上有許多補釘，就像一個標準的底層民眾。其中幾人披著斗篷般的罩袍，罩袍底下有不自然的隆起。

德拉諾爾拉開背袋的拉鍊，莉茲也將手伸向腰際，確認斧頭仍舊收在衣服底下。

「莉茲．波頓，如果覺得有危險就不要猶豫，哪怕對象是老人，甚至小孩。」

「妳難道不曉得我的專長就是應付老人跟小孩？」

莉茲觀察人群的神色還有動作。出了巷子地形較為寬敞，就算人群一擁而上，在這迎敵也好過被阻擋在巷弄間。她只擔心對方持有火器，混亂中她沒有信心能躲開槍口。

不過，就像剛才在麵店時一樣，這群人並沒有表現出敵意，其中有人甚至十指交握，嘴裡叨唸著不曾聽過的禱文。

他們的臉上不帶有悲傷，或是憤怒，甚至有些人還面帶微笑。那是相當複雜，也相當古怪的神態。莉茲花了一點時間才想起她是在哪見過這些表情。

在教堂裡。

在那些於造化主遺骸前虔誠膜拜的信徒臉上。

一個老人推開人群，朝兩人走近，是那眼神黏膩的老頭，但此刻老人的雙目已不再混濁，反而呈現一種近乎於少年的通透澄澈。他的雙手摀著胸口，向兩人嶄露笑容。

「我現在知道白薔薇的粉絲群很廣了，但妳真的該好好檢討一下自己都養出了怎樣的粉絲。」莉茲的手肘碰上德拉諾爾的手臂，抽出原本探進衣服夾層裡的左手。

「就是因為反對個體的英雄崇拜我們才會捨棄名字……他們到底是怎麼認出來的？」

「妳的長相可能很有記憶點。」

「妳是在誇我還是在損我？」

兩人爭辯時，老人已經走到她們面前，莉茲甚至看見老人的眼角流下了淚水。

「讚嘆造化主。」老人用那乾澀的聲音緩緩說道。「我就知道，您不曾拋棄過我們。」

看見從老人雙眼潺潺落下的淚珠，莉茲想到了更多可以用來挖苦德拉諾爾的話。

但就在她正打算開口時，老人跪下了。

隨著老人的雙膝著地，周圍的人群也模仿他的動作，一同跪拜。

莉茲忘記她想對德拉諾爾說什麼了。

因為群眾們跪拜的對象並不是白薔薇。

而是自己。

「即便此刻，您的羽翼未豐，我依然能認出您……腥紅的天使。」

老人張開雙手。在他敞開的襯衫衣領下，有一團狀似昆蟲觸鬚的部位正蠕動著。

莉茲看見了，德拉諾爾也看見了，赦罪修女在白薔薇抽出劍柄的前一刻抓住她的手臂，搖了搖頭。

接著，她深吸一口氣，用和老人相仿的和緩語氣說。

「是哪部經書跟你們說天使會坐在麵店吃餃子？」

*

造化弄人，人一輩子得碰上多少狗屎懶蛋人就有多少狗屎懶蛋事。

有人睡一覺醒來發現自己變成一隻大蟲子，也有人做了一場夢，認為自己根本就是一隻大蟲子。

但沒有什麼比一回過神就成為蟲子們的偶像更糟糕的了。

走在最前頭的，是個穿著普通工作服的男人，他手裡提著一盞燈籠，人群跟在他身後。莉茲位處隊伍中間，前後左右都是那些穿著罩袍的人，他們肯定比其他信徒擁有更高的地位。在用人牆包圍莉茲的同時，卻又始終和她保持一定距離。

屈就於某種集體意識以及「總之先觀察看看情況」，莉茲請德拉諾爾暫時容忍這群異端的存在，德拉諾爾也明白放長線釣大魚的道理，儘管肩上的背帶都快被她捏斷了，她還是安分地跟在莉茲身邊。

「妳覺得他們要帶我們去哪裡？」德拉諾爾低聲問道。

「奶與蜜之地。」

「那是哪裡？」

「沒有我亂講的。」

除了兩位修女，隊伍中沒有人對目的地提出質疑，彷彿大家都知道接下來該往何處去，帶頭的男人充其量也就是替大夥提供照明，避免視力不好的老人摔倒而已。

莉茲感覺到他們正往底層深處前進。同樣位處地底，那些地下鐵到得了的地方都還算發達，但再往下走，電力就無法覆蓋整條街道，伸手不見五指的視線死角越來越多，路徑也變得更加崎嶇難行。

「那他們叫妳腥紅天使又是什麼意思？」

「我承認我每個月平均會有五天變得滿紅的，但不是現在。」

「妳到底有多愛這笑話？」

「妳不懂，這是苦中作樂。」

路上已經看不見街燈了。除了男人手上的燈籠，光源都來自各戶民宅，但底層深處的居民遠比莉茲所想的還多，僅憑家家戶戶的燈火，還不至於看不清腳下的路。沉默的遊行仍在持續著，有德拉諾爾在，此時莉茲擔心的反而不是無法從邪教集團中脫身，而是找不到回地表的路。

走在最前面的男人停下，停在一扇大約高三米的門前，建築本身依舊和其他房舍連在一起，但鐵皮與水泥磚的界線讓莉茲看得出來這是一座倉庫。

「貝利亞耶夫，貝利亞耶夫！老傢伙，你在吧！在的話就回應一聲，我自己會開門！」男人大吼，敲打著門板。男人身旁的小孩、婦女還有那些穿著罩袍的人自行讓出道來，他們望著莉茲，像是要她向前。

莉茲邁出腳步，聽見厚重的門扉發出嘶啞的呻吟。一個青年推著輪椅出現在門的另一端，輪椅上坐著一個老人。

「請別見怪，小布魯諾，你父親說他耳朵不好，非要我喊大聲一點。」

「沒事的，林叔。」青年靦腆地笑了。「一聽到消息，爸爸就堅持要在門口等，等到都睡著了。我很感謝你們的關心，但我實在很難相信……」

「你要是不信，就親眼瞧瞧吧，小崽。」

那個受腐化的老頭從人群中走出來，粗魯地將帶頭男人推到一旁，指著莉茲喊道。

「你不是你父親，你不知道拖著這流膿的身子被那些狗娘養的東西追著跑是什麼感受，你不知道當我看見祂時，心裡有多麼的歡喜，如今祂現身在你面前，你又怎能否定祂的存在？」

青年注視著莉茲，微張著口，快速地眨了眨眼。

「我、我不確定。爸爸說他沒有機會與祂交談，所以……」

「但這相貌是騙不了人的，無論頭髮、眼睛……五官都和祂一模一樣。我腦袋可能是不靈光了，但唯獨那天什麼也沒忘！你應該讓你父親也瞧瞧，對呀，為什麼不讓老貝利亞看看呢？造化主的使者替咱倆的老命給了寬限，那必然有祂老天爺的安排……」

青年遲疑了一下，但在群眾的簇擁下，他只能推著輪椅朝莉茲走來。莉茲看見輪椅上的老人，老人的四肢蜷曲、身材枯瘦，鎖骨上方的腐化組織讓他的脖子往一個怪異的方向扭曲，但胸口的起伏證明老人依然活著，腐化部位像一張嘴，嘴的周圍長著人形肢體般的觸手，正中央還有一顆形如眼球的軟體組織。

撇除那些生來就不具人形的嬰兒不談，老人可能是近來莉茲接觸到的患者中，狀況最為嚴重的一個。

「腥紅的天使，父親與他的教友們總是如此稱呼您，倘若這樣的稱呼造成您不快，我願意替他道歉。但兩個月前，是您替這位本應死於騎士之手的老人予以救贖，自此，父親的夢想就是能再見您一面。」

人聲沉寂了，他們望著莉茲，觀察她會採取什麼反應。莉茲瞥了一眼德拉諾爾，但白薔薇只是稍稍瞇起眼瞪著她。莉茲不確定該怎麼做。如果斑鳩在身邊、如果場景是在地表的某座老人安養機構，她會毫不猶豫地替老人終結痛苦，但老人脖子上那些蠕動的觸肢顯然不希望她這麼做。

於是她伸出右手，輕輕撫摸著那些潰爛的肢體。觸手纏在她的指節上，黏液滲進關節裡，溫柔地將人偶的右手包裹住。

沉睡的老人緩緩睜開眼，發出了沙啞的低吟。

青年將耳朵湊近老人嘴邊。老人在他耳邊說了長串的話，聲音模糊，但莉茲離得夠近。那聲音遠比她所想的還要年輕，彷彿是一個男孩。

「是她……我美麗的、那沐浴在騎士們鮮血中的……天使。」

老人扭動著身體，像是一具操線人偶，左腳踝關節呈現九十度彎曲，卻不可思議地站了起來。他敞開雙臂，試圖擁抱莉茲，但那隻廢了的腿絆住他，讓他的身體隨重力向前傾倒。

不……

在老人著地前，莉茲驚訝地發現自己竟將他擁入懷中。老人脖子上的觸手攀附在莉茲的肩膀上，像是在舔拭她的肌膚般，留下大灘黏液。

一股來自本能的巨大噁心感頓時湧上莉茲心頭，但同時又有某種力量讓莉茲無法放手，甚至將老人摟得更緊。德拉諾爾目瞪口呆地瞪著她，但就連莉茲也不曉得這麼做的理由是什麼。

她只聽見人們爆出歡呼聲。

是天使！天使就和祂的主一樣，是深愛著我們的！祂至始至終都不曾放棄我們！我們才是造化主真正的子民！

人們喊著、如此宣稱著。他們說那群遭殺害的騎士才是被偽典引導至錯誤方向的羔羊，正因為有他們的死才能換得造化主神僕的寵愛。

莉茲逐漸鬆手，老人在青年的攙扶下坐回輪椅。青年看莉茲的表情變了，變得和老人一樣，那麼地虔誠，甚至是喜悅，他抹去眼角的淚珠，不停說著：「謝謝、謝謝您，謝謝您讓我知道父親是對的。」莉茲知道，他感謝的對象正是造化主。

小布魯諾替莉茲打開門，同時也為所有尋求救贖的遺民敞開大門。倉庫是他父親，這位名叫貝利亞耶夫的老人的布教所，同時也是群眾們的聖堂。

莉茲在那些穿著罩袍的人的引導下走入教堂。當其中一個女人朝莉茲伸出手時，莉茲看見她那長著牙齒的虎口。

她被女人領至最前排的位置，德拉諾爾也跟在她身邊。教眾們對德拉諾爾的存在並沒有提出過多質疑，有人說她同樣是天使的信徒，也有人說她是另一位天使，但顯然這之間的歧異並沒有要在這場布道中化解。

是呢，這是場布道。當越來越多的人們湧入教堂，更證實了莉茲的猜想。儘管這裡原本是座倉庫，但擺上長椅和講台後，儼然就是一個小型的宗教集會所。隱約中，莉茲似乎聽見有人的哭喊聲，但她不能確定哭聲是來自於人類，還是某個人身上受腐化的部位。她的腦袋一片混沌，混沌的原因不是這些墮落的存在，而是人們持續高漲的亢奮情緒。

小布魯諾推著貝利亞耶夫來到講台旁，他用與外表不符的宏亮嗓音喊道。

「各位兄弟姊妹，自我父親踏上朝聖之旅後，已過了半年。兩個月前，地表的騎士們找到了他，這讓我思索了很久，造化主是何等無情，為什麼要對一個終其一生都奉獻給祂的老人如此殘酷呢？」

莉茲觀察周遭人反應，許多人聽了，神色嚴肅地點了點頭，甚至還有女人拿出手帕拭淚。

反倒是身旁的德拉諾爾，摀著嘴巴，一副快要吐出來的樣子。

「但事實證明，所有的質疑都僅僅是證明我有多麼愚蠢，當我怨懟造化弄人時，父親依然深信著我們的主，也深愛著祂。他的祈禱、他的修行，最終證明一切並沒有白費，因為造化主一直注視著他，並在我父親最需要的時候將祂最愛的僕從派遣至他身邊，那是祂向我們這些血肉凡軀表達愛意的方法，祂是愛著我們的。」

小布魯諾彎下腰，將唇輕輕貼上父親的臉頰。

「當然，這還不夠，因為你們之中必然也有許多人如我，如我一般總是在信仰的道路上不斷摸索、陷入迷茫。偉大的祂深知子羊們容易迷失，所以慷慨地賜予我們一同見證奇蹟的機會。那甚至不是奇蹟，因為天使……因為天使就在我們面前。祂可以被觸碰、可以交談，祂就像我們一樣，因為我們是祂最驕傲的孩子，所以祂讓我們能和祂享有相仿的外貌。」

說完，小布魯諾來到莉茲面前，跪下單膝，並將右手放在心窩上。

「腥紅的天使，只願您能讓更多人知曉您的存在。他們需要您才能理解這世界依然是可敬可愛的，您是他們黑暗中的曙光，讓他們理解，我們才是造化主的選民，而不是地表那些崇拜著虛假聖骸的騙徒！」

莉茲回頭，不知不覺間，整間教堂已經塞滿了人，早已超出那時隊伍的人數。

「莉茲．波頓，再繼續下去妳真的會變成乞丐皇帝。」德拉諾爾以旁人聽不見的音量輕聲說道。

「不然妳有什麼計畫？」

「把那對父子帶回去審判庭。」

「給審判庭交寒假作業是妳下來的目的嗎？」

「不是，但不能放任他們繼續妖言惑眾。」

「那就別急，看看他們還能玩什麼把戲。」

小布魯諾走回講台，他高舉雙手，拍了幾個響聲。讓一時躁動的局面再度安靜下來。莉茲原以為青年只是想要大家安靜，卻沒想到那是個信號。掌聲甫落，兩個穿著罩袍的人拖著一個頭戴竹簍的人來到他面前。

兩名教徒喝斥囚犯跪下，角度還要正好面對莉茲。莉茲看見那人身上穿著鎧甲與護具，連同胸前的騎士勳章被染上汙濁的血色。

小布魯諾再次將頭湊近父親嘴邊，老人的嘴唇沒動，但青年卻像是理解了什麼似地，頻頻點頭。

「我父親，也是大家所敬愛的導師，貝利亞耶夫告訴我。我們或許在向造化主祈求垂憐，但同祂要求施予卻是不智的，祂賜予我們智慧，我們應當用智慧克服難關，所以我們得向祂的使徒證明，我們有能力保護自己。一切並非巧合，我父親認為，這正是天使今日降臨我等身邊的原因，我們要讓祂理解，祂珍視的子民必不會讓祂蒙羞。」

說完，他揭開那人頭上的竹簍。騎士的臉上滿是傷痕和瘀血，看起來鼻樑被打斷了，一隻眼睛也被弄瞎，他的年紀大概不到二十歲，恐怕不久前才剛獲得自己的勳章，不難想像他在被送來教堂前已經歷了多少折磨。

「如果那些信奉著偽典的騙徒要放任他們飼養的獵犬撕扯兄弟姊妹的血肉，那我們就將牠們的頭顱一一斬下，送回主人身邊，如此獵人才能明白自己也有成為獵物的一天。」

小布魯諾揪起騎士的頭髮，騎士用那被割開的嘴不停喊道：「不要……求求你們……請不要這樣……」

「聽哪！騙徒的鷹犬在向我們求饒，倘若他所信奉的神明也會賜予其救贖，那為何至今仍不肯現身呢。因為他的雙眼被謊言所遮蔽，看不清真理。」

他將騎士的頭顱壓向莉茲。

「至少，他是幸運的，能在最後用他的生命見證真理的代行。腥紅的天使啊，您看見了嗎？我們不會貪婪地要求您無時無刻抵禦狼群，我們想讓您知道，祂的子羊們也會嘗試反撲。」

一名教徒來到騎士身邊，他高舉著手中的屠刀，就像劈砍樹木般往騎士的喉嚨斬去。

「抱歉，莉茲。無論怎樣我都不能見死不救。」

莉茲依稀聽見少女的聲音。一眨眼，她看見一道弧光從教徒的手臂閃過，下一秒，從手臂斷面噴湧出來的血柱讓那人發狂似地慘叫。

「什麼——」

小布魯諾還沒掌握狀況，身旁的教徒頭部已經被劍刃貫穿，當他倒下時，變異的雙腿仍在布袍下蠕動著，它們從中竄出，卻立刻迎來與那隻手臂相同的命運，黃綠色的膿汁灑濺整個布道台。

兩個教徒拿起草叉和火把，試圖捕捉那灰白色的身影，但在他們來得及碰到少女前，其中一人便先被踹倒，白薔薇劃開他的腹部，讓他跪倒在地，捧著自己流出來的內臟，發出乾嘔。落地的火把很快爬上他的身軀，他在熊熊烈火中發出野獸般的哀號。

「該死！什麼鬼東西？」那個拿著草叉的人咒罵，他奮力往德拉諾爾的方向突刺，但草叉卻被少女徒手捏成兩段。德拉諾爾沒有退開，反而撞向他，將劍刺入他的腹部，並隨著一次揮砍，那塊在他腰部孳生的腐化組織被削下，在他燃燒的夥伴懷裡化成灰燼。

台下的人開始逃命，一些人卻選擇留下來，當他們終於看清少女面貌時，其中一人尖叫道：「是審判庭！他們找到我們了！」

「蠢貨！審判庭沒理由找上來……天使，對，這一定也是造化主的安排，這是祂給予我們的試煉！」一名教徒從懷裡抽出小刀，他的嘴部變異得就像沙蠶的口器，他一邊大吼一邊朝德拉諾爾奔去，但在他把話說完前，半邊腦袋便先和身體分了家。

「莉茲，如果妳只想看戲的話至少替我把那騎士拖到安全的地方。」

德拉諾爾輕鬆地擋下如潮水般湧上來的教徒。她對殺戮並不陌生，麻煩的是此時阻擋在她面前的有受腐者也有人類，如果攻擊她的是人類，她會用白薔薇打掉對方手裡的武器，如果是受腐者，那她會賜給對方迅速而寧靜的死亡。

她想起審判官曾問過她的問題，她給他的答案是：未曾有一名人類死在白薔薇手上。死去的它們，必然不配為人。

扭曲的慘叫聲迴盪在破敗的教堂裡，火勢依舊在蔓延，吞噬來不及逃走的群眾，地上到處都是怪異的生物組織以及臨時撿來的拼裝武器。

混亂之際，莉茲來到騎士身邊，替他解開繩結，並將他一路拖到角落。有幾個教徒面露困惑地望著她，但德拉諾爾的存在讓他們決定暫且放下疑問，全力保護老貝利亞的安全。

「來這裡。」

莉茲猛地轉過身，看見一個男人正躲在陰影處向他招手，男人也穿著教徒身上的罩袍，但看上去有些奇怪，當所有信徒都陷入恐慌或瘋狂時，只有他依然維持冷靜。

男人似乎沒有其他同夥，如果他想打什麼歪主意莉茲也有辦法用斧頭搞定。她將騎士拖到男人身邊，沒想到男人卻主動背起騎士。

「叫白薔薇也過來，快點。」

男人踢開腳邊的木板，一陣惡臭立刻灌入莉茲鼻腔，此外她還聽見潺潺的流水聲。

「德拉諾爾！」

德拉諾爾點了點頭，一腳踹開圍上來的教徒，離開前，她揮出了最後一劍，小布魯諾慘叫，那一劍由下而上，將貝利亞耶夫的受腐組織從老人的身體削去，老人的手垂到輪椅旁，不再動了，也許白薔薇從一開始就打算這麼做。

也許那位敞開雙臂，將修女擁入懷中的東西根本不是貝利亞耶夫。

德拉諾爾伸出手，莉茲握住她的手腕，將她拉入陰影中。男人已經先背著騎士爬下下水道了，莉茲踹倒旁邊的貨櫃，擋住那些教徒的去路，並跟在白薔薇之後，攀下梯子，即便漆黑完全包裹住她，教徒們的哭喊聲依舊不絕於耳。

誰說今天不想見血的？

＊

浮木、寶特瓶、浮木、浮木、浮木、屎。

還有屍體。

但不是人的。

是一頭羊，只剩下屁股，之所以知道牠是羊，是因為上半截身體剛好漂過來。莉茲不知道那頭羊是怎麼死的，也不想知道。

曾有一名睿智的審判官說過，如果想知道異端雜種們一天都幹了哪些瀆神的事情，那只要去調查他家的化糞池就行了。

下水道就是這座城市的化糞池。

寶特瓶、浮木、浮木、玩具小鴨。

一隻營養過剩的烏龜從莉茲身邊游過，看來很久以前肯定有哪個臭小鬼把他的寵物龜沖到馬桶裡。烏龜張嘴，伸出青蛙一樣的舌頭，將羊屁股吞進肚裡。莉茲不確定那是不是隻烏龜。

那些教徒沒有追來，也可能他們嘗試過，但下水道的結構太過複雜，這裡沒有地標，無論怎麼走四周景物都一樣。莉茲早就迷失方向，驅使雙腿繼續前進的理由，只是因為前面的人沒停下腳步。

前面的人。

那位主動向她們伸出援手的怪異教徒。

騎士依然趴在他背上，剛才的騷亂嚇得他暈了過去。一個成年男子的體重少說也有五、六十公斤，加上他身上的裝備，男人是如何揹著騎士走上那麼長一段距離呢？但考慮騎士在這段時間受到的折磨，男人更像是在揹一具穿著盔甲的骷髏，可能實際沒有看上去那麼重。

莉茲想著這般無用的事，繼續走著。她沒有向德拉諾爾搭話，德拉諾爾也沒有，兩個女孩身上的衣服都被染成紅色，其中還點綴著一些繽紛的怪異色彩，是受腐者的體液，誕生自本應不屬於他們的臟器。

如果這時開口，聲音可能會傳至水道的其他地方，天知道那些教徒是不是真的放棄了。

另一個原因，她在等男人主動向她們搭話。

烏龜游遠了，牠沒打算吃掉羊頭，可能是因為羊有角，不好消化。

德拉諾爾沒有把白薔薇收進劍鞘，就這麼握在手裡。倒不是為了提防男人突然翻臉，而是因為劍上沾了許多血，如果直接收起來很髒。

旁邊就是水道，隨時可以把血漬洗掉。莉茲本來想如此提議，但看到水面上漂著的東西後就打消念頭。白薔薇是千年來都沐浴在鮮血中的神聖遺產，德拉諾爾肯定不會接受自己開創歷屎先河。

「這裡。」

男人在一座爬滿鏽斑的梯子前停下。

「我先上去，確認沒事妳們再上來。」

說完，他便抓著鋼條攀了上去。騎士被他綁在身後，看起來搖搖欲墜的樣子，以梯子的高度，運氣不好摔下來恐怕會弄斷脖子。

莉茲聽見人孔蓋被推開的聲音。「沒事了，上來吧。」男人喊道。莉茲走在德拉諾爾前面，比起朋友的腦袋被斧頭砸開，她更不想被白薔薇戳瞎眼睛。

視野重新迎來光明，看了看，周遭景物和廠區附近有點相似，鐵捲門上的塗鴉和垂吊的水銀燈管，似乎是某條開設在建築物裡的商店街，雖然大部分的商家都沒有營業，但環境比那間麵館稍微乾淨了些。

男人站在轉角前的店舖，招呼兩人進屋。

莉茲和德拉諾爾交換眼神。如果要跑，現在明顯是個好時機，但她們已經失敗過一次，還剛好被邪教團夥逮個正著，莉茲聽見遠處傳來列車行駛的聲音，如果這裡離機場不遠，那教團的爪牙很可能會在附近遊蕩，這是十粒餃子換來的教訓。

和這座城市相比，她們寧願相信那個一路揹著騎士穿越下水道的男人。

莉茲穿過門。室內雜亂無比，讓她想起鶇的診所，但鶇的室內收藏至少能彰顯她的個人品味，男人的小屋卻更像是間回收廠，到處都是破損的傢俱和工業製品。

「先自己找地方坐，我去泡茶。」

男人說完，揹著騎士走入深處的房間。莉茲從門縫中看到一張床，他應該是想先找地方安置騎士。

「呃，講是這樣講，但哪裡是給人坐的？」

室內是有幾副桌椅，但椅子旁同時也散落著螺絲和鐵釘，彷彿只要輕輕一碰就會散架。

「緊急狀況就別挑剔了。」德拉諾爾將白薔薇放到桌上，隨便挑了個位子坐下。她拍了拍座板，確認沒散架後揚起額頭看向莉茲。

「把蓋子掀起來，妳會發現那是馬桶。」

男人說他去泡茶，但被俘騎士渾身是傷，也不可能就這麼把他擱在床上，男人肯定還會花一點時間處理傷勢。這是個機會，莉茲想。

「……妳要幹麼？」

德拉諾爾問，莉茲隨口回了句：「幫妳找看看廁所在哪裡。」

在看到架上那些修繕工具後，莉茲總算確定回收廠其實是座工坊，工坊的面積不大，雜物與廢品更是壓縮了既有的空間。除了男人的起居室外，旁邊還有一扇門。

「我不覺得這是好主意。」

看見莉茲手握住門把，德拉諾爾說。

「那妳可以用實際行動來阻止我。」

莉茲推開門。室內的格局變了，水泥牆被貼上木紋壁紙，哪怕壁紙上的斑駁清晰可見，也和頭頂的吊燈為房間帶來了有別於外面的溫度。一張圓形的絨毛地毯鋪蓋在正中間，再加上一副桌椅及幾個貨櫃，貨櫃上擺滿人偶的軀幹與頭顱，四肢則懸掛在天花板下，替這本應富有生活感的空間增添了幾分詭異。

莉茲的直覺沒有錯。這裡果然很像鶇的診所，但人偶充其量只能算是鶇的個人嗜好，而男人卻是製造人偶的人。

工坊主人的真實身分是人偶師。

德拉諾爾跟著走進房間，她沒忘記帶上白薔薇。面對滿布室內的人偶殘肢，她倒抽了一口氣。

「如果可以，我比較希望是麵店老闆來救我們。」

「妳還是別指望一個連餃子都懶得自己包的人比較好。」

莉茲往書桌的方向走去，驚訝地發現搖椅上有人。那人留著亞麻色的短髮，穿著工匠的圍裙，乍看之下以為是男孩，但仔細一看，胸前的起伏和女性特有的細緻肌膚說明她應該是工匠的妻子。

「不好意思，我沒注意到有人……」

不對。

莉茲注意到女人按扶在椅把上的手。

她的手指和自己的右手一模一樣，指節同樣由球型關節組成。

莉茲感覺不到女人的呼吸。那不是活人，只是人偶。

和室內其他作品不同，這具人偶的身材更貼近真人，做工也更為細緻。被安放在搖椅上的她，彷彿才是這座工坊真正的主人。

莉茲想看看人偶的長相。

但就在她挪動身體時，一隻手卻擋在她面前。她嚇了一跳，驚呼聲讓德拉諾爾急忙轉過身來。

「抱歉，這裡算是我的私人領域。」

男人露出微笑。他已經換下那身罩袍，換上簡潔的襯衫，頭上還戴著一頂漁夫帽，搭配鼻樑上的圓眼鏡，看起來總算比較有匠人的樣子。

「是我們失禮了，還請您原諒。」德拉諾爾率先道歉，但手卻沒有從白薔薇上移開。

「請問那位騎士……」

「被摧殘成那樣恐怕沒辦法說沒事。」男人苦笑。「新傷我先處理了，剩下的只能等他醒來讓醫生去傷腦筋，但我可以保證他在這裡很安全。」

「謝謝你。只憑我們兩個人很難帶他一起逃出來。你似乎不是他們的一分子，以當時的情況，你其實可以不用選擇冒險。」

「如果我告訴妳這是一時的惻隱之心，妳願意相信嗎？」

「的確沒辦法讓人滿意，但造化主在上，這番話既然出自地表公民之口，我也只能欣然接受。」

莉茲在一旁聽著兩人對話。她知道德拉諾爾真正的目的是想確認對方身分。

「妳不覺得我有底層人的樣子？」男人反問道。臉上依舊掛著笑容。

「我無意冒犯。底層人若是受傷了第一時間肯定不會想到要找醫生求助。」德拉諾爾舉起手裡的劍。「除此之外，他們也不會一眼就認出白薔薇。」

「因為那孩子是名騎士，如果連醫生都不肯救他，那恐怕只能靜待造化主的召喚。至於白薔薇，我想我沒有忘記她的理由。」

「你是指？」

「出去談吧。我換了新茶葉，是朋友送的，如果兩位不趕時間的話。我希望有人能替我嚐嚐味道，畢竟上等的瓷器也只招待貴賓。」

他壓低帽簷，站在莉茲與人偶之間，巧妙地用身體擋住了人偶的臉，莉茲看不見她的五官，也看不見他的眼睛。

*

關於自己的來歷，名叫卡夫卡的男人並沒有提到太多。他在二十年前從池谷關的工學院畢業，之後來莫爾赫斯定居，五年前因技術人員的身分受徵召參加大清洗，如今只想忘掉不愉快的回憶，而這正是他搬來底層的其中一個理由。現在靠幫人修理水電、傢俱過活，對生活沒有不滿，也沒有期待。

但審判修女不會就此作罷，即便對象是幫助她脫離險境的人。她問卡夫卡出現在邪教集會的理由，也因此從男人口中聽到西佛勒斯的名字。

甚至，兩人還在大清洗時當過短暫的同事。

「小西希望我去探探那些人的風聲。他沒有強迫我這麼做，但我想我幫得上他的忙。」

卡夫卡說到一半，頓了一下，觀察德拉諾爾的反應，但少女的表情沒有任何變化。

「他向來很擅長使喚人做事。我的意思是，他從來不會直白地要人幫忙，但妳會覺得妳該替他做點什麼，老實講這挺要命的，但有什麼辦法呢？那是小西的人格特質，我會說他天生適合做這一行。」

卡夫卡相當健談，甚至有些聒噪。德拉諾爾整理思緒，過濾掉那些無用的資訊，直接問道。

「西佛勒斯什麼時候來的？」

「呃，今天？差不多是快中午的時候。」

底層沒有陽光，但時鐘在工業化的社會裡是很普遍的發明，經過一番折騰，牆上的指針繞了一圈，來到數字八。

卡夫卡偏著頭，像是對德拉諾爾的問題感到不解。

「他只跟我說要回審判庭做交接，沒提到他會去底層。」德拉諾爾說。

「我想我能幫小西解釋。他說這次行動不代表審判庭，所以他只帶了個騎士一起下底層。」

「那個騎士叫什麼名字？」

「我記得是巴洛切。」

「所以他寧願帶那個牛蒡男也不肯讓我跟？」

「阿白，妳的邏輯死了。」莉茲忍不住插嘴。「除非妳會分身術，不然白天時妳應該是被派去鎖匠家裡。」

「安靜，莉茲。妳不懂底層有多危險，這裡到處都是小偷、騙子和暴徒。既然我的職責是保護審判官的人身安全，就絕不能讓任何人做出可能有損白薔薇名譽的行為，哪怕是審判官自己也不行。」

「經過剛才那些鳥事我應該是略懂略懂了啦，但希望妳別忘記我們面前就有一個當地住戶，而且才剛欠對方一份人情。」

「沒關係，我也承認白薔薇說得對，這裡治安確實不好，但至少我們都穿著一條漂亮的褲子。」卡夫卡無奈地笑了笑。「差點忘了，我能直接稱呼妳白薔薇嗎？白薔薇和莉茲，沒錯吧？要是後面再加上個大人變得有點饒舌。」

「當然可以。我同意那些不必要的稱謂很麻煩。」德拉諾爾說。莉茲也點了點頭。

「而且，你剛才說自己有無法忘記白薔薇的理由。」德拉諾爾看了一眼腰上的劍，又很快抬起頭道：「我想你指的，應該是前任的她。」

「五年了，這段時間真漫長，可不是嗎？我今早才調侃過小西，卻沒想到五年後白薔薇還會回到他身邊。這是小西的決定嗎？」

「審判官與修女的組合是由大導師和審判長共同決議。無論是西佛勒斯或是我都沒有宰制的權力。」

「那就是造化主的安排，也可能他不小心得罪了審判長。」卡夫卡說完，馬上意識到自己失言。「不好意思，白薔薇，我不是針對妳，但我想妳可能有聽說前任的死改變了他許多。人都有權利不與過去和解，但小西可是鐵了心在貫徹這句話。」

「如果是審判官私領域的事情我從不過問。」

德拉諾爾依舊板著臉孔，卻被莉茲發現她握緊了拳頭。

「聽起來你們都跟前任阿白很熟，那不知道有沒有哪個好心人能跟我說明一下她發生了什麼事？」

「現在不是開玩笑的時候，莉茲。這個話題不適合。」

「感謝提醒，我看得出來。」

莉茲依然用輕鬆的語氣說著，笑容卻變得陌生，五官彷彿覆上一層薄冰，對故友的疏離感再度侵襲德拉諾爾。

她移開視線，跟工匠互相看著彼此，猶豫著該由誰開口。

「沒有人喜歡聽老不死講古，還是由妳說明吧，還是由妳說明吧，畢竟妳才是繼承她遺志的人。」最後是工匠的一句話讓兩人達成共識。

「五年前的大清洗是通俗化的稱呼。」德拉諾爾平靜地吐了口氣。「實際上是由莫爾赫斯主導，並在周邊城市認可的狀況下發起的異端剿滅活動，對象是西北方一座叫做維爾塔寧的小城鎮。」

「假如這故事很長的話請再幫我添一杯。我喜歡這味道，香香的。」

莉茲舉起茶杯。德拉諾爾無視她繼續說道。

「雖然證據顯示，維爾塔寧確實有受異端腐化的跡象，但教廷下令淨化整座城市的決定也遭受不少批評。其中很多反對聲音是來自教廷內部，甚至有人認為神學院的爆炸案就是因為教廷對征伐的錯誤決策導致。」

「我真希望妳能支持歷史白話文運動。神學院怎麼了？」

「為了獲得民間騎士團支持，教廷和修女會達成協議，讓她們動員所有修道院的姊妹參與清洗，其中也包含六位審判修女。想必妳也清楚，審判修女不僅是對受腐者的重要戰力，同時也象徵修女會承認這場戰爭的正當性。

當修女和護教騎士都離開後，城市剩餘的警備力量只剩下治安局麾下的警備隊，但這些守衛缺乏對抗受腐者的經驗。所以面對受腐者組織的恐怖攻擊毫無應變能力。」

「但也不至於被打得連還手的餘地都沒有。」

「當然，反正這本來就不是他們的目的。莉茲，如果你要讓人感到痛苦，最好的方法絕對不是折磨他，而是在他面前把他子女的肉一片片割下來。恐怖攻擊的目的不是取得任何表面上的勝利，而是散播恐懼。當時學院裡有許多孩子，每個人都來自虔誠的國教家庭。」

「國教家庭，我能想像。」

德拉諾爾注意到莉茲的眉毛抽動了一下，但她明白這時更應該裝作沒看見。

「傷亡很嚴重嗎？」莉茲問。

「不算上受腐者的話，有七名學童和兩位講師喪生，九人皆死於爆炸。」

「這數字不算少。」

「大於零都不算少，但原本還會更多。邪教分子在幾個講堂安裝炸彈，並拿學生當人質。若不是白薔薇，全部人都會被埋在瓦礫堆下。」

「她解決了那些邪教徒？」

「她搜索每一間教室，刺殺每一個看見的受腐者和異端，救出受困的學生，一些留在城裡的騎士也參與救援行動，但速度還是不夠快，不如說，那群邪教徒從一開始就沒有與教廷談判的打算。所以當他們發現同伴倒下，便立刻引爆炸彈，那時候白薔薇還在學院裡，跟那些喪命的學生和講師一起。」

德拉諾爾瞥向腰上的劍，莉茲也追隨著她的視線，並握緊了雙手。

「這故事結束得有點突然。」良久，莉茲才開口道。

「如果妳期待任何英雄主義式的戲劇化發展，那妳應該讀的是騎士文學。」

「是妳身上那把劍要妳把這故事記得這麼清楚嗎？」

「當然不是。」

德拉諾爾說。

「是因為妳哭了，莉茲。」

「當第二天報紙刊登白薔薇的訃聞時，妳哭個不停，哭到德蕾莎女士不得不把妳送去醫務室，哭到我的衣服滿是妳的口水臭。」

「我……」

我想我記得那個哭聲。

莉茲本來想這麼說，但她不能。

因為她沒有真的流淚。

「記得嗎？妳說過妳想成為白薔薇，白薔薇一直是妳最尊敬的人。」

「如果我真的尊敬她，為什麼會想成為她？」莉茲用乾啞的聲音說。

倘若白薔薇的職位出現空缺，必然象徵先代的殞落。

「妄想成為她不就代表我祈求她趕快去死嗎？」

「前任殉難時我們還不到十二歲，我想妳可能沒想那麼多。再說，世代傳承本來就是無可避免的必然。」

「妳在控制情緒？」

「被妳發現了。」德拉諾爾輕笑。「最近技巧有點生疏，一找到機會我就會練習。」

「這不是好藉口。」

「選擇性失憶也不是。」

說完，德拉諾爾轉向工匠。這段期間，工匠已經起身替莉茲斟了三次茶水。

「卡夫卡先生，希望我轉述的內容與你所知道的沒有出入。」

「哪會有什麼出入。」工匠笑著說，但笑容卻十分僵硬。「事情發生時，我甚至不在莫爾赫斯，小西也一樣。我相信妳已經比誰都還清楚了。」

三人的面前都擺著一盞茶杯。莉茲的茶杯又空了，德拉諾爾只在故事進行到一個段落時啜飲一小口，至於卡夫卡，他一口都沒喝。

「地表的那些主教常說，人生的一切，全看個人造化。不這樣想，就會發現我們生命中在乎的很多事情，其實一點價值都沒有。」

卡夫卡緩緩說道，像是在替這段談話做出總結。

「就像今天，我也沒想到會在底層遇到白薔薇和她的朋友，更沒想到我們還是受同一個人所託。」

不過當他說出這些話時，帽簷底下的目光，卻是放在莉茲的右手上。

莉茲驀地想起鶇告訴過她K的事，那個消失在五年前的工匠，同時也是為她製作義肢的人。卡夫卡曾參與過大清洗，房間裡又堆滿了人偶的肢體，無論是用料或作工，幾乎與她的右手無異，莉茲無法不將他和K聯繫在一起。

察覺修女的視線，工匠笑著點了點頭，提著茶壺來到莉茲身邊，在注水的同時，他也在修女的耳邊低語。

「我不會冒失到認不出自己的作品。」

莉茲驚愕地看向卡夫卡，工匠依然面帶笑容。

「人們說你引退了，斑鳩是如何找到你的？他答應給你什麼？」

「請原諒我沒辦法說明，醫生的事情不適合在白薔薇面前談。我曾以為他給我的是承諾，最後卻只得到謊言。」

說話聲輕易被水聲蓋過，但每一個字句仍清楚傳進莉茲耳裡。

「謊言？還有為什麼不能讓德拉諾爾知道？」

「無論西佛勒斯怎麼想，安潔莉卡都不會希望那孩子連同仇恨一起承擔。」

「誰又是安潔莉卡？」

水從杯中溢出，卡夫卡一改方才的語氣，哇哇地叫出聲。

「唉呀！我太不小心了，一個恍神就……真不好意思，莉茲。」

「不，不會。」莉茲仍舊感到錯亂。她沒來得及問出夠多情報，茶水杯給的時間就來到大限。

「我去拿條布來擦。妳們要留下來用晚餐嗎？」

德拉諾爾抬頭望了一眼牆上的時鐘。

「承蒙好意，但修道院有門禁。如果沒有事先申報，入夜未歸會替許多人添麻煩。」

「也是，那還是先等薇薇回來再看看吧。」

卡夫卡剛說完，外頭便響起敲門聲。「師傅！」

是女孩子的聲音。

「幫我開門！快點！」

她來得正好。卡夫卡一時抽不開身，坐在門邊的德拉諾爾替女孩子開門。

「哈、哈，師傅，我確認過了……嗚哇！怎麼是妳？臭臉姊姊。」

「因為我離門比較近。」

女孩從德拉諾爾身旁鑽過，跑到卡夫卡面前，用力拍了一下桌子。「師傅！你猜對了！」

她喊道。

「車站那邊聚了好多人！今天是有什麼遊行嗎？」

「應該沒有。」卡夫卡苦笑。「那些人有什麼特徵嗎？例如穿著打扮，或是說了什麼話之類的也行。」

「看起來沒什麼特別的。」女孩皺眉。「每個人好像都很緊張，似乎在找什麼東西，可惜我聽不到他們說什麼。」

「沒關係，薇薇。你做得很好。」

卡夫卡撫摸女孩的頭，女孩立刻扭了扭脖子，甩掉他的手。

「回地表最快的方式就是搭地鐵，那群人在等我們上鉤。」德拉諾爾說。

「有沒有可能走其他路？」莉茲問。「例如改去別站搭車之類的。」

卡夫卡搓著下巴的鬍渣，視線瞥向德拉諾爾。

「是可以，就怕路上還有他們的眼線。以兩位的能力應該不成問題，但我想妳們在乎的也不是自身安全。」

「不把無辜民眾捲進來是我的原則。再說我也不希望教廷和修女會知道我來過底層。」

「所以才說我們的朋友很擅長給人找麻煩。」

卡夫卡輕笑。

「看來只能建議你們走原路回去了。」

「原路是指？」德拉諾爾問。

「下水道。」

「又下水道！」

「緊急狀況就別挑剔了，還是妳尊貴的身體不允許跟蟑螂老鼠為伍？」莉茲抓到機會趁勢還擊。

「順著水道，最終會走到海邊，那裡有一些老舊的道路，可以通往港區。」卡夫卡說。

「底層人該不會都是走那裡到地表的吧？」

「一部分的人可能是，不過要去地表的方法很多。小西今天也問過我差不多的問題。」

「因為這跟騎士命案有關。」

「我知道。我說的那條路在守衛的巡邏路線中，對妳們沒差，對底層人就得碰碰運氣，但反正大家也習慣了，能活著本身就是種運氣。」

「你不擔心我把這件事告訴西佛勒斯？甚至……你不擔心他告訴審判庭？」

「小西關心的不是受腐者去地表的方法，而是理由。我想這沒什麼好隱藏的，再說，如果他以後還想從我這邊挖情報，就得學會睜一隻眼閉一隻眼。」

「好吧。」德拉諾爾有些不甘地點了點頭。她以為這是條重要線索，沒想到審判官的思路卻和她完全不一樣。

「另外關於那名騎士……」

「等他醒了，我會告訴他是白薔薇救了他。」

「不，這就不必提了，如果可以的話還希望他能替我保密。倒是想請你幫我轉告，請他去找西佛勒斯，我想審判官應該會需要他的證詞。」

「開開玩笑而已，我保證不會忘記。」

卡夫卡和莉茲兩人來到門邊，德拉諾爾也從位子上起身。大概是想安慰莉茲，卡夫卡笑著說。

「若不是時間因素，我很樂意和妳們多聊聊的。」

他推開店門，探頭張望。「看起來沒人。」他說。兩個女孩趁機鑽了出去。

人孔蓋仍舊半掩著，但異味並不是源自下水道，而是街上既有的氣味，那股味道讓莉茲馬上想念起室內的茶香。她回過頭，看見卡夫卡正向她揮手。

莉茲幾乎確定斑鳩在騎士命案中扮演了某個角色，他和天使，和那些存在於底層的異端肯定有著某種聯繫。

卡夫卡呢？

他說自己潛入教會的原因是受審判官所託，從他的行為，還有對德拉諾爾交代的細節聽來，都不像是在騙人。

莉茲找不到懷疑卡夫卡的理由，可是也無法信任他。

等待德拉諾爾攀下梯子時，莉茲下意識看了看右手。手腕上的K字印記猶如一道永遠不會抹滅的傷疤。斑鳩對他撒下什麼謊？只要卡夫卡不願開口，莉茲永遠不會知道答案。

鶇說過，別相信任何人。

再見。

莉茲不會讀唇語，但卡夫卡的唇形仍讓她猜到工匠嘴裡含著的語句。

會再見的。

她想起工坊裡的那尊人偶，有著亞麻色頭髮的她。

目前已知的事情：

＊神學院

教廷旗下學術機構，旨在培養神職人員，並協助經典的考究與編譯。和限定女性的修女會不同，無論年紀與性別，神學院歡迎所有人加入。前提是能通過嚴格的身家背景調查與近乎刁難的入學考試。

雖然從第一學府畢業不保證薪水優渥，但至少提及自己學歷時大家會認為你很酷

（這裡的「酷」是主觀性修辭，不具備實質意義）。

＊大清洗

當異端活動盛行，規模擴及城與城之間時，國教廷便會以正式名義組織征伐活動。

以減少特定區域的人口並銷毀任何可疑經典或建築的激烈手段阻止邪說擴張。

目前莫爾赫斯居民俗稱的「大清洗」，是五年前對維爾塔寧的戰事。征討的理由是城鎮主教和市議會涉嫌與邪教組織勾結。最終，主教的頭顱被當地修女會的姊妹斬下，懸掛於市政廳前廣場的旗桿，為動亂畫下句點。

＊地下鐵

底層居民的主要移動手段，速度大約比地表的馬車再快一些。

低廉的票價廣受大眾好評，買坐票的乘客須注意座位上是否留有針頭。

Ch. X 夕化粧

鍋爐室在午夜十二點準時熄火，蓮蓬頭的滴水聲迴盪在空無一人的浴場，熱氣與白煙從霧面玻璃的門縫中竄出，旋即在暈黃的日光燈下消散。

往往只能在溫泉旅館見到的偌大更衣間，少女孤身站在梳妝鏡前，四根手指頭分別擰著兩側衣角，凝視那件剛被她換下來的連身裙。

德拉諾爾很幸運，因為她在換日前一小時回到堡壘修道院，洗了個舒服的熱水澡。同時也很不幸，因為衣服上的血跡怎麼洗都洗不掉。為此她還在淋浴間裡跟洗衣板奮戰了將近半個小時。

少女嘆了口氣，將連身裙小心地摺好，放在洗衣籃旁的櫃子上。接著從公用櫃裡翻出紙和筆，寫下對洗衣阿姨的歉意與感謝，然後將便條放在衣服上，用一包衛生棉壓著。

她承認自己被莉茲的爛笑話影響了，同時也祈禱阿姨看過紙上的留言後不會跟她計較太多。大家都是女孩子，彼此的難處也只有彼此懂。

最強力的洗衣精只有最資深的阿姨有。修女會不希望審判修女們花太多心力在處理日常瑣事，所以生活起居一律都由他人照料。

德拉諾爾還沒完全習慣這種生活，就算知道沒必要，她還是把地板上的水漬拖乾後才離開更衣間。

從浴室回到寢室會經過交誼廳。黑白的映像管電視正在撥放野生動物的紀錄片，彷彿是為了迎接德拉諾爾到來，畫面上的兩頭公獅子忽然變成一個正在拍打自己肥肚肚的小丑。

德拉諾爾瞄了一眼電視裡的小丑，以生硬的口氣說道：「謝謝妳，夕化粧，不過我要回房間了。」

一隻手從三人寬的沙發椅冒出，手裡拿著一包杏仁小魚，開口的方向朝著德拉諾爾。

「我刷過牙了。」

德拉諾爾朝沙發走近。一個穿著寬鬆睡衣的女人正一手撐著頭橫臥在沙發上，完全不在乎漂亮的捲髮被壓壞。看見她裸露的大腿讓德拉諾爾忽然想到剛才似乎忘記拿睡褲給莉茲。

「不用想太多，我只是突然很好奇這部卡通為什麼會這麼受歡迎。也許妳能告訴我答案？順便跟我說玩具箱是什麼鬼東西。」

女人說完，又把幾粒杏仁塞進嘴裡。

她面前的矮桌上擺著好幾個空酒瓶，除此之外還有一本描述男性騎士友誼的小說。德拉諾爾相信酒瓶純粹是軟性飲料製造商的創意。

「首先，這是動畫，不是卡通。」

德拉諾爾深呼吸一口氣。

「皮特先生是一位在馬戲團工作的小丑，平常除了逗人開心外他還有一個好大的玩具箱，每次有小朋友碰上困難時，他就會拿出神奇的新玩具和他們一起度過難關。」

「他會把箱子放在鼠蹊部，然後要小孩自己把玩具拿出來嗎？」

「不會。」

「好吧，真可惜。」

德拉諾爾皺了皺眉，決定不管夕化粧繼續說明。

「之所以這麼受歡迎的原因，是製作組常常透過符號式隱喻的方式暗示觀眾皮特先生其實是一個很孤獨的人，從那些每次跟他一起玩的小朋友到了下集就不會再出現這點便能猜得出來，於是很多莫爾赫斯的劇評家會將這部作品視為集體主義社會中個體孤立現象的再探討與反思。」

「妳把這番話拿去對小鬼們說一遍，信不信他們肯定揍妳。妳大可直接告訴我他掏出來的玩具很酷就行了。」

「會飛的貓頭鷹機器人超酷！」

修女豎起拇指，接著扔掉杏仁小魚，改拿一罐氣泡酒遞給德拉諾爾。

「我還沒成年，而且以我們的身分……」

「這是普通的碳酸飲料。」

夕化粧這次的態度變得強硬許多，她替德拉諾爾拉開拉環，硬是將鋁罐塞到白薔薇胸前。

德拉諾爾喝了一小口，立刻吐出舌頭。「嚐起來像馬尿。」

「除非妳真的喝過馬尿，否則這不是個好的比喻。」

「這真的不是酒嗎？」

「誰知道，或許妳可以坐下來，花點時間好好思考這個問題。」

夕化粧揚起頭，用眼神示意德拉諾爾坐到旁邊的沙發椅上。德拉諾爾本來想推辭，現在不是悠閒喝飲料看電視的好時機，莉茲還在房間等她，放任精神診斷有問題的兒時玩伴獨自一人絕對不是好主意。

可惜夕化粧沒有打算徵詢她的意願，德拉諾爾似乎也沒有拒絕的權利。當她和莉茲回到堡壘修道院時，其他姊妹們都已經回房就寢了，剩下巡守的修女和夕化粧還醒著，兩人躲過夜巡姊妹的眼線，血腥味卻沒能瞞過躺在沙發上吃零食的審判修女。

「第一次看妳帶朋友回來。」夕化粧說。

「……嗯，這是第一次。我記得規定說每兩個禮拜可以有一次帶訪客留宿。」

「別管那些，待久了就沒人會在乎那些規定，我也常找人來宿舍打麻將。有朋友是很棒的事，記得別當連帶保證人就好。」

「謝謝妳的忠告，我們應該只會下圍棋。」

德拉諾爾握住掌心裡的鋁罐，盯著電視裡的小丑，但無論皮特先生說了什麼，她一句話也聽不進去。

今天不僅是她第一次帶人回宿舍，也是她第一次和其他審判修女坐在交誼廳聊天。搬來新居後三個月，她果然還是很不擅長應付其他姊妹。

平常沒有工作的時候她大多都窩在房間裡看書，除了訓練、吃飯、盥洗或是每天晚上七點的電視節目，她找不到離開房間的理由。

幸好這裡的姊妹和其他修道院不同，七位審判修女都習慣獨善其身過日子。美其名為交誼廳的空間，修女們卻不曾讓它發揮應有的功能。德拉諾爾已經不只一次看到夕化粧獨自一人喝悶酒，但她是十七歲的成熟大人，所以她會讓前輩繼續保有深夜寧靜，就像其他姊妹們也從不打斷她和皮特先生的私人時間。

因此，夕化粧會主動找她攀談反而讓她感到意外。

她不認為夕化粧是好管閒事的個性，但想來想去，除了被她撞見那一身血跡外，似乎也沒有其他事情能成為開啟兩人話題的契機了。

「至少這代表妳心情不錯，保持好心情比什麼都重要。」夕化粧說。

「是這樣沒錯。」

「換妳了，問我今天心情如何。」

「唔……妳今天心情好嗎？」

這什麼奇怪的要求？德拉諾爾心想。

「糟透了。問我為什麼。」

「為什麼？」

「因為長期合作的審判官接到了新工作，這代表明天開始我就得跟她一起出勤。問我是什麼工作。」

「對不起。」

「不用道歉，這不是妳的錯。石菖蒲都告訴我了。」

德拉諾爾又一次想起行刑時發生的事。若不是石菖蒲，她可能真的會因為一時粗心而死在修道院裡。

但明明剛從鬼門關前走一遭，遺留在她記憶中揮之不去的反而不是那名受腐者，而是親手將他處刑的審判官。

「妳能活著比什麼都重要。」夕化粧說完，拿起手邊的遙控器問道：「這好難看，我可以轉台嗎？」

「請不要在我面前批評皮特先生……這樣會讓我不知道該不該向妳道謝。」

「不需要，因為這只是客套話。妳不是特別的，我不希望任何人出意外，就算是草本威靈仙也一樣，我祈禱有人能把她的腿打斷，單純是想看那傢伙坐在輪椅上，哀求別人抱她上樓的樣子。」

德拉諾爾不知道夕化粧跟其他姊妹有什麼過節，但夕化粧不打算解釋，也許她只是隨口說說。

「如果發生那種事，妳會幫她嗎？」德拉諾爾問。

「啊？」

「啊……？」

「問這個做什麼？」

「呃，沒為什麼。」德拉諾爾語塞。「我以為我們只是在聊天。」

「我的錯，換個話題，我不想聊這個。」夕化粧稍稍蹙起眉頭。「那時候，石菖蒲跟妳說了什麼？」

「她說我分心了。」

「就這樣？她沒提到前任的事？」

「前任怎麼了？」

德拉諾爾下意識反問，但一想到安潔莉卡殉難的原因，她忽然理解石菖蒲的意思了。

「她告訴我死在爆炸中會很諷刺，但我不這麼想。」

結果夕化粧還是沒有轉台。她把遙控器隨手一扔，掉進難找的沙發縫隙裡。

「白薔薇在五年前面臨的，是任何人都無法阻止的困境。即便如此她也沒有退縮，若不是她的努力，當時的傷亡勢必會更慘重……」

「難說，站在我們其他人的角度，會認為整間學院裡的命加起來還比不上她。何況妳說的傷亡已經造成，白薔薇的犧牲毫無意義。」

「什麼？」

「自以為是的善意，永遠會成為理想主義者的墳墓。」

德拉諾爾困惑地望著夕化粧。夕花粧似乎也察覺德拉諾爾的表情有點奇怪，卻仍用漫不在乎的口吻向白薔薇問道：「審判官是怎麼告訴妳的？」

「我們很少談論工作以外的話題。前任的事我是看報紙，還有聽大導師說的。」

「也好，要是我的審判官成天在緬懷前任有多好，我肯定會想把她的頭擰下來。」

「我應該要知道什麼嗎？」

「不，不用了，這世上本來就沒什麼非知道不可的事。和妳聊天很愉快，希望下次還有機會。這也是客套話，別放在心上。」

「夕化粧。」

「我要轉台了，晚安。」

德拉諾爾想繼續追問，但一股麻木的情緒卻讓她放棄了繼續對話的可能。空瓶擠壓的聲音在她的雙手間響起，她早知道那裡面摻著酒精，所以一直小心地壓抑著心情，擔心稍有不慎就會透漏過多資訊給同窗姊妹。

沒想到夕化粧從頭到尾都沒有問起莉茲的事，甚至對兩人那身血跡也絲毫不感興趣，也許她最初的目的就只是想打聲招呼，告訴德拉諾爾騎士命案未來會由她的審判官接手。

她甚至沒問起案情進度，也沒想過要提起安潔莉卡。

因為大導師不希望她的學生們涉入太深。

結果德拉諾爾的小心謹慎，反而讓此時的她選擇保持靜默。

*

德拉諾爾回到寢室，一推開門就看到一顆屁股在眼前晃來晃去。

「妳在幹麼？」

莉茲從床底下爬出來，抹掉頭上的棉絮。「沒什麼，找看看有沒有黃瓜之類的東西。」

「為什麼我要在床底下放黃瓜？」

「也許妳半夜會覺得無聊。」

「如果我餓了，交誼廳的櫃子裡有宵夜可以吃，不需要在房間偷藏食物。」

德拉諾爾瞪著莉茲身上的小馬圖案短褲，小馬的尾巴上塗著七色彩虹。「這件褲子是我拿給妳的？」

「不是，我自己從妳衣櫃翻出來的。」

「那妳是怎麼從浴場回來的？」

「用走的。」

德拉諾爾雙手摀住額頭不發一語。

「這沒什麼，就像體育課時大家也會把男生趕出教室換衣服一樣。」

「修道院不會有男生。」

「那太棒了，多省下一個步驟。」

德拉諾爾推開莉茲，走到陽台，看見赦罪修女的制服被掛在臨時綁起來的曬衣繩上，滴水在地上形成了一個小水窪。

「妳去底層時穿的衣服呢？」

「扔進垃圾桶了。不然妳難道還想再穿嗎？」

「呃。」

對，有機會的話。

德拉諾爾相信洗衣阿姨的清潔劑，所以在更衣室時她根本沒想到要把它扔掉。她甚至覺得莉茲的灑脫是一種浪費，即使那件衣服舊了、髒了，成為白薔薇之前的生活習慣仍在影響著她。

但這不重要。

德拉諾爾關上落地窗，避免寒風將更多衣物的濕氣捲進室內。今天發生太多事了，她還有一大堆問題等待釐清。

這是她把莉茲帶回宿舍的主要原因。

至於其他理由，則是因為兩人全身都是血跡，又沾染一身下水道的惡臭，如果讓莉茲獨自回斑鳩的診所——無論她打算依靠雙腿還是搭馬車，勢必都會引起騷動，尤其是在連續殺人犯尚未落網的敏感時機。

幸好審判修女的堡壘修道院鄰近港區。

「話說回來，妳很喜歡這個小丑呢。」

莉茲走到床頭櫃前，床頭櫃上擺滿了德拉諾爾蒐集的小丑皮特周邊商品，像是塑膠立牌、徽章還有未拆封的咖哩盤。有些是德拉諾爾從老家帶來的，有些則是她近期的新收藏。

「妳又想取笑我了。」德拉諾爾後悔沒能來得及收拾好房間，但既然莉茲都會隨意翻動她的衣櫃了，那收不收拾根本沒有意義。

「這有什麼好笑的？我反倒覺得有憧憬的偶像很好，像我就沒有。」

「斑鳩……他不算嗎？」

「妳可真是幽默。」

莉茲輕笑。

「即使是作為市民偶像的妳，也有崇拜的人物，從那些年輕的姊妹們眼裡看來，大概能相信自己跟白薔薇的距離沒有那麼遙遠。」

莉茲的話讓德拉諾爾想起葛林，那個幾天前在伊克姆修道院碰到的新進修女。她還記得葛林曾問過她在成為白薔薇前是否有受到過任何啟示，而她的答案是一個也沒有。

雖然葛林自述沒有遠大的抱負，但當她聽到白薔薇親口否定神蹟時會怎麼想呢？

不，這也不重要。

「喜歡皮特先生的人是我，不是白薔薇。按照基本教義派的看法，我們甚至不該讓造化主以外的人有機會入住心房。」德拉諾爾說。

「顯然妳沒打算遵守。我懂，畢竟鎖壞了妳也不能怪誰。」

「畢竟這些話不像會出自妳那張嘴。」

「真不知道妳對我的認知到底扭曲到什麼樣子。」莉茲側過頭，德拉諾爾看見她上揚的嘴角。

「和三年前沒有差太多，之間的偏差可以用時間彌補，甚至足以讓我對今天發生的事情睜一隻眼閉一隻眼，前提是……」

莉茲本來想看看櫃上的小丑公仔，一道銳利的視線正釘在她的背上，讓她不得不暫時將手收回。

「前提是我願意坦白。」

「妳應該清楚自己沒有選擇的餘地。我需要一個合理的答案，解釋妳被那群邪教徒稱為『天使』的原因。」

白薔薇被安置在架上，莉茲的斧頭也被擱在牆邊。德拉諾爾不認為有對莉茲動粗的必要，甚至那是她亟欲避免的結果，但她的職責卻讓她無法信任眼前的昔日同窗。

就算她的職責僅僅是護衛審判官人身安全也一樣。

因為這都不重要。

「反正都洗過澡了，我能坐在妳床上嗎？」莉茲問。

「隨便妳。」

「我這麼問的理由是希望妳坐那裡。」莉茲指著書桌前的木椅。「如果妳也跑來坐在我旁邊，我怕等等床上會流出豆漿。」

「妳在開黃腔嗎？妳什麼時候才能管好妳那張嘴？」

「管不了，因為這是我控制情緒的方式。就像妳也有自己的方法，做我們這種工作，最忌諱的就是被受腐者察覺情感變化。所以我會一直保持笑容，反正當妳一年四季都保持微笑時，也沒人知道妳是不是真的覺得開心。」

「那叫作麻木。」

「就跟妳殺死那些受腐者時一樣。」

「別把話題扯到我身上，現在要告解的人是妳。那群被腐化的老人說妳長得和天使一模一樣。」

「他們嘴巴真甜。」

話剛說完，一本書朝莉茲飛來，莉茲驚險地閃過，書頁翻開砸在牆上，標題是《靈性時代的復甦與難題》。

「別再說多餘的廢話。」

「那有不多餘的廢話嗎？瞧，妳不也多加了無謂的修辭。」

德拉諾爾怨懟地瞪著她，但莉茲依舊笑著。她知道笑容對白薔薇很刺眼，但白薔薇卻不知道她其實別無選擇。莉茲花了三年才從修道院走出來，三年的時光足夠她流乾所有淚水。

擁有同樣處境、同樣想法的人絕不僅有她一個。熟悉的微笑總是能在不同人的面孔上看到。例如坐在酒館角落默默聽著年輕人吹噓功績的老騎士，或是在教養院前的草皮上唱著聖歌的修女。

甚至是窩居在底層，專心雕琢人偶五官的工匠。

莉茲轉過身，將書本還給德拉諾爾。當德拉諾爾的手指碰上她的手背時，她能感覺到有東西觸碰到她，卻感覺不到指尖的溫度。

「在等妳把衣服上的血搓乾淨時，我想過妳會先提起哪件事，是天使？還是我的手？」

「手是下一個。」德拉諾爾說。

「但這其實是同一件事。」

莉茲將右手伸到德拉諾爾面前，手掌與五指無力地垂著，彷彿它不是與少女身體相連的部分。

德拉諾爾握住莉茲的食指，無機物的觸感太過鮮明，金屬色的紋理爬滿少女的手臂。白薔薇抬起頭，有一剎那她也覺得面前的女孩如人偶一般，正用空洞的雙眼注視著她，等回過神來，她明白這僅僅是錯覺，莉茲的相貌依然是德拉諾爾所知悉的那個她，不同的是，少女臉上的笑容消失了。

「德拉諾爾，如果妳喜歡的小丑先生被腐化了，妳願意殺了他嗎？」

「莉茲，就算是我也知道皮特先生只是動畫人物。」德拉諾爾皺起眉頭，不悅地說。

「那就換一個，換一個對妳很重要，而且妳認為他絕對不可能被腐化的人。想像他被腐化的樣子，想像他全身布滿腐化組織，試圖用那些觸手和牙齒把妳撕成碎片的模樣。」

「我不懂這樣做有什麼意義。」

「妳的答案會決定我該告訴妳多少，想清楚再回答。」

立場在不知不覺間調換了。

察覺的同時，她不甘願地閉上眼，思考著莉茲提出的問題。

腦海中浮審判官的面具，若要說最不可能被腐化的人，肯定就是西佛勒斯了，但德拉諾爾知道這個答案肯定會被莉茲調侃。她可不願自討沒趣。

「妳想到了誰？」

「媽媽。」

「好。那現在告訴我，萬一妳的母親受到腐化，妳會怎麼做？」

德拉諾爾依舊閉著眼睛，她能想像莉茲肯定正觀察著自己的一舉一動。

少女的態度很明顯，她並不是真的想知道德拉諾爾的想法，否則就不會提醒德拉諾爾謹慎作答。所以真正的問題是她想聽到怎樣的答案？

底層的教眾們說，莉茲和腥紅的天使有著相同的容貌。

同樣的問題，如果發生在莉茲身上，她會怎麼做呢？

德拉諾爾睜開了眼睛。

「想好了？」

「我不知道。」

「這是妳的答案還是妳需要更多時間？」

「給再多時間都沒有意義。這問題我沒辦法回答。」

「妳得知道拒答也是一種答案。」

「那就這樣吧。」

德拉諾爾鬆開原本緊握住莉茲的手。人偶的手垂至少女的身側，德拉諾爾看見五根指頭僵硬地握緊了拳頭。

「理由是？」

「我沒有信心，或者說，信念。」

「是殺死血親的信念？還是背叛造化主教誨的信念？」

「都是，甚至是一輩子欺騙自己的覺悟。」

德拉諾爾說。

「如果我必須為當下每個決定負責，那最好的方式就是相信自己永遠都不會犯錯。」

當然這是不可能的。

回答的同時，德拉諾爾也在心裡反芻。她是個習慣後悔的人，常後悔在外人面前失言、後悔練習時沒能擋下其他姊妹的攻擊、後悔電視看太久錯過讀書時間，甚至連與她沒有直接相關的事情都能讓她後悔。

像是後悔在朋友需要的時候，自己卻什麼都辦不到。

「每一個自詡信仰虔誠的教徒都是這麼認為的。」

「但沒有人會蠢到說出口，是嗎？」德拉諾爾低聲問道。

莉茲從鼻子哼出氣來，刻意地想表達鄙夷與不屑。

但也因為太過刻意，德拉諾爾反而感覺不到她的心中有分毫慍意。

莉茲移開步伐，走到落地窗前，白薔薇的雙眼追隨著她的背影。

少女將右手貼上玻璃，她在鏡中的倒影看起來就像是睡著了般佇立在原地。

「在鎖匠家時，妳要我發誓，殺死爸爸媽媽的人不是我。我不知道妳的依據是什麼，在全城都相信一個叫莉茲．波頓的女孩殺了她的爸媽時，怎麼會有人笨到認為這案子還有討論的空間。」

「因為在議會的報告上妳就不是兇手。盲從與異端僅差在無知。」

「那再多跨一步，讓異端也被冠上聖人名諱。」莉茲輕蔑地笑了笑。「告訴我，妳真的相信是強盜闖進來殺了我爸媽，又把我們家燒掉嗎？」

德拉諾爾搖頭，那是她發自真心的舉動，就算莉茲沒注意到也無所謂。

「官方的報告無人採信，是因為人們更喜歡聳動的劇情發展，報社甚至知道該怎麼讓文章通過審核，只要不提到和異端有關的事情就好。所以區區一個少女犯，一時之間也能成為全城的焦點，而當熱潮過去，絕大多數的居民都會忘記這件事，往後若是有人想起波頓家的事，他們查閱到的也只會是議會留下的官腔官調。」

莉茲轉過身，面無表情地說。

「但他們捏造出的兇手終究不存在。殺死爸爸媽媽的人是艾瑪，艾瑪也是砍下這隻手的人。她是我不該出生的妹妹。」

*

因為住家的方向相同，德拉諾爾偶爾會很不幸地被迫和莉茲走同一條路回家。真的很不幸。

不幸的主因是德拉諾爾常常想不到要跟莉茲聊什麼。

她不會和莉茲聊學校的事，因為無論課業或體育成績，莉茲永遠都會和她拉開一個小指頭的距離。她也不會找她聊動畫或小說，因為莉茲看不起皮特先生又喜歡嘲笑騎士文學很幼稚，也不想想那個整天把白薔薇掛在嘴上的人才是最不現實的。

德拉諾爾真的很討厭莉茲，只要是她喜歡的東西莉茲都會想盡辦法否定，明明她不需要這麼做的，明明她只要笑著說聲「真有趣」也可以。德拉諾爾是成熟的十歲女孩，她分辨得出莉茲是不是在敷衍她，即便是敷衍，德拉諾爾也會很開心，並且有風度地接受。

但莉茲卻連敷衍的力氣都想省下來。

放學路上，德拉諾爾正為了找不到話題而傷腦筋。

她忽然想起今天在修道院時，德蕾莎女士告訴大家下禮拜有懇親會，無論是住校生或非住校生的家長都可以來參觀。

嘿，莉茲．波頓。

安德魯叔叔和艾碧阿姨會來嗎？

我媽媽會來哦，她會烤鬆餅。

之前福音茶會時艾碧阿姨說她做的鬆餅很好吃，媽媽好高興呢。

嘿，莉茲．波頓。

上次招待妳來媽媽工作的酒館白吃白喝，什麼時候換我去妳家白吃白喝呢？

妳說什麼？當然是因為這樣才公平嘛！

乾脆就選在懇親會結束好了，妳看怎麼樣？

嘿，莉茲．波頓。

為什麼妳都不讓我去妳家玩呢？

嘿，莉茲．波頓。

為什麼妳總是不提家人的事呢？

今天的德拉諾爾依舊為了找不到話題而傷腦筋。

＊

德拉諾爾回到交誼廳，昏暗的室內僅留下電視機的亮光，而且仍然停在兒童頻道，代表夕化粧根本沒轉台。

她睡著了，維持和喝酒吃零食時差不多的臥姿，躺在沙發上，臉被翻開來的騎士小說蓋著。她睡得很沉，就算煮咖啡的聲音和拿電鑽鑽牆壁沒什麼兩樣，修女依舊沉浸於夢鄉中。

德拉諾爾將煮好的咖啡倒進杯中。兩個杯子都是她從寢室拿出來的，一個上面有狗狗圖案，另一個則是貓貓。她喜歡狗，也喜歡貓，但修道院規定不能飼養寵物，她只好把貓狗養在馬克杯上。

莉茲說，殺死父母的人是自己的妹妹。

即使德拉諾爾藉故離開房間，那句話依舊在她的耳根子打轉。

因為莉茲不曾提起，她甚至不知道莉茲有一個妹妹。

她打開糖罐，在貓咪的杯子裡舀了三匙糖。糖粉的冰山在黑水中化溶，早在沒入湖中前，便先被染上焦糖的顏色。

也許太甜了。

她嚐了一口，決定把貓咪留給莉茲。

離開前，她從沙發的縫隙中找到遙控器並把電視關掉。桌上滿是空瓶和零食的包裝袋，沉睡的修女枕在沙發的扶手上，漂亮的捲髮被壓壞了，分岔得亂七八糟，但修女仍舊熟睡著，依稀能從她口裡聞到威士忌的煙燻味。

德拉諾爾帶著兩杯咖啡回到房間，發現落地窗被打開了。

這次莉茲沒有再做出讓她翻白眼的舉動，越過臨時的曬衣繩後，少女正倚著窗台面對莫爾赫斯的夜景。

「不關窗蚊子會跑進來。」

德拉諾爾將貓咪杯子遞給莉茲，並用空出來的手關上窗戶。

「冬天不會有蚊子。」

「難說，我就在這裡撿過鍬形蟲。」

「妳確定那不是蟑螂？」

「我說牠是鍬形蟲，牠就得是鍬形蟲。」

莉茲敲了敲馬克杯，喝了一口。

「好甜。」她皺著鼻子哀怨道。

「我不喜歡太苦的。」

「那妳幹麼不去喝糖漿？」

「我怕蛀牙。」

德拉諾爾將杯緣湊近唇邊，以取代接下來的空白。

露臺正好面對港區。談及港區，德拉諾爾近來對它只有血腥的印象，但終年不休的街燈與海岸線上的海釣船卻輕易地將這份記憶吞沒在五光十色中。那些尚未熄燈的建築猶如一座座佇立在海岬上的孤島，當他們同時燃燒著火光時，卻足以為整片港灣劃上炙黃的炫彩。

自海面吹拂的風橫越好長一段距離才來到修道院，已不帶有多少鹹水味，當它們撫過肌膚時也沒有冰冷的刺痛感，反而像冬季尾聲的溶雪般軟綿。

莉茲凝望著遠方，也許正望著那艘準備出港的漁船，鐵橋為它升起。她稍稍歪著頭，重新勾起那似笑非笑的嘴角。

她將馬克杯放在鐵欄杆上，用左手握住杯子，右手撐著頭。德拉諾爾偷偷觀察她的側臉，同時也看見她手腕上的疤痕，疤痕很不自然，像是有人刻意刻上去的。

「妳在看什麼？」

「在看妳的手。」

「剛剛看得還不夠多嗎？」

「不夠。」

莉茲說那隻手是班鳩替她裝上去的。當意外發生後，第一個趕到他們家的人就是班鳩，班鳩發現右手被切斷的她，立刻將她送到診所，但很遺憾，醫生沒能救回她的父母。

至於妹妹艾瑪的下落，莉茲則沒有多提。不過從她的語氣聽來，她也不曉得。

在那之後，艾瑪就失蹤了。

艾瑪是受腐者。

可是據德拉諾爾所知，波頓一家都是虔誠的國教信徒，若非如此，德拉諾爾也不可能在修女會認識莉茲。

當莉茲要她想像身邊絕對不可能受到腐化的人時，艾瑪肯定就是莉茲自己的答案。

「我可不會說什麼『說出來感覺好多了』這種蠢話。」

「我知道。」德拉諾爾回道。「我還是很驚訝，認識妳是第七年了，雖然中間有一段空白，但我從來都不知道妳有一個妹妹。」

「因為我們是雙胞胎。」

「……雙胞胎？」

德拉諾爾覺得這個詞彙既陌生又熟悉，她努力在腦中蒐羅是在哪裡看到這個詞的。想起是在修女會圖書館的動物百科全書裡。

「很神奇吧？明明這個詞是被用來形容畜生的。」莉茲自嘲般地笑道。「因為大家都知道人類一次只生下一胎，如果一次得到兩個孩子是很奇怪的事。」

除了受腐化的嬰兒。

唯有它們會以兩胎，甚至三胎的形式降世。

經典說，那是因為胎兒在母親體內受到腐化，完整的靈魂在子宮裡被打碎了，才會讓殘缺不全的它們帶著殘缺不全的肉體來到這世上。

「但歷史上也不是沒有例子……」

「有啊，不然又怎麼會有人想出『畜生腹』這個詞？這種女人連同她的家人都會被當作叛教分子，所以妳可以想像爸爸媽媽看見我和艾瑪時有多麼傷腦筋，早知如此，他們當初就該把艾瑪掐死。」

「妳可以不用笑的，莉茲。」

「為什麼不笑呢？妳不覺得這很可笑嗎？笑笑看吧，不然我對妳的印象永遠都只有那張苦瓜臉。」

「那就這樣吧，我寧願繼續頂著這張臭臉也不想強迫自己做不喜歡的事。」

「這句話由白薔薇說出口還真有說服力。」

「正因為工作上不愉快的事情已經夠多了，我才不能讓私生活也一齊被侵蝕。」

「在我看來妳根本分不清楚公私界線。我追查受腐者的線索是因為想找到失蹤的妹妹。妳呢？妳和妳的審判官繼續插手這件事有什麼好處？」

「沒有好處。」

「那除了你們是兩個蠢蛋外還有其他解釋嗎？」

「可能沒有了。」德拉諾爾說。「我其實也不知道審判官在想什麼，他是個很奇怪的人，他的話常常讓我覺得他在鼓勵我違抗大導師的指示，但又好像不是，那些我認為越線的行為，說到底其實都是我甘願這麼做的，審判官沒有要求我，他只是沒有對我隱瞞，他讓我知道他現在在做什麼。」

「妳病得不輕。」

「……咦？」

「先說好，我對審判庭的人不可能抱有好感。在我聽來只覺得妳被他利用了。」

「真的是那樣也沒辦法，至少被利用也是我自己的決定。」

德拉諾爾聽見莉茲的嘆息。一整天下來，德拉諾爾已經嘆了無數口氣，那些爛在她心裡的苦水甚至遠比她嘆出的氣還多，但在這之前，她一次也沒聽過同行夥伴的抱怨。

「但我可以向妳保證，在找到艾瑪之前，我不會把這件事告訴審判庭，哪怕是審判官也一樣。就算艾瑪是受腐者，是殺死那些騎士的人……我認為還是要知道她這麼做的理由才行。」

莉茲瞅了德拉諾爾一眼，又回到方才那副百無聊賴的樣子，眺望著遠方。

「殺人哪需要理由？只要妳高興，大可去車站推那些站在月台上的人一把。而且別忘記，受腐者的思維可不能用常識判斷。」

「莉茲，西佛勒斯和我早就知道兇手是跟修女會有關的人了。」

「是嗎？」莉滋木然地應了一聲，再次將杯緣湊近嘴邊。「證據是？」

「Miserere nobis, Domine.」德拉諾爾說。「『憐憫我們，我主。』那位被處刑的受腐者說，他聽見天使的歌聲，歌詞全部來自修女會的讚美詩。」

「艾瑪沒有上過學。」

「但妳有。修道院辦過好幾次合唱比賽，除非妳連樂理都優秀到不用回家練習，不然艾瑪應該對這些歌詞不陌生。」

「照你們的說法，任何一個聽過這首歌的人都有可能是兇手。」

「我不否認，但聽過和唱出來是兩回事。我們的讚美詩對她肯定有特別意義，否則為什麼要唱歌？」

「因為她跟我一樣是個神經病瘋子殺人狂。」

「我已經知道妳不是兇手了，莉茲。」

「勸妳別太快下結論。」

莉茲撥弄著髮絲，淋浴後殘留的水氣仍依附在她那頭金髮上，微微泛著銀光。頭髮嵌入她的指節間，像是被困在自己網上的蜘蛛。

「萬一艾瑪不存在，一切都是我捏造的，那妳所有股票都被套牢了。」

「如果她不存在，妳又為什麼要為了一個不存在的人去尋找不存在的答案呢？」

莉茲保持沉默，但手指的動作卻停下來了。這是德拉諾爾今晚第一次覺得自己贏過莉茲。

「知道艾瑪還活著，我其實挺高興的。」

過了一會兒，莉茲說。

「無論她殺了多少人、無論那些騎士被多麼殘忍的手法殺害，我畢竟沒見過他們，連他們的長相都不知道，就算要我替他們難過也辦不到，在我聽來，全部都像是童話故事一樣沒有實感。

我心裡真正想的，就只是再見艾瑪一面。我想知道這三年來她都過著怎樣的生活，想知道她現在好不好，快不快樂。如果她快樂的話，我甚至可以不去在意她殺了多少人。」

說完，她咧嘴笑道。

「妳一定覺得我是個混帳吧？阿白。」

「我一直都覺得妳是。」德拉諾爾說。「可惜我沒有資格批判妳。萬一再有騎士喪命，知情不報的我也必須負起責任。」

「這種時候也只能相信自己不會犯錯。對吧？」莉茲笑著反問。

德拉諾爾點頭。這是她剛才說的。

幾艘漁船離港了，港區的幾盞燈熄了，手裡的咖啡早就冷了。

「莉茲。」

「嗯？」

「妳還記得有一次合唱比賽德雷莎女士要妳擔任二部獨唱嗎？」

莉茲聳肩，德拉諾爾只好替她哼出旋律。

「最後一句的In excelsis Deo我們每次練習都唱得很糟，結果直到比賽那天還是沒練好，正式上台時聽起來就像是一群女生到菜市場殺價一樣。」

記得嗎？德拉諾爾再次問道。

但莉茲依舊沒有回答。

德拉諾爾回想莉茲獨唱的段落。作為二部成員的她，充其量不過是紅花旁的綠葉，大可不必記住獨唱的歌詞，但德拉諾爾卻怎樣都忘不掉。

五年前，莉茲站在舞台的最前方，與另外兩部的獨唱成員面對指揮和所有來觀禮的家長與民眾。在全班的聲音將這首歌毀掉之前，所有人的目光都匯聚在她的身上。

Gloria. Et in terra pax…

hominibus bonae voluntatis.

德拉諾爾輕聲唱出曾屬於朋友的段落。

她不期望莉茲能想起來，因為莉茲也差點就把她忘了，但她還是想唱。記憶就像珠寶盒一樣，偶爾得從架子上拿下來把灰塵拂去，否則終有一天會忘了裡面有什麼、會忘了該如何對待它。

「我想睡覺了。」

回房間前，莉茲低頭看了一眼空了的咖啡杯。

「如果還有下次，請給我黑咖啡。」她說。

「睡前喝黑咖啡會睡不著。」

「我寧願失眠也不想蛀牙。」

她推開落地窗，德拉諾爾聽見關窗的聲音，但相隔不到十秒，窗戶再次被打開。

莉茲探頭道：「幫我鋪床。」

「這裡沒有多的被褥。」

莉茲的臉糾結成一團，德拉諾爾笑了笑，繼續望著海景，唱著未完的歌。

Laudamus te. Benedicimus te.

Adoramus te. Glorificamus te.

Gloria.

Gloria…

曾經一切都是屬於妳的，莉茲。

＊

「姊姊唱得很好聽！」

身為妹妹的她永遠都會給出相同的評語。

「那是因為妳沒聽過真正的修女們唱歌啦。」

所以身為姊姊的她也只能如此回道。

「姊姊現在還不是修女嗎？」

「還不是喔。十五歲時才會發下最後一次誓願，那時才算是一位合格的修女。」

「十五歲……所以還有三年吶，真久！」

「時間很快就過去了。」

姊姊微笑道，接著敲了敲手心說。

「要是艾瑪有興趣，偶爾也能代替我去上學呀。」

「真的？」妹妹瞪大眼珠。「不會被發現嗎？」

「被發現就算了，說不定被發現會更有趣呢。」

「我一定不行啦……」

妹妹囁嚅著，卻忍不住認真思考姊姊的提議。

她沒有離開過家，外面的世界如何她只能經由姊姊轉述得知。如果姊姊告訴她南瓜會在午夜十二點前變成馬車、玻璃鑄成的鞋不會扎傷腳，她都願意相信。

姊姊離開房間後，她用雙手摀住臉，安靜地躺在床上。

姊姊說，灰姑娘都是這樣睡的。

＊

疼痛讓莉茲睜開眼睛。她發現腰部下枕著東西，是某人的手臂。

但那不是疼痛的來源，她轉過頭，看到德拉諾爾的睡顏，無論她睡著時的樣子和平常有多麼判若兩人，利茲都沒有盯著別人睡相的低俗嗜好。

何況對方正咬著自己的手指。

而且不是右手，是能感受到痛覺的左手。

費了一番功夫，莉茲才將德拉諾爾的下顎扳開，齒痕已經鑄成，莉茲嗅了嗅，口水裡混著咖啡豆的味道。

無論白薔薇的身分再怎麼高貴，雙眼闔上後不過就是個睡相很差的普通女孩。

莉茲將地上的棉被扔回德拉諾爾身上，接著打開落地窗，寒風立刻灌進室內，讓只穿著短袖短褲的她打了個哆嗦。

經過泰半個夜晚的吹拂，晾在陽台上的制服早就乾了。

她把制服連同內衣褲一起拿回房間，摸黑將衣服換上。她向來都挺喜歡修女會的制服，就算是赦罪修女也一樣，披肩和褲襪能讓她有安全感，但束腰上的鎖扣還有多層褶皺的裙襬此時反而礙事。

過程中她肯定製造不少噪音，卻都沒能吵醒床上的女孩。她將牆邊的斧頭掛回腰上，走出門外。這個時間點應該還攔得到馬車，她暗忖。反正她有診所的鑰匙，就算斑鳩睡著了也沒關係。

比較麻煩的是要如何躲過門口值班的修女。三點十二分，剛好介於午夜和清晨之間，也是大多數修道院的門禁時間，這段期間出入都被嚴格禁止。

她得找別條路出去。

「洗手間在另外一個方向。」

莉茲回頭，幽暗的走廊上一個女人正提著夜燈朝她走來。燈籠裡的燭光照出她胸前的捲髮，看起來未經梳理，有些蓬亂。

她不是巡守的修女。不僅因為她身上只罩著一件下擺垂至大腿的寬鬆睡衣，更因為她渾身散發著酒氣。

女人稍稍舉起提燈。「哦，妳是白薔薇的朋友。這麼快就受不了了嗎？」

「什麼意思？」

「沒什麼意思。因為妳是她的第一次，她可能一時太過興奮，忘了拿捏分寸。」

女人打了一個呵欠。無論是慵懶的說話方式或糟糕的儀態都與典型的修女形象南轅北轍，毫無防備的樣子卻讓莉茲願意對她放下戒心。

大概是七人中的一位吧。莉茲想。

「比我預期的要平淡許多。」她揉了揉左手。「就希望她煮咖啡的技巧能再好一點。」

「那還是別期待比較好，除非哪天修道院要靠賣煤炭發財，不然她永遠也別想進廚房。」

女人總算看清楚莉茲的衣著，當然也沒錯過她腰上的斧頭。她饒富興味地問。

「既然妳們相處得不錯，為什麼要急著離開呢？」

「因為讓夜晚無止盡延長下去只會耽擱彼此的人生。」

女人笑了，而且笑得開懷，整個走廊迴盪著她的笑聲，莉茲很擔心笑聲會引來巡邏修女的注意，偏偏又不能叫女人閉嘴。

「抱歉抱歉，太有趣了。我說，妳是故意的吧？」

「我看妳好像很喜歡調侃姊妹之間的情誼，所以就順勢配合妳。」

「啊這就錯了，在花園待久了，哪會有興致低頭去採花香？我寧願讓騎士過來把花都摘光送給他的同行密友呢。別說這個了，妳叫什麼名字？」

「莉茲。」

「莉茲，好，我知道了。我是夕化粧，但不用記得也沒關係，這個名字對妳往後的人生沒有幫助。」

「彼此彼此。」

莉茲伸出手，卻被面帶笑容的夕化粧婉拒。

「抱歉，不是排斥妳，只是我才剛吐在手上。」她刻意停頓幾秒鐘，抽了抽鼻子。「感覺味道很重，不是嗎？」

「我不介意。」

「但我介意。」

夕化粧嘴上這麼說，卻將整個身子貼上莉茲，親暱地將手臂搭在她肩上。莉茲被審判修女突然的舉動嚇了一跳，但她並沒有表現出來，也沒有表示抗拒，佇立在原地，任憑還沒酒醒的修女用臉頰磨蹭著她的頭髮。

「真的很臭。」夕化粧說。「反正這個時間妳也出不去，陪我去趟洗手間吧？可以給妳一些好康的喔。」

「去是無所謂，好康的就不必了。」

「別這麼冷淡，我可是所有人之中最好相處的。」

夕化粧鬆開手，莉茲半推半就地跟著她。情況開始變得有點詭異，莉茲自認還算是個知道如何掌控局面的人，至少跟斑鳩一起出診時她都能應付患者和家屬，甚至連德拉諾爾都常被她耍得團團轉。

可是面對這個才見面不到五分鐘的女人，她卻有種自己必須聽命於她的奇怪感受。可能是因為夕化粧醉了，酒醉的人無法講道理，也可能是因為她不擅長面對年長的女性，就像鶇一樣。雖然鶇是她信任的人，但每次回診，她都有種身體從裡到外被醫生翻開來仔細檢視的感覺。

洗手間在走廊的盡頭。夕化粧進去後不久，莉茲聽到水聲，很快，修女甩著濕漉漉的雙手走出來，順道洗了把臉。

「清爽多了。」她說。「妳不去？」

「不了，還不需要。」

「年輕真好喲。」

除了白薔薇，其餘六人都是在大清洗時代前就承襲名諱至今，但以夕化粧的容貌，似乎也沒必要現在就開始感嘆陰晴圓缺。即使不修邊幅，依然無法遮掩其端正的五官。

莫爾赫斯的活聖人、市民的偶像、最受造化主寵愛的新娘……此外，德拉諾爾還在信裡提過關於審判修女的點點滴滴，與受腐者戰鬥並非她們唯一的任務。

「來吧，換我履行承諾了。」

夕化粧拉著莉茲的手，踩上通往頂樓的階梯。月光穿過花窗玻璃，灑落在兩人身上。莉茲抬頭望著螺旋梯的盡頭，那是一個獨立的小平台，包裹在聖人們的環視中。

「這條路是大雪時讓人上屋頂除雪用的，平常不會有人來。」

莉茲跟著夕化粧踩上平台，一扇木門鑲在牆壁裡，夕化粧推開門，率先映入立茲眼簾的是滿天星斗。

「看來我們運氣不錯呢。」夕化粧扶上欄杆，仰起頭道。「明天會是好天氣。」

莉茲也抬頭，望著星空。群星閃爍，像含在口裡的氣息，周而復始，轉瞬即逝。她想起那些曾在書上讀過的星座，但真正面對夜幕時，卻一個也找不到。

「很漂亮吧？」

夕化粧笑著說。她只穿著單薄的上衣，站在修道院的頂端，就算是換上正裝的莉茲都覺得冷風有些刺骨，修女卻完全不在乎似地，率性地嶄露笑容。

「既然喝了東西，總得想辦法讓自己清醒點，不然等明天一早可是會頭痛的。」

「風吹多了不也會嗎？」

「宿醉的痛跟感冒著涼的痛，我想造化主會比較願意原諒後者吧。」

「也是。」

「而且這裡風很大，身上要是有什麼味道也不容易被發現哦？」

夕化粧的自嘲也讓莉茲一同陪笑。沒想到夕化粧忽然轉過身，將她壓在欄杆前，並把鼻子湊到她的脖頸旁嗅了嗅。

「對。」修女在莉茲的耳邊低語。「除非到這個距離，不然聞不到味道。」

「味道？」

莉茲搞錯了。

她一直以為夕化粧指的是自己那一身酒臭。

「我身上有什麼味道？」

「底層的……」夕化粧用鼻尖磨蹭莉茲的肌膚，聲音就像在舔舐著她。「還有醫生的味道。」

「醫生？」

「是的，醫生。妳在醫生身邊工作？」

「對。」

「有趣。」夕化粧托起莉茲的下巴。「我認識幾個姊妹，她們跟妳一樣都替醫生做事，但沒有一個人身上有醫生的臭味。」

「什麼叫醫生的臭味？」

莉茲試著擠出笑容，但光是迎接修女的視線就讓她感到吃力。

「妳沒聞過嗎？那可能是因為妳成天與他們為伍所以感覺不出來，但味道很重哦。我知道妳和白薔薇今天去了哪裡，不過相信我，這和那沒有關係，味道是從妳身上發出來的。」

夕化粧的雙眼瞇得彷彿在笑，莉茲凝視著她的唇瓣，聽她慢慢地說。

「所謂醫生的味道，就是受腐者的味道。」

莉茲睜大眼睛，本能驅使她抽出腰上的斧頭，但夕化粧卻先一步按住她的手。明明只是輕輕壓著，莉茲卻發現手使不上力。修女雙眼中的笑意變得更深沉了。「放輕鬆點，別毀了今晚。」她說。

「還記得我們的約定嗎？我說會給妳一些好東西，那可不是夜景喔，因為我不是這麼浪漫的人。」

她鬆開手，指向屋簷的另一頭。

「跨過欄杆後，沿著屋瓦走，會找到一條石砌的小樓梯，從樓梯下去，高度正好可以讓妳跳到城垛上。城垛外有不少可以緩衝的小土丘，跳下去時別製造太多聲響就好。」

「妳……」

「噓。」夕化粧將食指壓上莉茲的雙唇。「就當作是陪我一起看夜景的謝禮。」

「不是因為陪妳去洗手間嗎？」

「說是看夜景會比較浪漫。以後有機會，歡迎妳再來造訪，從哪裡離開，就從哪裡回來。別碰上我和白薔薇以外的姊妹就好，妳身上的味道，不會只有我聞得出來。」

莉茲翻過欄杆，沿著屋瓦踏了幾步，直到離開修道院，夕化粧的話仍言猶在耳。

她告訴莉茲，今晚的事是僅屬於兩人的秘密，就連白薔薇也不會知道。

否則按照審判修女的立場，如果夕化粧真的察覺了什麼，那莉茲可能連走出修道院的機會都沒有。

「因為我是姊妹中最好相處的人。」

夕化粧說，這也是客套話。

*

早晨的陽光刺得德拉諾爾不得不睜開眼睛。她像毛毛蟲一樣爬到床頭櫃前，看了一眼時鐘，早上六點半。這意味著她還沒睡滿八小時，如果沒有充足的睡眠，她就沒有動力迎接新的一天。

她趴在床上，昏沉中覺得好像有那裡不對勁，於是她伸展四肢，就像躺在雪地裡當雪天使。明明是單人寢室，她的床卻很寬敞，每一次肆意在床上滾來滾去時，她都由衷感謝過去三年那個努力爭取白薔薇頭銜的自己。

嘴裡忍不住哼起熟悉的民謠，以前常在媽媽工作的酒館聽到，自從加入修女會後她已經好久沒有唱這首歌了。

……

不對。

真的有哪裡不對勁。

德拉諾爾坐起身子，看到被扔在地上的睡衣睡褲，阻塞的思緒瞬間暢通了。

「……莉茲？」

朝陽灑落在無人的陽台上，曬衣繩上已不見修女的衣著。

德拉諾爾跳下床，顧不得身上還穿著睡衣、眼角滿是眼屎、嘴角還留有口水漬，直接奔出房間。

由於堡壘修道院的特殊性質，內部沒有設立給普通民眾參拜的聖堂。訪客穿過古老、感覺隨時會崩塌的城門隧道後進入城堡內部，會發現應屬聖堂的位置被寬闊猶如宮殿大廳的公共空間取代，無論是教廷或醫事院的外賓都僅能止步於此，讓居住的姊妹們能保有隱私。

考慮到有夕化粧那種例子存在，德拉諾爾認為這項規定非常明智。她一點都不希望教宗看到造化主的新娘發酒瘋的模樣。

「白薔薇大人，昨天晚上只有夕化粧大人來過而已。」

經過一個晚上，黑眼圈在負責值班的修女臉上留下了淺淺的痕跡，但她還是撐起笑容回應德拉諾爾的問題。

「她找妳做什麼？」

「她問我要不要吃巧克力。」

「就這樣？」

「就這樣，大人。」

德拉諾爾站在櫃台前，困窘地抿起下唇。

昨晚她睡得太沉，完全沒注意到枕頭旁邊的人不見了。她實在搞不懂莉茲在想什麼，非得趁半夜時溜出去。

如果不是有什麼急事，等到早上過了門禁時間隨時可以叫馬車，結果莉茲卻連一句再見都不肯說。

真是個一點都不討人喜歡的傢伙。

雖然也是她把一切想得太簡單，以為一杯咖啡就能讓兩人盡釋前嫌。

德拉諾爾向值班姊妹道謝，決定先把莉茲的事放到一邊。晚點她得去趟審判庭，向西佛勒斯報告昨天在底層的遭遇。在那之前她可以先回床上多躺半小時，醒來後還能吃頓早餐。

「啊！請留步，白薔薇大人。」

修女叫住轉身準備離去的德拉諾爾，從櫃檯抽出一封信遞給她。

「按照流程應該由我們這邊整理過再送去您的房間，但這封信是急件，我想您可能會想要立即過目……」

她向修女借了把拆信刀，小心地將信封刮開。首先進入她視野的，是信紙末端審判長的簽名。

信上的封蠟是審判庭的紋章。一股惡寒自德拉諾爾背脊油然而生。

「大人，您還好嗎？」

看見德拉諾爾越發凝重的面孔，修女擔心地問。

「赫胥黎，幫我叫一輛馬車。十分鐘後我希望它能出現在大門前。」

「好、好的。大人。」

修女慌張地拿起話筒。可能是個性使然或年齡因素，白薔薇很少用如此強硬的口氣和她們說話，這讓她不禁好奇那封信上究竟寫了什麼。

可惜，審判庭的信函並非普通修女能觸及的，名叫赫胥黎的年輕姊妹撥打號碼，一邊偷偷觀察白薔薇的表情，只見她揉了揉眼睛，黃玉色的瞳孔逐漸染上水潤的光澤。

*

作為一個護教騎士，巴洛切不只一次夢見自己死去。

普通一點，是被變異得不成人型的受腐者撕成碎片；窩囊一點，是在酒館跟人打架時被碎酒瓶插進眼窩；丟臉一點，是醉到不省人事從家裡的屋頂摔下來扭斷脖子。

類似的夢層出不窮，差在還沒被王八烏龜咬開喉嚨。

人終有一死，不過是早晚的問題。於是第二個問題產生了，死後的他又該何去何從？

騎士肩上掛著背袋，漫步在墓碑築成的廊道間。海風迎面吹拂著，在空中盤旋的海鳥群發出哀鳴，縱使陽光照耀著每面石碑上的銘文，也無法替這清冷的死寂之地帶來分毫暖意。

這裡是由港口商會出資建立的公墓，位處在港區邊境的海岬上，既不屬於教廷也不屬於修女會。泰半的墓石下沒有遺骸，僅有罹難者家屬的思念，獻給那些被大海吞噬的水手。死亡是平等的，就如海潮般，甲板上無論你是船長、大副、奴隸或廚子，當巨浪襲來，所有人都得迎接相同的命運。

巴洛切的眼光移向遠方，望著墓園裡唯一一棵木麻黃。它是這片墓園裡最特別的存在，如同在樹下長眠的女孩，她不屬於這裡，更不屬於堡壘修道院的地下墓穴。一切只因她曾告訴過審判官，終有一日她想放下手裡的劍，出海去其他城市看看不同的風景。審判官沒忘記這個約定，所以他讓她在這等著，讓她能隨時眺望著這片海，等待他兌現承諾的那一天。

從童年到少年，再從少年到青年，巴洛切至今的人生幾乎都在海港度過，他太熟悉海潮的聲音了，唯獨海岬上的浪潮聲總是讓他感到難受。

黑袍的審判官佇立在墓石前，他與女孩相隔一束白薔薇的距離，薔薇的荊棘讓他無法再邁出任何步伐。

「我請傑洛姆去張羅馬匹了。」

巴洛切說。

「他的腦袋不怎麼靈光，卻是我們之中最好的騎手。至於其他人會準備旅行的物資，很遺憾盧瑟來不了，那混帳前陣子被捲入一些小麻煩，應該有好一陣子沒辦法拉弓了，但好消息是他弟弟會接替他的位置。」

審判官別過頭，視線仍藏在那副鐵面具裡。「告訴我有幾個人就好。」他說。

巴洛切哼了一聲。他知道西佛勒斯向來對枝末細節的事不感興趣，但作為騎士團的團長，他總得負起責任確保所有事情都在眼皮底下進行，不僅是為了雇主，也是為了團員。

「除了盧瑟，蟹爪騎士團全員五人任您差遣，大人。」

蟹爪騎士團，每次提到這個可笑的團名都讓巴洛切感到害臊，無奈這就是當初他和團員們投票選出來的名字，該死的民主社會。

「另外四個人都清楚要做什麼？」

「我說審判官希望旅途中有人能幫忙炒熱氣氛。」巴洛切敲了敲胸前的騎士勳章。「等事成之後，你各位的勳章上會多一條縫線，教廷還會出一大筆錢請大夥吃螃蟹，這就夠了。」

「教廷不會出錢。」

「媽的，但我會。」

巴洛切扯下肩上的背袋，扔到審判官腳邊，伴隨硬幣撞擊的清脆聲響，一疊鈔票從袋子裡掉了出來。

審判官凝視著那疊鈔票，不發一語。

「他們沒必要知道太多，西佛。你得可憐可憐傑洛姆，想太多只會害他燒壞腦瓜子。」

「布萊德利爵士是否知情？」

「對我有點信心好不好，朋友。我當騎士也當了好幾年，總會有一點存款的。你如果真的那麼在乎錢就把之前被那小鬼騙走的十元還我。」

看見西佛勒將手伸進長袍內側，巴洛切立刻罵道。

「你那該死的幽默感是都被埋在土裡了嗎？我才不屑你的錢，夠了，別再提錢的事，我不想在安潔莉卡面前談這個。」

「她聽不見的。」

審判官搖了搖頭，重新面對石碑上的銘文。

「我曾經擔心當初的堅持是個錯誤。勞倫斯塔認為修道院才是所有姊妹的歸宿，即使造化主召回祂的庭師，至少還有人能替園丁整理院子。」

「你說了，曾經。」

「陰暗的地下墓穴不適合她。她的個性耐不住寂寞，比起修女們的讚美詩，她更希望偶爾能有人來陪伴她。」

「不過就是順路清掉蜘蛛網、掃掃落葉而已，稱不上是陪伴。」

「據我所知港區沒有一條路會經過墓園。」

「有時候拐個彎繞個遠路也不錯，不是所有捷徑都非得是正解。別急著誇我，這句話也是看戲時聽來的。反正她想見的人也不是我。」

巴洛切來到審判官身邊。他跪下單膝，將右手放到胸前低頭行禮。白薔薇的花束橫臥在他面前，海水的氣息中夾雜著淡淡的花香味。他這輩子只在兩個地方見過白薔薇，一個是朋友的婚禮，另一個則是審判修女的墓前。

良久，他才站起身。審判官仍在他身邊，一步也沒有離開。

巴洛切將地上的背袋掛回肩上，深深地嘆了口氣。

「西佛，我不是故意激你，但我真的不認為安潔莉卡會希望你繼續跟這事有牽扯。」

「在啟程前你隨時可以反悔。」

「耳根子擦亮點，我是說安潔莉卡。審判官老爺肯下指示我們高興都來不及了，哪輪得到小騎士出主意。」

「我的決定與她無關。」

「別再逞強了。選在這裡碰面，原因你心知肚明。如果那個工匠說的是真的，你會讓所有人再走一次五年前的老路。」

「所以我們才得證明他錯了。」

「我真不該自以為能說服一個靠嘴巴混飯吃的人。」巴洛切拍了拍腦袋，轉過身去。眼角餘光瞥見有人影正朝他們走來。

那人身著修女會的制服，身上的鎧甲在晨光照耀下反映著眩目的金屬色澤。巴洛切還沒能看清楚她腰上的配劍，少女便視若無物般地從他身旁走過。

不，反正也沒必要。

會挑在這時間點來，除了她之外也沒有別人了。

只見少女一把揪起審判官的衣領，迫使他不得不彎下腰面對自己。

「西佛勒斯，你最好給我解釋清楚。終止合作關係是什麼意思？」

看見現任白薔薇以一副恨不得掐死對方的眼神瞪視著友人，騎士知道情況變得越來越麻煩了。

但那又如何？反正這不是屬於他的修羅場。

這種時候，只要笑就行了。

*

德拉諾爾一生從未如此生氣過。

就連喜歡耍嘴皮子的昔日同窗都沒能讓她真的感到憤怒，頂多就是懊惱。因為大導師說憤怒是修女們最不需要的情緒，無論是面對受腐者或邪教徒皆然，被憤怒沖昏頭的人注定會做出後悔的事。

就像現在的她，正扯著審判官的領口。此舉若是被大導師看見勢必會受到懲處，但她已經壓抑過情緒了，否則她肯定會一拳灌在西佛勒斯臉上。

早上，德拉諾爾收到來自審判庭的急件，告訴她白薔薇的護衛工作到今天為止正式結束。信件的末端沒有大導師的簽名，但光是有審判長背書就足以證明它的效力。

她被炒魷魚了。

儘管她依然是白薔薇，不過就是暫且卸下目前的工作罷了，但德拉諾爾認為這封信的意義跟解僱通知沒兩樣。

這不僅是對白薔薇，同時也是對她人格的極大侮辱。

這三個月來她一直盡心盡力隨侍在審判官身旁，確保那些叛教分子和受腐者傷不到他一分一毫。七位姊妹中她可能不是最優秀的，但論榮譽心和工作的態度，她肯定是所有人中最努力的。

結果她被炒魷魚了。

難掩憤怒的修女立刻驅車趕往審判庭，攔下正準備上工的審判長，質問他這封信到底是什麼意思。

「終止合作關係，代表妳不需要再為審判官的人身安全負責。」

審判長如此告訴她。她看得懂字，她當然知道。

就連現在，西佛勒斯也給她一模一樣的答覆。

只差在審判官還補上一句：「在新的指示下來前，可以好好享受假期。」更讓德拉諾爾感到惱火。

「西佛勒斯，給我一個合理的解釋。若我哪裡做錯了，至少讓我有機會改進。」

「妳沒有做錯任何事。」

「那這封信就不會寄到我手裡。」

「也許妳該去找簽署信件的人，相信他會給妳滿意的答案。」

「阿斯摩德要我來問你！」德拉諾爾激動地說：「他親口告訴我是你要求的，他甚至反對你這麼做。」

因為審判長和大導師都希望麾下職員和學生能保持長期合作關係，如此才有助於養成默契，進而確保工作順利進行。除非其中一人殉職，否則歷史上鮮少有單方面被解職的例子。

這也是讓德拉諾爾不滿的其中一個理由。

怎樣都輪不到她被人拋棄。

同時她也害怕被人拋棄。

她瞪著審判官，卻無法肯定面具底下的他是否也正注視著自己。

過了一陣子，審判官沉默地點了點頭。

「因為不需要了。」他說。

「不需要？」

德拉諾爾的五官變得更加猙獰。

「你是說不需要我了嗎？你不知道我昨天才為了你下底層，你甚至不知道我在那裡看到了什麼！」

「妳看到什麼？」

「一個崇拜天使的邪教集團，人數可能達到上百人。他們還抓了一個騎士，打算在所有人面前將他處刑！好不容易終於有點眉目了，結果你卻……」

如果西佛勒斯願意聽，德拉諾爾很樂意把細節全部告訴他。不如說，這就是她原本的盤算，直到那封信把所有計畫打亂為止。

「不被需要的不是白薔薇，是我。既然我已經被調職，那就沒有理由讓勞倫斯塔的學生繼續待在身邊。未來我所負責的案件不會嚴重到需要審判修女同行，所以我認為這個判斷相當合理。」

「西佛勒斯，你很緊張。」

「緊張？」

「你跟我說過，當我覺得不安時會下意識握住白薔薇。你也一樣，你難道不知道你說謊時會變得多話嗎？」

「是嗎？」審判官平淡地應了一聲。

「我到現在依然覺得你是很矛盾的人。天使的身分你寧願跟我說也不打算告訴審判庭，結果現在又想把我排除在外。」

德拉諾爾鬆開手，她仍望著審判官，目光卻變得茫然。

「我遇到一個叫卡夫卡的工匠，是他帶我逃離邪教的集會所，他自稱是你的舊識，還說你昨天也去了底層。」

「卡夫卡。」西佛勒斯遲疑了一下，然後緩緩點頭。「他還是老樣子，行動速度永遠比我想像得還快。」

「告訴我你從他那裡聽到了什麼。」

無意間，德拉諾爾發現自己的口氣竟與審判官有幾分相似。他們相處的時間不過短短三個月，但西佛勒斯的一舉一動都在潛移默化間影響著德拉諾爾。

「什麼也沒有，他對騎士命案的了解有限。」

「你說謊。」

「妳要如何判斷都無妨，但我仍會堅持我的主張。」

「西佛勒斯，我已經告訴你我發現的了。無論那群邪教徒和天使有沒有聯繫，身為審判官你都不可能坐視不管。」

「針對底層的調查有其他審判官負責，百人規模的騷動想必很快就會引起關注，不需太過憂心。德拉諾爾，調查霍華德家甚至前往底層都是妳的決定，妳不是為了誰才做的。」

德拉諾爾受夠了。

無論審判官編織出多麼冠冕堂皇的理由、口口聲聲一副全是為了她著想的樣子，德拉諾爾都不會再相信了。

她朝審判官的心窩出拳，拳頭卻被攔截在西佛勒斯的掌心中。

「妳不是真的想傷害我。」

「如果我有那個意圖，您現在已經倒在地上了，大人。」

「我相信。」西佛勒斯的語氣中夾雜著些許快意，德拉諾爾聽了只感到刺耳。

「讓妳憤怒的理由是？」審判官問。

「你捨棄審判官的職責，無視底層的異端活動。」

「我已為不成熟的行為付出代價，這份代價會讓我繼續履行曾在造化主前立下的誓言。這不是妳憤怒的理由。」

「你踐踏了白薔薇的榮譽。」

「只要護衛期間目標存活，審判修女的名譽就不會受損。這也不是妳憤怒的理由。」

「因為你沒有向我坦白。」

「按照審判庭與修女會的共同聲明，我本來就無權與妳共享所有資訊。這依舊不是妳憤怒的理由。」

「如果你沒把握帶我走到最後，就別讓我有任何期待。」

「因為我希望這輩子不會再有機會認識下一位白薔薇。」

審判官幾乎沒有任何遲疑便給出答覆。

陡然間，德拉諾爾不知該如何回應。

她放下拳頭，不想被審判官發現她的手正在顫抖。心中的憤怒消失了，取而代之的是另一種無法用言語描述的沉窒感。

西佛勒斯側過身去，德拉諾爾也順著他的視線，面對木麻黃下的孤墳。

「聽說前任白薔薇沒有葬在修道院。」

德拉諾爾說。

「是你安排的嗎？」

「我怎麼想不重要，從中斡旋的是海港商會。即便今天石碑上刻著白薔薇的名字，都改變不了墓穴下徒有一具空鎧甲的事實。」

「大導師告訴我，前任是所有姊妹中最親民的。她的逝去令許多人感到悲痛。」

五年前的記憶猶新，德拉諾爾再次想起朋友那哭花了臉的樣子。莉茲僅是其中一個例子，她還記得修女們陪同白薔薇的棺柩行經執政官大道時，哭聲幾乎掩蓋了整座城市。

德拉諾爾曾以為前任白薔薇會像其他姊妹一樣葬在堡壘修道院下，或至少在一個更符合她身分的地方。

結果卻是在港區附近的無名海岬。

如果這是西佛勒斯的期望，那德拉諾爾自然無從置喙。雖然她聲稱自己從來沒有過問審判官的私事，但前任白薔薇的名字已經不只一次從她身邊人們的口中出現。

德拉諾爾知道審判修女的規矩。所以當他們不是以「白薔薇」而是用「安潔莉卡」稱呼她時，意味著前任必然在他們過去的人生中扮演著某個角色。

尤其是西佛勒斯。

她隱約能察覺，甚至是想像審判官對前任的執著。

德拉諾爾倏地想起夕化粧昨晚告訴她的話，她說安潔莉卡的死毫無意義。

「我不這麼認為。」

一不注意，她竟把心裡話說出口。西佛勒斯偏過頭看著她，就算無法辨識審判官的表情，德拉諾爾也知道此時的西佛勒斯一定很困惑。

「夕化粧跟我說前任的死不值得，但我不這麼想。」

德拉諾爾急忙解釋，但思索一會，怎樣的死又能稱得上值得？她輕輕咬了咬舌頭，後悔說錯話。試圖想出更多言詞辯解，但無論她再怎麼努力，都沒辦法讓審判官把視線從她身上移開。她感覺到自己的臉頰紅得發燙。

「沒關係，德拉諾爾。」西佛勒斯說。「我明白妳的意思。」

他蹲下身，蹲踞在白薔薇的墓前，背影單薄得像個少年。

「教廷和修女會直到最後都想將她塑造成一位在事故中殉道的英雄，但如果她真的是以那般英雄的方式逝去，這座墳裡不會連丁點屍骨都不剩下。」

「……你是指？」

「夕化粧和其他姊妹有權知道真相，所以勞倫斯塔不會對她們隱瞞。安潔莉卡的死絕對不如報紙上所宣稱的那麼光彩。」

「我知道。」

不，她不知道，因為夕化粧不肯告訴她。之所以這麼回答，純粹是她不想再被審判官當作什麼都不懂的小女孩。「她說傷亡已經產生，前任的死沒能救下任何人。」

「因為她救了不該救的人。」

審判官站起身，鑄鐵的痕跡在他的面具上，取代皺紋留下歲月的紋路。

「勞倫斯塔也許跟妳提過，她說白薔薇是死於神學院的爆炸中，她沒有說謊，因為那是教廷給她的命令，也是她自以為是的善意。但神學院的爆炸不只一次。第一次奪走學院內九人的性命，第二次則帶走了她。」

德拉諾爾困惑地瞇起雙眼向上望著西佛勒斯。

「我沒聽說過第二次的事。」

就算她控制住情緒了聲音仍有些發顫。

「因為那顆炸彈被埋在人體內。」審判官說。「第一次爆炸炸毀了整棟教學樓，實際被埋在瓦礫堆下的不是九人而是十人。沒有被記錄的第十人是一個小男孩，白薔薇找到一息尚存的他，並將他救出來，第二次爆炸就是在那時候發生的。」

「但那個男孩……」德拉諾爾感到困惑。「我不懂，為什麼？是那些邪教徒在他身體裡裝炸彈的嗎？就像哈席恩一樣……」

就像哈席恩一樣。

德拉諾爾的聲音漸弱。她無意識地抓住裙擺，汗水從她掌心沁出。

原來她終究沒有搞懂。

石菖蒲告訴她的話，所謂的諷刺並不單單是指死於爆炸而已，而是死於被埋藏在人體內的炸藥。

……這才是讓西佛勒斯憤怒的原因。

「與其說是那些挾持學院的邪教徒，不如說男孩的父母就是他們中的一分子。」

「這不可能。」德拉諾爾急切駁斥。「所有神學院的學生都經過嚴格的身家調查，他們的父母不可能叛教。」

「也許他們曾經很虔誠，但在知道莫爾赫斯成為摧毀家鄉的劊子手後，所有信仰都會被仇恨掩蓋。」

「維爾塔寧是他們的故鄉……」

德拉諾爾依舊無法接受。她無法相信這世上有人會為了復仇而犧牲自己的骨肉。她不認為現實真的存在這種父母。

但也是現實逼迫她承認。

「所以這才是前任殉難的真相？」

西佛勒斯望向德拉諾爾，但德拉諾爾知道審判官並不是在看她，於是她轉過身。剛才那名騎士沒有離開，他一直站在墓園的入口等著，察覺兩人的視線，騎士故意轉過身去，踢掉路畔的小石頭。

「當時安潔莉卡揹著那個小男孩，男孩傷得很重，但那些傷不是爆炸造成的，他只是為了讓白薔薇注意到他。」

「前任沒有察覺嗎？」德拉諾爾問。

「沒有人知道。」西佛勒斯搖頭。「但以她的個性，就算發現事有蹊蹺，也寧願拿自己的命和那孩子的信任對賭。」

德拉諾爾虛弱地點頭附和。

「神學院的學生來自叛教家庭，這件事傳出去會影響教廷的權威。所以教廷寧願封鎖她死亡的真相，也不讓勞倫斯塔的學生們有引以為戒的機會。」

「西佛勒斯，我想大導師只是相信我們。石菖蒲也說我們不會被那種計倆騙到。」

西佛勒斯低頭看著她，德拉諾爾心虛地縮起肩膀。

「如果我專心的話，一定能發現……」

她悄悄地舉起手，抓著審判官的衣袖，而不是腰上的白薔薇，因為她不想再被審判官嘲笑。她很冷靜，也很鎮定，她一點都不情緒化，她……

她會試著對一切麻木。

西佛勒斯直覷著她的臉龐，好像忽然想起什麼事，將手伸進外衣口袋翻找著。

「這個，就當是去底層的紀念品。記得妳好像很喜歡這部卡通。」

那是一副小丑面具。

德拉諾爾被審判官突來的舉動嚇了一跳，她猶豫了一下，最後還是選擇接過面具，口裡呢喃著：「……這才不是卡通。」

西佛勒斯將頭偏向一側，像是在笑。他跨過地上的白薔薇，將手輕輕搭上墓石。

「德拉諾爾，除非妳真的認為那個人值得妳為他這麼做，否則請永遠把自己擺在第一順位。好嗎？」

德拉諾爾知道回答了就等同踐踏安潔莉卡的理想，所以她並沒有馬上予以承諾。思索了一陣子後，她才開口道：「我和前任不一樣。我一直都是個自私的人。」

「那就好。」

她總算聽見西佛勒斯的笑聲了。

德拉諾爾深吸一口氣，義正嚴辭地說。

「我不知道你心裡到底在盤算什麼，但我不會承認審判庭的通知。既然你的性命關乎我的榮譽，那也請你有所自覺。」

也許這段時間你會消失、會離開一陣子，就算案子由其他人接手了，我也知道你不可能放棄。你會用自己的方式找出真相。

畢竟當初要我質疑你的人，也是你。

哪怕我沒機會參與，那至少在你準備好繼續履行審判官的職責前，讓我等你。

餘下的話，德拉諾爾沒說出口。

她站在墓石前，和審判官相隔著那束白薔薇。

西佛勒斯向她伸出手，四指微微彎曲，德拉諾爾不解地蹙起眉頭。

「我答應妳。」

德拉諾爾猶疑地舉起手，將小指勾上西佛勒斯的指尖。她戴著手甲，審判官也裹著手套，短暫的碰觸完全沒有實感，以她對西佛勒斯的認識，她很驚訝審判官會有如此的舉動。

「這比審判長的簽名更具效力。」

德拉諾爾側眼望著蔚藍的大海，審判官的話語安靜地流淌至她的耳中。靛青色的海浪不斷翻湧著，當審判官從她身邊離開時，她已經找不到留住他的理由。

*

等待西佛勒斯的這段時間，足夠巴洛切把路上所有石頭全部踢進水溝裡了。

可惜他一直都是個不錯的朋友，至少他本人是這麼想的。不錯的朋友耐得住性子，會給人足夠的時間把自己的問題梳理好；不錯的朋友沒有過多的好奇心，知道如何讀懂空氣。同時，不錯的朋友也從不忘挖苦人，以報復在太陽底下站了近半小時的仇。

「也算值得了。」巴洛切向迎面走來的審判官咧嘴笑道，並伸出小指。「我可沒想到尊貴的審判官大人為了安撫小女生會不惜做到這種程度。」

「這是安潔莉卡說的。她說那比任何一節禱文更能讓人安心。」

「前提是立下約定的人發自內心信守承諾。」

審判官聽了，不屑地別過頭，一個人逕自往海港的下坡路走去。

巴洛切急忙跟上他的腳步。「所以你最後還是沒跟白薔薇坦白？」他問。

「坦白什麼？」

「告訴她你接下來的打算。」

西佛勒斯沒做任何表示，只是繼續走著。

「聽著，你要怎麼應付她是你的自由。但那小姑娘已經被你牽扯進來了，早晚她都會發現你跟斑鳩的關係。」

「她見過卡夫卡了。」

「真的？什麼時候？」

「昨天，就在我們離開後。」

「見鬼，真有這麼巧的事？去他的造化主。這下你更沒有理由瞞著她了。」

「我相信卡夫卡不會說多餘的話。我的目標是確認維爾塔寧的餘孽，而她會繼續追查天使的蹤跡。本來就沒有必要讓她知道無關的事。」

「他媽的，西佛。那孩子信任你，連我都看得出來。」

「因為她才上任未滿三個月。既然我是她的第一位合作對象，她自然會把對工作的熱忱傾注在我身上。」

「夠了，別再扯那些歪理了，我真的沒有興趣。我寧願相信在安潔莉卡面前你會是真心的。」

「我也希望，但我更希望她能學會習慣。」

兩人的腳步聲迴盪在山道間，巴洛切回過頭，海岬上的墓園已不見全貌，但他相信少女仍待在白薔薇的墓前。

忽然，他聽見尖銳的啼叫聲。那並非總是盤旋於港邊的海鷗，而是一隻烏鴉，停在乾枯的樹枝上，渾身的黑羽在陽光下反射著油亮的光芒。

醫生的眼睛。

莫爾赫斯的人總是如此稱呼牠們。

（A Thousand Twisted Blessings Vol. I　End）

目前已知的事情：

＊審判修女

審判修女是俗稱，經典上記載的正式名稱是「Heres」。修女會的榮譽職階，人選皆由時任大導師親自提名，並由教廷與修女會高層共同決議產生。

她們的存在不僅是對受腐者的重要戰力，同時也扮演精神領袖般的角色。只要有她們現身的戰場，修女與騎士們的士氣都會受到極大鼓舞。

目前莫爾赫斯共有七位審判修女。

杜若、款冬、白薔薇、石菖蒲、夕化粧、芹葉飛燕、草本威靈仙。

同時也象徵七樣莫爾赫斯典藏的造化主遺物。

＊堡壘修道院

審判修女們的居所，正式名稱是「De Civitate Dei」。

但這名字常讓鄆差感到很困擾，因此大家更習慣用俗稱稱呼。

誠如其名，外觀看上去就像是一座雄偉的城堡，內部則顛覆傳統修道院給人的樸素印象，裝修典雅，並具備許多高級旅館才有的設施。

曾有報社以此大做文章，標題寫著「人生而平等，但有些人比其他人更值得平等」。

對此修女會不曾予以正面回應。而在報社負責人死於某次底層的受腐者暴動後，該篇報導也逐漸被眾人遺忘。

＊聖歌

唱誦讚美詩與禱文是修女會的必修課程。每年修道院都會舉辦合唱比賽，第一名的班級或組別可以享有一天的榮譽假。

德拉諾爾吟唱的曲子是她十二歲時班上合唱的曲目。曲名是《Gloria in excelsis deo》。

＊好康的

如果有人說他能給你一些好康的，通常是指他想從你身上幹走一些好康的。

後記

很榮幸讓您有翻開這本書的機會，也許您已經讀完了，現在正急著催吐，但請容許我先行友善提醒，這部故事在我或我的責編沒被炒魷魚的前提下會有三本，要是負責漫畫的帆立貝老師不慎察覺畫Hololive才有流量，那我將會把這邊的預算撥給他繪製更多星街彗星。昨天有位朋友特地打電話來指導我如何正確嘔吐，當天晚上我夢見她聲稱自己是一級嘔吐士，要用嘔吐物覆滿我陰暗的小房間。

嚴肅的話題到此結束，為了不失去讀者和 Money，想藉此機會告訴大家網頁版和單行本的差異。還請讀者謹慎比對後，選擇喜歡的閱讀姿勢。

網頁版：

・可以看到責編用心地偽裝成讀者，和作者兩人在留言區尷尬不失禮貌的互動。

・可以看到像是殺死地精一類的拉珠式遊戲廣告。

・可以第一時間看到帆立貝老師的漫畫更新，因為作者的巴哈小屋現在改拿來做盜版翻譯了。

單行本：

・新增了蛇足的序章與多餘的後記。
・由作者為數不多的繪師朋友們針對漫畫特典所繪製的精美插圖。
・刪除一部分出戲的笑點，新增更多隱喻與標點符號。
・單行本是亂講的，請不要把打折貼紙貼到東野圭吾上，店員不會幫你結帳。

另外這並不是一部恐怖小說，而是奇幻百合異形浪漫主義文學。雖然能定奪作品類型的人從來只有讀者，但我不希望期待看到驚悚橋段的人讀完後發現這本書一點都不恐怖，從而浪費各位投ＳＣ的錢，本書中每個用詞或象徵都有相當程度的符號學意涵，如果沒解釋代表作者還沒想到。

最後請容我致上謝辭。

前述提到的網頁版責任編輯郁晴aka嘎嘎、Christina、克莉絲汀娜・嘎。在台灣構築一部毫無台灣價值的奇幻小說至今我依然覺得是相當不明智的決定，儘管如此您還是給了她機會，我由衷希望季末報告時實體書的銷量與您無關，這樣我們就能一起欣賞接下來提到的那位仁兄用生命所綻放出的美麗煙火。

感謝單行本的責任編輯Heeroさん，過去也有和您合作的機會，會在角川再見到您真是讓人感嘆世界真洨、三牲有幸。本書還在製程中，所以我不方便說太多，總之就是啊賈啦咖摩哭咧得可咧茲諾趴。

負責人物設計與封面插畫的可樂老師，很久以前就因為出版社的朋友介紹所以接觸到您的作品。書中的場景氛圍單憑拙劣的文字實在很難清楚表述，將廢墟、異形與蘿莉塔服飾結合在一起是相當不容易的事，一切都是有賴您的協助讓她得以成真。

帆立貝老師。與您的合作要追溯到《少女整骨師》時，這次能再委託您把我的個人慾望繪製出來實在是太幸福了，如今讓我繼續寫字的動力無疑就是您的漫畫。如果可以我實在很希望把您的時間全部占掉，但我今年買了太多塑膠立牌與ＣＤ。

蛋捲冰淇淋aka飛天老師。能在一本書裡感謝三位繪師是很了不起的事，但我辦到了，這都要感謝您。我們曾花了許多時間閒聊對創作的想法，也在桑拿室中坦誠相見過彼此的心魔，此時想必您還沉浸在新刊第一天完售的喜悅中吧，混帳東西。

感謝友人太空水龍頭。這部故事在構思階段時我曾諮詢過你的意見，我熱愛某知名英國塑膠廠的模型小人玩具以及拿斧頭的女人，希望能將這些元素與常見的宗教符號結合，因為我灑給ＧＷ的錢跟花在星街身上的時間讓我覺得彷彿加入了某個浸信會。你給了我許多建議與參考資料，其中最受用的就是推薦我去玩《蔚藍檔案》。

至此字數已來到上限。謝謝閱讀到此的每一位讀者，這部故事才剛開始，但也可以說她從一開始就結束了，無論如何我都期待您能陪她走到最後。再見。

八千子

國家圖書館出版品預行編目資料

一萬個扭曲的祝福 / 八千子作 . -- 初版 . -- 臺北市 : 臺灣角川股份有限公司 , 2023.04-
冊 ;　公分
ISBN 978-626-352-456-9(第 1 冊 : 平裝)

863.57　　112001746

一萬個扭曲的祝福 (1)

作者 · 八千子
插畫 · Cola Chen

2023 年 4 月 13 日 初版第 1 刷發行

發行人 · 岩崎剛人
總監 · 呂慧君
編輯 · 喬齊安
美術設計 · 李曼庭
印務 · 李明修（主任）、張加恩（主任）、張凱棋

台灣角川

發行所 · 台灣角川股份有限公司
地址 · 104 台北市中山區松江路 223 號 3 樓
電話 ·（02）2515-3000
傳真 ·（02）2515-0033
網址 · www.kadokawa.com.tw
劃撥帳戶 · 台灣角川股份有限公司
劃撥帳號 · 19487412
法律顧問 · 有澤法律事務所
製版 · 尚騰印刷事業有限公司
ＩＳＢＮ · 978-626-352-456-9

Testament of Shapers
不存在的if線

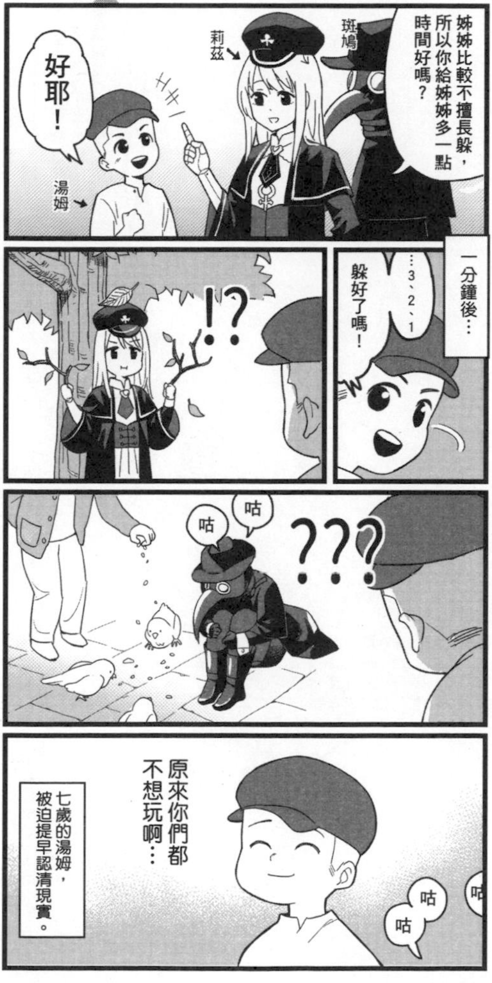

姊姊比較不擅長躲，所以你給姊姊多一點時間好嗎？

斑鳩

莉茲

好耶！

湯姆

一分鐘後……

……3、2、1

躲好了嗎！

!?

咕

咕

???

原來你們都不想玩啊……

咕

咕

咕

七歲的湯姆，被迫提早認清現實。

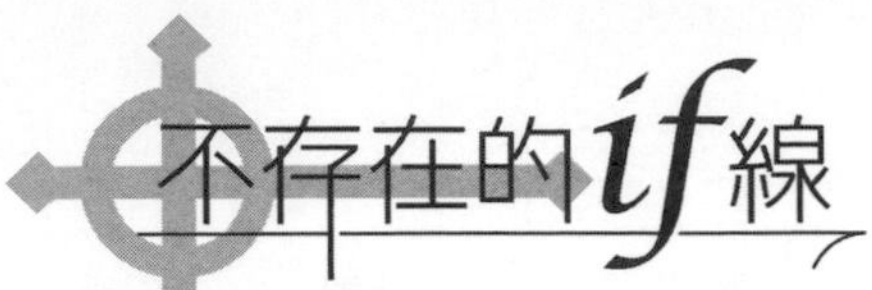

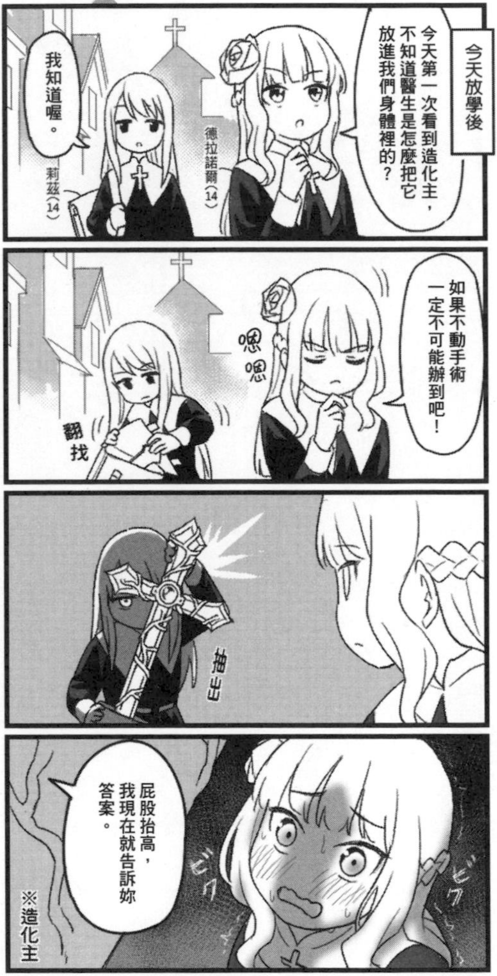

今天放學後

今天第一次看到造化主，
不知道醫生是怎麼把它
放進我們身體裡的？

德拉諾爾（14）

我知道喔。

莉茲（14）

如果不動手術
一定不可能辦到吧！

嗯嗯

翻找

抽出

ビク

ビク

屁股抬高，
我現在就告訴妳
答案。

※造化主

!!
ZZZ

不存在的if線

唔嗯……
兇手的手段也
太兇殘了……
護教騎士
巴洛切
審判官
西佛勒斯

審判修女
白薔薇
但就算見到這種場面，
白薔薇大人依然
不為所動呢。

明明還那麼年輕，
那雙眼究竟已經見識過
多少大風大浪了呢？

真不愧是
白薔薇大人啊！
廁所在哪什麼時候可以下班
附近難道連一間流動廁所都

不存在的if線

第一次到審判庭時
白薔薇大人，要吃些點心嗎？

膨脹
下次什麼時候要再來？
下次妳不准來。

不存在的if線

不存在的if線

大人，讓您親自走訪，
實在不好意思。
……

但我可以向您保證，
犯人絕對不會有
逃出去的機會。
哈嘶!
哈嘶!

而且姊妹們也都知道
對付他們的方法。

只要待在這裡，
絕對比死還痛苦。
哇哈哈!
總覺得哪裡怪怪的……

不存在的if線

嗚～～
廁所廁所，
糟糕，剛才忘記先跟
葛林確認廁所在哪，
要是找不到怎麼辦……

好久不見，
安潔莉卡。

安潔莉卡？
認錯人了吧？
解開

不做嗎？
（やらないか）
露出
做、做什麼!?

不存在的if線

莉茲……
三年來妳都是在
這個小房間裡
度過的嗎……

這是什麼？
和我的回憶？
和
德拉諾爾
的回憶

嗚嗚……
莉茲……
我就知道……
妳從沒忘了我……

偷挖鼻孔
本日胖次

不存在的if線

琉璃，心理醫生的工作有哪些呀？
鵜（琉璃）心理醫生

所謂的心理醫生……
就是檢查人心的醫生喔。

放開我!!
妳、妳要做什麼？

啊啊啊啊啊啊
啊啊啊啊啊啊

不存在的if線

那些有頭有臉的大人物都來了。

副秘書長和她的顧問，還有幾名受邀的主教與神學家。

至於那位修女，妳應該比我還清楚。
那位是……

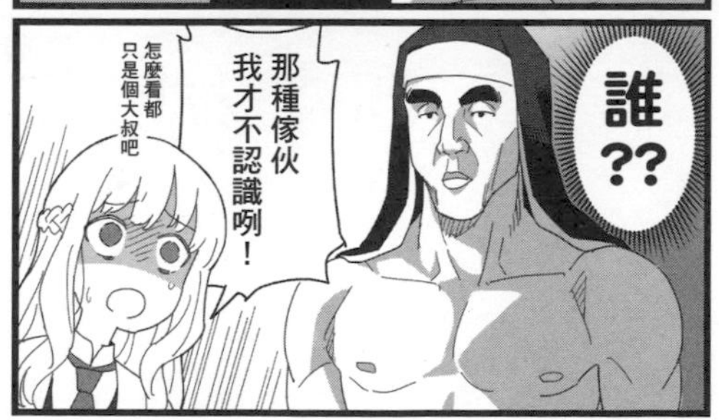
誰??
那種傢伙我才不認識咧！
怎麼看都只是個大叔吧

不存在的if線

我想我明白
妳為什麼要鎖門了。

妳如果真的明白
就不會說那些蠢話！

好吧，我不懂。
還是妳給點提示？
靠近…
妳妳妳這變態
在做什麼啊!!
??

Lizzie Borden(17)
蛋捲冰淇淋 繪

Dlanor (17)
蛋捲冰淇淋 繪

莉茲抱起左腿，踩在沙發上。
她甚至懶得去擔心裙子會不會造成不便，
因為是鶫告訴她要把診所當作在自己家一樣，
所以她只是履行醫生的話。

直到她抬起頭，
莉茲才發現她的雙眸中夾雜著濕潤的光暈。

帆立貝

作者自介？簽名？那種東西不用先想好啦。

反正又不會用到哈哈

蛋捲

我的「蛋捲」，不是喜年來的蛋捲，

是蛋捲冰淇淋的蛋捲。

夢想當小說家，但是當不了，所以只好去畫圖。

台灣角川